KB232736

삼국지 7

1판 1쇄 인쇄 2009년 1월 25일
1판 1쇄 발행 2009년 1월 30일

옮긴이 박종화 **펴낸이** 김영곤 **펴낸곳** 달궁
전략영업본부장 이양종 **영업** 최창규 이종률 서재필
출판등록 2000년 4월 10일 제16-1646호
주소 (우413-756) 경기도 파주시 교하읍 문발리 파주출판단지 518-3
대표전화 031-955-2100 **팩스** 031-955-2151
이메일 eclio@book21.co.kr **홈페이지** http://www.eclio.co.kr

값 10,000원
ISBN 978-89-5877-309-2 04820
(세트) 978-89-5877-302-3 04820

나관중 원작

월탄 박종화

7

만고의 영웅들이 스러지다

삼국지

三國志 차례 | ❼

장비는 와구를 취하다

조조는 비로소 관로管輅의 점이 신출귀몰하다고 생각했다. 관로에게 중한 상을 내렸다. 그러나 관로는 상 주는 것도 사양하고 받지 아니했다.

한편 조조의 장수 조홍은 군사를 거느리고 한중에 당도하여 장합, 하후연에게 군사를 거느려 요해처를 지키게 하고 조홍 자신은 대병을 인솔하여 적병을 막았다.

이때도 장비는 뇌동과 함께 파서를 지키고 마초는 군대를 거느려 하판下辦에 당도하자, 오란吳蘭으로 선봉을 삼아 조홍의 군사와 대결하였다.

조홍의 군대와 오란의 군대가 마주치자 오란이 잠깐 군대를 뒤로 물리라 하니, 아장 임기任夔는 마땅치 않게 생각했다.

"적병이 처음 당도했는데 그 예봉을 꺾어 놓지 아니하고 물러간다는 것은 사리에 당치 아니하오. 다음날 마 장군을 만나 볼 면목이 없을 것입니다."

임기는 말을 마치자 창 잡고 조홍의 진으로 말을 달려 뛰어들었다.

조홍이 바라보니 이름 없는 장수였다. 교봉 3합에 임기의 목을 선뜻 베어 말 아래 떨어뜨리고 군사를 휘동하여 오란의 진을 시살하니 오란의 군사는 여지없이 패해 버렸다.

오란은 패잔병을 거느려 마초한테 돌아가니, 마초는 오란을 책망했다.

"너는 어찌해서 내 명령을 아니 듣고 적을 가볍게 보아 군사를 꺾였느냐?"

"임기가 군령을 아니 들어서 오늘날 이 지경이 되었습니다."

"긴하게 애구隘□를 지켜라. 그리고 절대로 교전을 해서는 아니 된다."

마초는 오란을 타이른 후에 급히 성도로 사람을 보내서 앞으로 취할 행동을 현덕과 공명한테 물었다.

한편, 조홍은 마초의 군사가 연일 나오지 아니하는 것을 보고 속임수가 있을까 하여 군사를 거느려 남정으로 돌아왔다.

장합이 조홍을 찾아보고 물었다.

"장군께서는 장수까지 참하셨는데, 어찌해서 철병을 하셨습니까?"

"마초는 보통 장수가 아닙니다. 대진해서 나오지 아니하니, 반드시 무슨 계획을 정한 것 같소. 내가 업군에 있을 때 점 잘 치는 관로가 말하기를 앞으로 대장 한 사람이 전쟁에 꺾이겠다 했소. 조심하지 아니하면 아니 되오. 이 까닭에 후퇴한 것이오."

장합은 조홍의 말을 듣자, 소리를 내어 깔깔 웃으며 말했다.

"장군은 반평생을 대장의 몸으로 지낸 분인데, 점쟁이 말에 마음이 흔들려서 군사를 후퇴시킨단 말씀은, 하하하. 장합이 비록 재주 없으나 수하 장병을 거느려 한번 파서를 취하겠소이다. 파서 땅만 우리 것이 된다면 촉蜀을 취하기는 손바닥을 뒤집는 것보다 더욱 쉬운 일이올시다."

조홍은 손을 저어 말했다.

"파서를 지키고 있는 유현덕의 장수가 누군 줄 아시오. 바로 장비요. 이 사람을 가볍게 보아서는 아니 됩니다."

장비를 우습게 보지 말라는 조홍의 말이 떨어지자 장합은 불끈했다. 얼굴에 핏대를 올렸다.

"사람들이 모두 다 장비를 보고 무섭다 하지만 나는 아이들같이 보오. 이번에 내가 가기만 하면 꼭 사로잡고 말 테요."

"그래도 조심하시오. 실수가 있으면 큰일이오."

조홍은 조심하라고 당부하였다.

"겁낼 것 없소. 군령장軍令狀을 두고 가리다."

장합은 조홍한테 군령장을 바치고 가겠다고 주장했다.

조홍은 하는 수 없었다. 더 만류하지 못했다.

장합은 3만 군사를 인솔하고 파서로 행군하여 험한 산에 의지하여 세 군데 결진結陣을 했다.

한 곳은 암거채岩渠寨라 부르고, 한 곳은 몽두채蒙頭寨라 부르고, 한 곳은 탕석채蕩石寨라 했다.

장합은 장병들한테 영을 내렸다.

"각 진에서 군사 수의 절반은 일선으로 나가 적병과 대결하고 반은 영문을 지키고 있게 하라."

장수들은 장합의 명령에 의하여 반은 지키고 반은 일선으로 나갔다.

장비의 염탐 군사는 장합의 행동을 보자, 나는 듯이 파서로 말을 달려 긴급한 보고를 장비한테 보했다.

"큰일 났습니다. 조조의 장수 장합이 삼만 대병을 거느리고 파서로 향해 오는데, 반은 삼 채寨를 만들어 지키고 있고 반은 행군해 쳐들어옵니다."

장비도 급히 뇌동을 불러 의논하였다.

"조조의 대장 장합이 파서를 취하러 온다 하니 어찌하면 좋겠소?"

"근심하실 것 없습니다. 낭중閬中은 산이 험하고 땅이 약하니 기병奇兵을 매복할 만한 곳입니다. 장군께서 출전하시면 저는 기병을 내서 돕겠습니다. 이쯤하면 장합을 산 채로 잡을 수 있습니다."

장비는 곧 뇌동에게 5천 정병을 주어 나가게 하고 자신은 1만 군사를 거느려 낭중 30리 밖으로 나갔을 때 장합의 군대와 마주치게 되었다.

장비는 고리눈을 부릅뜨고 장팔사모창을 비껴들어 말을 달려 장합한테 싸움을 돋우었다.

장합도 의기가 양양했다. 창 잡고 말을 놓아 장비한테로 덤벼들었다.

두 장수는 박수갈채를 보내는 양편 군사들의 납함 속에 30여 합을 싸웠으나 승부는 나지 아니했다.

이때 돌연 장합의 군대 후면에서 함성이 진동했다.

장합이 고개를 들어 바라보니, 낭산 일대에 촉병의 기치창검이 바람에 펄럭이면서 수를 판단할 수 없도록 많았다.

장합은 의심이 버럭 나서 더 싸울 마음이 없게 되었다.

슬쩍 말 머리를 돌려 달아나기 시작했다.

장비는 기회를 놓치지 아니했다.

"이놈, 장합아, 네 어디를 가려느냐?"

호통 치며 뒤를 쫓았다.

장합이 채를 쳐 달아나려 할 때, 한 떼 군사가 산길에서 쏟아져 나왔다. 뇌동이 거느린 5천 정병이었다.

장비와 뇌동은 군사를 거느려 달아나는 장합의 군사를 협공하니 장합의 군사는 사분오열이 되어 대패해 달아났다.

장비와 뇌동은 밤을 도와 암거산으로 달아나는 장합을 쫓았다.

장합은 패잔병을 거느려 영채로 돌아간 후에 뇌목攂木[1]과 포석을 쌓아놓고 영문을 굳게 지켜 싸우지 아니했다.

장비도 하는 수 없었다. 암거산 10리 밖에 진을 치고 다음 날 다시 싸움

---

1) **뇌목** : 돌을 쳐서 날리는, 나무로 만든 기계.

을 돋우었다.

　장합은 산 위에 높이 올라 풍악을 갖춘 후에 술자리를 베풀어 아장들과 술을 마시고 산에 내려가 싸우지 아니했다.

　일부러 장비의 약을 올리자는 계획이었다. 장비는 군사를 시켜 장합을 욕하고 조롱했다. 그러나 장합은 꼼짝도 아니하고 술만 마시고 있었다.

　날이 저무니 장비는 돌아갈 수밖에 없었다.

　다음 날이 되었다. 장비는 뇌동을 시켜 또다시 장합한테 싸움을 돋우었다.

　그러나 장합은 여전히 응전을 아니했다. 뇌동은 참을 수가 없었다. 급히 말을 달려 산으로 올라갔다.

　장합은 산상에서 대포로 돌을 쏘고 뇌목으로 돌을 날렸다. 뇌동의 군사는 배겨 낼 도리가 없었다. 황망히 군사를 물리려 할 때, 장합이 양편으로 군사를 몰아 나오니 뇌동은 대패해 달아났다.

　다음 날 장비는 친히 나와 싸움을 돋우었다. 그러나 장합은 또다시 나오지 아니했다. 장비는 군사를 시켜 장합을 욕하고 꾸짖었다.

　장합은 산 위에서 패거리 하여 장비를 욕하고 꾸짖을 뿐 정작 싸움은 하지 아니했다.

　장비는 백 가지로 생각했으나 계책이 없었다. 서로 대치한 지 50여 일이 지났다.

　장비는 장합이 있는 산 앞에 일부러 진을 쳐 놓고 날마다 술을 마셨다. 술이 거나하게 취하면 몸을 비틀거려서 장합의 진을 바라보며 되게 욕을 해 붙였다.

　때마침 현덕은 삼군을 호궤하려 하여 사신을 보냈다.

　장비는 대취해 있었다. 술이 엉망 고주가 되어 온종일 장합을 욕하며 투덜거렸다.

　사신은 한중으로 돌아와 현덕한테 고했다. 현덕은 깜짝 놀랐다.

　곧 제갈공명을 찾아 문의했다.

　"익덕이 장합과 대결하는 이 긴급한 때에 술만 마시고 있다 하니 어찌하면 좋겠소?"

　공명은 껄껄 웃으며 대답했다.

　"군중에 좋은 술이 없을 것입니다. 성도에는 좋은 술이 많을 테니 오십 독만 세 번에 나누어 실어서 장 장군이 마시도록 보내십시오."

　현덕은 정색하고 말했다.

　"내 아우 장비는 원래 술을 잘 마십니다만 이로 인해서 실수도 많습니다. 군사께서는 무슨 까닭에 술을 주라 하십니까?"

　공명은 다시 웃으며 말했다.

　"주공께서는 익덕과 함께 결의형제를 하시어 다년간 전장에 왕래하시면서 아직도 그의 사람됨을 모르십니까?"

　"아니까 말을 하는 것이 아닙니까?"

　공명은 다시 웃으며 말했다.

　"장익덕은 자래로 용맹한 사람입니다. 그러나 전에 서천을 취할 때 선뜻 적장 엄안을 의석義釋한 일이 있습니다. 이것이 용부勇夫의 용맹만으로는 생의도 못할 짓입니다. 오늘날 익덕은 장합과 함께 오십여 일을 두고 대치하고 있습니다. 술이 잔뜩 고주가 되어, 싸움에 응하지 않는 장합을 방약무인 욕하고 꾸짖는 것도 까닭이 있을 것입니다. 얼른 보면 술을 탐하는 행동 같습니다마는 실상인즉, 장합을 패하게 하자는 계교입니다. 주공께서는 꼭 술을 보내도록 하십시오."

　"군사의 말씀대로 하리다. 그러나 마시라고 보내는 술이 아니라, 계교로 보내는 술을 아무한테나 함부로 보낼 수야 있소? 위연보고 영거해 가라고 하면 어떠하겠소?"

"좋습니다."

공명은 위연에게 술을 가지고 가는데 수레마다 누른 황기黃旗를 꽂고, 기에는 '군전공용미주軍前公用美酒'라 크게 쓰라 했다.

위연은 영을 받아 수레에 가득 술을 싣고 누른 기에 글씨를 써서 장비의 진을 찾았다.

장비는 흔연히 위연을 맞이했다. 위연은 현덕이 술 보낸 일을 말하니, 장비는 두 번 절하여 술을 받은 후에 위연과 뇌동에게 군령을 주었다.

"장군들은 각각 일지 병마를 거느리고 좌우익이 되어 대기하고 있다가 군중에서 붉은 기가 흔들리는 것을 군호로 하여 적진 중으로 돌격하라."

영을 내린 후에 장하帳下에 기치창검을 호화스럽게 꽂고 북을 치면서 현덕이 보낸 술을 배설하여 장병들과 함께 쾌활하게 마시기 시작했다.

장합의 염탐 졸개는 급히 산으로 올라가 장합한테 보했다.

"장비가 군사들과 큰 잔치를 벌이고 진탕만탕 술을 마시며 놀고 있습니다."

장합이 보고를 받고 산봉우리에 올라 바라보니, 과연 장비는 장하에 술자리를 벌여 놓고 호쾌하게 술을 마시면서, 두 명 졸개에게 씨름을 시키면서 흥겹게 놀고 있었다. 태도가 너무나 거만하고 여유가 작작했다. 안하무인이었다.

장합은 분한 생각이 머리에 가득했다.

"장비란 놈이 나를 너무나 업신여기는구나!"

급히 아장을 불러 분부를 내렸다.

"오늘 밤에는 기어코 산에 내려 장비의 진을 겁채하리라. 몽두채와 탕석채에 있는 군사들도 함빡 나와서 좌우익이 되어 후원하라!"

이날 밤에 장합은 은빛같이 밝은 달빛을 밟고 군사를 거느려 가만가만 산 아래로 내렸다.

멀리 장비의 진을 바라보니, 장비는 휘황찬란하게 등불을 밝혀 놓고 군사들과 함께 아직도 술을 마시고 있었다.

장합은 대갈일성 앞으로 말을 달려 나갔다. 산에서는 북이 울고 군사들의 납함 소리는 천지를 진동했다.

장합이 거느린 군사들은 단번에 장비의 진으로 돌격해 들어갔다. 장비의 진은 술타령인데, 장합의 군사는 무인지경처럼 쳐들어갔다.

장합은 군사를 거느리고 일진一陣, 이진二陣을 무인지경처럼 거쳐서 중군中軍에 당도하니 기막히지 아니한가. 장비는 대청 위에 교의를 타고 엄연히 앉아서 쳐들어가는 자기를 오만하게 바라보고 있었다.

장합은 희미한 달빛 아래 장창을 비껴들고 말을 달려 장청으로 뛰어들었다.

번뜻 창을 들어 장비를 향하여 찔렀다.

창 닿는 맛이 달랐다. 퍽 소리가 나면서 장비는 쓰러졌다.

자세히 보니 사람이 아니라 짚으로 만들어 갑옷을 입혀 놓은 허수아비였다.

장합은 '속았구나!' 했다. 급히 말 머리를 돌려 뛰어나가려 할 때, 홀연 장 뒤에서 연주포 터지는 소리가 우당탕 천지를 뒤흔들면서 일원 대장이 호통 쳐 나와 장합의 달아나는 길을 가로막았다.

호통 소리는 우레 같고 눈을 똥그랗게 떠서 광채가 사람을 쏘아 죽일 듯했다. 고리눈, 표범의 수염인 장비가 분명했고 장합은 정신이 아뜩했다.

장비는 장팔사모창을 움켜쥐고 말을 달려 덤벼들었다.

"이놈, 장합아, 오십여 일 만에 잘 만났다. 네 어디로 달아나려 하느냐?"

장합은 싸우지 아니할 수 없었다.

은은한 달빛과 충천하는 화광 속에서 치고 찌르고 피하고 달리고 50여 합을 싸웠다.

그러나 맹장 장합도 장비의 용맹은 당해 낼 수 없었다. 점점 손이 떨리기 시작했다.

장합은 몽두채蒙頭寨와 탕석채蕩石寨에서 구원병이 오기를 기다렸다. 그러나 벌써 위연과 뇌동이 각각 두 진으로 쳐들어가서 병졸들을 죽이고 영채를 점령해 버렸으니 구원병이 올 까닭이 만무했다.

장합은 초조했다. 다시 자기가 있던 산채를 바라보았다.

산 위에는 화광이 충천해서 영문은 불바다가 되어 버렸다. 장비의 후군이 산으로 기어올라 영문에 불을 지른 것이었다.

장합의 세 곳 영채는 장비한테 다 뺏기고 말았다.

장합은 5척五尺 한 몸을 붙일 땅이 없게 되었다.

장비를 버리고 급히 말 머리를 돌려 죽을힘을 다하여 와구관瓦口關으로 달아났다.

장비는 크게 승리를 거둔 후에 이긴 첩보를 성도에 보하니 현덕은 크게 기뻐했다. 비로소 공명의 말대로 술을 마신 것이 진정으로 마신 것이 아니라 장합을 유인하기 위하여 마신 것인 줄 알고 장비도 이제는 철이 났구나 했다.

한편, 장합은 달아나 와구관을 지키니 이때 병력은 3만에서 2만이 꺾여서 겨우 만 명밖에 남지 아니했다.

사람을 조홍한테 보내서 구원해 주기를 청했다.

조홍은 크게 노했다.

"네가 기어코 내 말을 듣지 않고 어거지를 써 출병을 하여 긴요한 요새지대를 잃어버리고 도리어 구원을 청하느냐? 뻔뻔스런 놈!"

조홍은 구원병을 내주지 아니했다. 뿐만 아니었다. 사람을 보내서 어서 장비와 싸우라고 재촉이 비상했다.

장합은 황급했다. 군사를 두 대로 나누어 와구관 산기슭에 매복하고 아장들한테 분부를 내렸다.

"내가 거짓 패하여 달아나는 체하면 장비는 내 뒤를 쫓을 것이다. 그때 가서 너희들은 장비의 돌아가는 길을 끊어라."

명령을 내린 후에 곧 군사를 거느려 앞으로 나갔다.

때마침 와구로 쳐들어오는 뇌동과 장합은 마주치게 되었다.

싸운 지 수합이 못되어 장합은 패해 달아났다. 뇌동은 신명이 나서 뒤를 쫓았다.

장합의 매복했던 군대는 양편에서 일제히 나와 뇌동의 쫓는 길을 끊었다.

이때 장합은 급히 말 머리를 돌려 비호같이 달려들어 장창으로 뇌동의 허리를 찔러 마하馬下에 떨어뜨렸다.

패한 군사들은 본진으로 돌아가 뇌동의 죽음을 보했다. 장비는 크게 놀라 친히 말을 몰아 장합과 대결하려 했다. 그러나 장합은 두어 번 창을 쓰다가 거짓 패해 달아났다.

장비는 동정을 바라보며 잠깐 말을 멈추고 쫓지 아니했다.

장합은 또다시 돌아와서 장비한테 지근대다가 거짓 패해 달아났다.

장비는 확실히 장합이 계교로 유인하려는 것을 알았다.

군마를 거두어 본진으로 돌아간 후에 위연과 서로 의논하였다.

"장합이 매복계埋伏計를 써서 뇌동을 죽이고 또다시 나를 유인하려 하니, 방약무도한 행동이구려. 무슨 좋은 계책이 없겠소이까?"

"글쎄올시다. 어찌하면 좋겠습니까?"

위연이 되물었다.

장비는 한동안 생각하다가 말을 꺼냈다.

"나는 내일 한 떼 군마를 거느리고 먼저 갈 테니 위 장군은 뒤에 정병을 인솔하고 있다가 복병이 나오는 대로 돌격해 버리십시오. 그리고 수레 십여 채에 시초柴草를 잔뜩 실어서 작은 길목을 막고 있다가 불을 놓아 태워 버리시오. 그러면 나는 그 기회에 장합을 산 채로 잡아서 뇌동의 원수를 갚겠소이다."

"명령대로 시행하겠습니다."

위연은 군령을 받고 나갔다.

다음 날 날이 밝았다. 장비가 군대를 거느려 진문 밖으로 나가니 장합도 달려왔다. 장비와 함께 교전 10합에 또다시 거짓 패해 달아났다. 장비는 장합이 거짓 패해 달아나는 것을 알면서 모르는 체 쫓아갔다.

장합은 한편으로 쫓아가는 장비와 싸우면서, 한편으로 장비를 유혹하여 달아났다. 싸우고, 달아나고, 달아나면서 싸웠다. 산모퉁이로 꺾어 들기 시작했다.

장합은 후군을 앞으로 내세우고 다시 장비한테로 덤벼들었다.

이때 장합은 산 뒤에 두 떼 복병을 매복했다가 양편으로 장비를 에워쌀 계획을 정해 놓았다. 그러나 뜻밖이었다. 위연이 정병을 거느리고 산골에 당도하여 나무와 마량 실은 수레로 길을 막고 불을 지르니 화광은 충천하면서 산골엔 연기가 자욱했다. 앞뒤를 분간할 수 없었다. 장합의 복병은 감히 나올 수가 없었다.

장비는 장팔사모창으로 장합을 욱여 대니 장합은 대패해 달아나서 와구관을 긴히 지키고 다시는 나오지 아니했다.

장비는 위연과 함께 날마다 와구관을 공격했으나 함락을 시키지 못했다.

장비는 진을 20리 밖으로 물린 후에, 위연과 함께 수십 기를 거느리고 산변 소로에서 친히 군정軍情을 살피고 있었다.

장비가 언뜻 앞을 바라보니, 남녀 8~9명이 등에 괴나리봇짐을 짊어지고 칡덩굴과 등 뿌리를 휘어잡고 산으로 기어 올라갔다. 피란 가는 백성들이 분명했다.

장비는 마상에서 채찍을 들어 백성들을 가리키며 위연보고 말했다.

"와구관을 뺏는 것은 저 백성들한테 달려 있소."

말한 후에 졸개 군사를 불렀다.

"저기 저 산으로 기어오르는 백성들을 놀라지 않게 해서 이리 데리고 오너라."

졸개 군사들은 산으로 올라 백성을 데리고 왔다.

장비는 좋은 말로 그들을 놀라지 않도록 안심시킨 후에,

"어디서들 오는 사람들인가?"

부드럽게 물었다.

백성 한 사람이 여러 사람을 대신해서 대답했다.

"저희들은 모두 다 한중漢中에 사는 백성들이올시다. 고향으로 돌아가는 길인데, 큰 전쟁이 벌어져서 낭중閬中 큰길이 막혔다는 소문을 듣고 길을 돌아서 창계蒼溪를 지나 신동산梓潼山 회근천檜釿川을 건너서 한중으로 가는 길입니다."

장비는 백성들한테 다시 물었다.

"그럼, 자네들이 가는 이 길목에서 와구관을 가자면 상거가 얼마나 되겠나?"

"얼마 아니 됩니다. 지척이올시다. 신동산 소로로 넘으면 바로 와구관 뒤로 빠지는 길입니다."

백성의 말을 듣자 장비는 크게 기뻤다. 곧 백성들을 영채로 데리고 가서 술과 밥을 대접하라 이른 후에 위연에게 분부하였다.

"장군은 군사를 이끌고 와구관 정면을 공격하시오. 나는 단출한 기병을 거느리고 신동산을 넘어서 와구관 후면을 무찌르겠소."

장비는 분별을 마친 후에 5백 군사를 이끌고 백성들을 길잡이로 하여 산을 넘어 초로樵路로 나갔다.

한편, 장합은 기다리는 구원병이 혹시 오지 않나 하고 마음이 초조해 있을 때 염려하던 졸개가 고했다.

"위연이 와구관 정면을 공격합니다."

장합은 급히 갑옷을 떼어 입고 말 타고 산으로 내려가려 하는데 또다시 졸개가 급히 뛰어와 고했다.

"와구관 뒤에 불길이 네다섯 곳에서 일어나고 한 떼 군마가 쏟아져 오는데 어느 곳에서 오는 군사인지 모르겠습니다."

장합은 혹시나 구원병이 오지 않나 하고 군사를 거느려 맞이하러 나갔다. 그러나 앞에 오는 군대 기가 바람에 펄펄 날리면서 일원 대장이 말을 몰아 나오는데 고리눈을 부릅뜨고 표범의 수염을 뻗친 장비였다.

장합은 어마뜨거라 하고 대경실색하여 말 머리를 돌려 달아났다.

그러나 길은 좁고 산은 험했다. 말은 달리지 못했다. 뒤에서는 장비의 호통 소리가 벼락같이 떨어졌다.

노장 황충은 천탕산을 뺏다

장합은 하는 수 없어 말을 버리고 산길 소로로 뛰어내려 도망쳐 달아났다.

따라가는 군사들은 겨우 10여 명밖에 아니 되었다.

장합은 맨발로 걸어 거지꼴이 되어 남정南鄭으로 가서 조홍을 만났다.

조홍은 장합이 거느리고 온 군사가 3만 명에서 겨우 10여 명밖에 아니 남은 것을 보고 크게 노했다.

"내가 너를 보고 가지 말라 했는데 어거지를 써서 군령장까지 놓고 가더니 겨우 이 꼴이 되어 돌아왔으니, 네 스스로 죽지 아니하고 무슨 낯짝을 들고 와서 나를 보느냐!"

조홍은 장합을 개 꾸짖듯 한 후에 무사를 불렀다.

"저놈 장합을 끌어내어 목을 베어라."

호령이 추상같았다.

행군行軍 사마司馬 곽회郭淮가 간하였다.

"삼군三軍의 군졸들은 얻기 쉽습니다마는 한 사람 장수는 구하기 어렵습니다. 장합이 비록 패전한 죄가 있다 하오나 위왕 전하께서 신임하시고 사랑하시는 사람입니다. 함부로 죽일 수 없습니다. 다시 오천 병마를 주시어 가맹관을 취하면 한중漢中은 자연 안정될 것입니다. 이러해도 성공을 못하면 그때 가서 두 가지 죄를 합해 주신다 해도 늦지 아니할까 합니다."

조홍은 곽회의 말을 들었다. 장합을 준절하게 타이른 후에 가맹관을 취하여 죄를 속하라 했다.

한편, 가맹관을 지키고 있는 현덕의 대장은 맹달과 곽준이었다. 장합의 군사가 온다는 말을 듣고 곽준은 굳게 지키라 하고 맹달은 적을 맞아 싸우려 했다.

맹달은 말을 달려 장합과 싸우다 단번에 대패해서 돌아왔다.

곽준은 급히 성도로 사람을 보내서 맹달의 패전한 사실을 보고했다.

현덕은 여러 장수를 회의청에 모아 놓고 공명을 청하여 의논하였다.

"지금 가맹관이 긴급하니 낭중閬中에 있는 익덕을 불러서 장합을 물리치는 것이 어떠하겠소?"

옆에 있던 법정이 대답했다.

"지금 익덕은 와구진에 둔병하여 낭중을 지키고 있습니다. 이곳 또한 요긴한 요해처올시다. 등한히 할 곳이 아닙니다. 여기서 장수를 한 사람 보내서 가맹관으로 쳐들어오는 장합을 막게 하십시오."

공명이 웃으며 말했다.

"장합은 조조의 장수 중에 소문난 명장입니다. 등한히 볼 사람이 아닙니다. 익덕이 아니고는 당해 낼 사람이 없을 것입니다."

공명의 말이 채 떨어지기 전에 홀연 한 사람이 자리에 일어나 큰소리로 말했다.

"군사軍師께서는 어찌 그리 여러 사람을 가볍게 보십니까? 내가 비록 재주 없으나 장합의 머리를 베어 휘하에 바치겠소이다."

모든 장수들이 바라보니 노장 황충이었다.

공명이 정색하고 말했다.

"한승漢升이 비록 용맹하시다 하나 어찌합니까, 연치가 높으신 것을. 모르면 모르되 장합의 적수가 아닐까 합니다."

노장 황충은 공명의 말을 듣자 분함을 이기지 못하여 서리 같은 흰 수염이 세로가로 뻗쳐 일어났다. 큰소리로 외쳤다.

"내가 비록 늙었다 하나 두 팔을 벌리면 석 섬 무게의 큰 활을 들 수 있고, 온몸의 힘은 천 근들이 물건을 들 수 있소. 그래 장합 필부 놈을 내가 대적하지 못한단 말씀이오."

황충은 노기가 등등했다.

공명은 여전히 고개를 가로흔들었다.

"장군께서는 연근年近 칠십七十이신데, 어찌 아니 늙으셨다 하십니까?"

노장 황충은 열이 벌컥 올랐다. 천천히 걸어 당 아래로 내려갔다. 시렁에 놓인 큰 칼을 뽑아 들었다. 단번에 번쩍 칼을 들어 칼춤을 추었다.

다음엔 큰 활을 번쩍 들어 손아귀에 넣고 와지끈 꺾었다.

모두 다 감탄하였다.

"어떻소, 이만하면 내 힘이?"

노장 황충은 당상에 있는 현덕과 공명을 바라보았다.

"장군께서 출전을 하신다면 누구로 부장을 삼으시는 것이 좋겠습니까?"

공명이 비로소 물었다.

"늙은 장수에 엄안이 있소이다. 이 사람이면 함께 가겠소. 가서 추호라도 실수가 있다면 이 센, 대가리를 군사께 바치오리다."

황충의 기상은 늠름했다.

공명과 함께 있던 현덕은 크게 기뻤다.

"장군의 용기가 무던하오. 곧 엄 장군과 함께 출전 준비를 차려서 장합을 물리치시오."

현덕은 쾌하게 황충의 출전을 허락했다.

뜰아래 시립해 있던 상산 조자룡이 아뢰었다.

"지금 장합이 친히 가맹관을 침범하는 이 판국을 군사께서는 아이들 장난으로 보십니까? 만약 가맹관을 한번 잃어버린다면 당장 익주가 위태롭습니다. 무슨 까닭에 노 장군들만 뽑아 보내십니까? 그 이유를 모르겠습니다."

제갈공명은 미연히 웃으며 대답했다.

"조 장군은 두 장군이 노쇠한 것을 염려하는 모양이나 나의 추측으로는 한중漢中을 평정할 사람은 황충, 엄안 두 장군밖에 없을 줄 아오."

공명의 말을 듣자 조자룡은 기가 찼다. 씁쓸한 웃음을 웃고 물러났다.

현덕의 허락을 받아 황충, 엄안 두 장군이 가맹관에 당도하니 구원병이 오기를 고대하고 있던 맹달, 곽준은 늙은이들이 오는 것을 보고 입맛이 썼다. 비아냥거려 웃으며 말했다.

"공명도 머리가 잠깐 돌았나 보오. 도대체 웬일이오. 저 머리 흰 늙은이를 가지고 어떻게 범 같은 장수 장합과 대결을 하라는 거요."

탄식하기를 마지아니했다.

눈치를 본 황충이 엄안한테 말했다.

"여보 장군, 저 사람들의 동정을 보셨소? 우리 두 사람이 늙어서 소용이 없는 줄 아는 모양이오. 빨리 공을 세워서 여러 사람들의 마음을 복종시켜 놓아야겠소이다."

"그저, 장군의 명령대로 따르겠소이다."

엄안은 황충과 함께 출전 준비를 차렸다.

다음 날 날이 밝았다. 황충은 가맹관 밖에 나가 장합과 대전하고 있었다.

장합이 진문 앞에 나와 보니, 노장 황충이 창을 비껴들고 싸움을 돋우고 있었다.

장합은 마상에 높이 앉아 소리쳐 깔깔거리며 말을 건넸다.

"너희 진에는 사람이 그다지도 없느냐? 늙은 것이 염치도 없이 싸우러 나오다니 말이 되느냐. 과연 철면피로구나."

장합의 비웃는 말을 듣자 황충은 대로했다.

"이놈, 더벅머리 놈이 너무나 무례하구나. 네 이놈, 나의 늙은 것을 업신여기느냐. 내 손에 잡은 보배로운 칼은 아직도 늙지 아니했다."

황충은 장합을 한바탕 꾸짖고 말을 채쳐 장합한테로 향했다.

양편 말은 소리를 쳐 으르렁거리며 창과 칼은 햇빛 아래 서리를 뿜었다.

서로 어우러진 지 20여 합에 승부가 나지 아니했다.

이때, 홀연 등 뒤에서 함성이 천지를 진동하면서 한 떼 군마가 돌격해 들어와 장합의 진을 무찔러 댔다.

일지 군마는 다른 군사가 아니라 엄안嚴顔이 거느린 군사였다.

원래 엄안은 산골 소로로부터 쳐들어와서 장합의 군대를 협공했다.

노장 황충의 군대와 노장 엄안의 군대는 함성을 지르며 장합의 군대를 일시에 협공하니 장합의 군대는 대패해 달아나 군대를 90리 밖으로 철수했다.

황충과 엄안은 첫 번에 승리를 거둔 후에 군사를 거느려 진 속으로 들어가 움직이지 아니했다.

한편, 조홍은 장합이 다시 패했다는 소식을 듣자 펄펄 뛰었다.

"천하 맹장이라 하는 위인이 번번이 패하기만 하니 너무나 교만하고 고집이 센 까닭이다. 이번엔 단연코 잡아다가 군법 시행을 하리라!"

모사 곽희가 간하였다.

"장합을 너무 협박하시면 서촉 유비한테로 가기 쉽습니다. 그리하지 마시고 장수 한 사람을 보내서 일변 도와주시고, 일변 감시하라 하시면 딴맘을 먹지 아니할 것입니다."

조홍은 모사 곽회의 말을 들었다. 곧 하후돈의 조카 하후상과 항복한 장수 한현지韓玄之의 아우 한호韓浩를 불렀다.

"너희들은 오천 병마를 거느리고 장합을 도와주라."

두 장수는 청령한 후에 즉시로 군사를 거느려 장합의 진을 찾았다.

두 장수는 장합에게 군정軍情을 물었다.

"저편에서는 늙은 장수들이 제법 용병을 할 줄 아는구려."

"노장 황충이 매우 영용英勇한 데다가, 다시 엄안이 있어 서로 도와주니 만만치 않소이다. 적을 가볍게 볼 수 없소이다."

장합의 말을 듣자, 한호가 말했다.

"내가 장사長沙에 있을 때, 저 늙은 도적놈은 위연과 합심이 되어 성지를 바치고 우리 형님을 해친 자올시다. 이번에 이 자를 만났으니, 나는 꼭 내 형님의 원수를 갚아야 하겠소!"

한호는 말을 마치자, 곧 하후상과 함께 새로운 군사를 거느리고 장합의 진을 떠나 황충의 진으로 향해 나갔다.

한편 황충은 엄안과 함께 날마다 전초병을 보내서 부근의 지세를 살폈다.

엄안이 황충과 의논하였다.

"이곳에서 한참 가면 높고 험한 일좌 명산이 있는데, 이름을 천탕산天蕩山이라 합니다. 산중에는 조조가 군량미를 많이 저축해 두었소이다. 우리는 이곳을 점령해서 적병의 양식을 끊어 버린다면 한중漢中은 손쉽게 우리 것이 될 것입니다."

"장군의 말씀이 정히 내 뜻과 합하오."

황충은 엄안의 말에 찬동한 후에 그의 귀에 입을 대고 가만히 무슨 계교를 주었다.

엄안은 고개를 끄덕인 후에, 일지 군마를 거느리고 어디론지 향하여 말을 달려 나갔다.

이때, 하후상과 한호는 군사를 거느려 황충의 진 앞에 당도했다.

한호는 황충을 향하여 크게 꾸짖었다.

"의롭지 못한 늙은 도적아, 나는 한현지의 아우 한호다. 내 오늘 너, 늙은 놈을 잡아서 우리 형님의 원수를 갚겠다."

소리치며 말을 달려 황충을 찌르려 했다.

하후상도 말을 달려 황충을 취하려 덤벼들었다.

노장 황충은 한 칼로 한호를 막아 내고, 한 칼로 하후상을 물리치면서 10여 합을 싸우다가 말 머리를 돌려 슬며시 달아났다.

하후상, 한호 두 장수는 황충을 쫓아 20여 리를 달려서 황충의 진을 빼앗아 버렸다.

영문을 빼앗긴 황충은 다시 한 채 영문을 지었다.

다음 날이 되었다. 하후상과 한호는 다시 싸움을 돋우었다.

황충은 응전하여 싸우다가 당해 내지 못하는 듯 말을 달려 달아났다. 두 장수는 의기양양해서 황충의 뒤를 쫓았다.

20리를 돌격하여 새로 배치한 황충의 영채를 또 차지했다.

두 장수는 의기가 더욱 높았다. 장합을 불러 먼저 점령했던 영채를 지키라 했다.

장합은 간하였다.

"황충이 내리 이틀을 두고 패하는 것을 보니, 반드시 속임수가 있는 듯하오."

하후상이 노기를 띠고 장합을 핀잔주었다.

"당신이 이같이 겁이 많으니 여러 번 패할 수밖에 도리가 없었을 거요.

중언부언 잔소리하지 말고 우리들이 성공하는 것을 가만히 앉아서 바라나 보구려."

장합은 얼굴이 벌게져 물러났다.

다음 날이 되었다. 두 장수는 또다시 황충과 싸웠다. 황충은 이번에도 패전하여 20리 밖으로 물러가 영문을 세웠다.

다음 날 한호, 하후상은 또다시 황충의 진에 나타나 싸움을 돋우었다. 황충은 이번에도 패전이 되어 바람같이 쫓겼다. 바로 성 위로 올랐다.

두 장수는 성문 앞에 나타나 싸움을 돋우었다. 황충은 성문을 굳게 닫고 나오지 아니했다.

성을 지키고 있던 맹달은 황충이 연해 패해서 성안으로 쫓겨 들어오는 것을 보고 마땅치 않게 생각했다. 가만히 편지를 써서 현덕한테 고했다.

현덕은 황충이 연전연패해서 성안으로 들어왔다는 맹달의 기별을 듣고 깜짝 놀랐다. 황망히 공명한테 물었다.

공명은 태연히 대답했다.

"주상께서는 과히 놀라지 마십시오. 이것은 노장 황충의 교병계驕兵計올시다. 적의 군사를 교만하게 하는 계교입니다."

조자룡의 무리는 공명의 말을 듣고 빙긋 웃음을 지어 비아냥거렸다.

"아무리 황충이라 하나 패한 것이지 교병계란 딴말일세."

현덕은 그래도 미심쩍어 했다. 양아들 유봉을 보내서 황충을 도우라 했다.

황충은 유봉을 향하여 물었다.

"소小 장군將軍께서 몸소 오시어 도와주시니 감사하외다마는 어찌해서 오셨습니까?"

"아버님께서 장군이 여러 번 패하셨다는 말씀을 들으시고 특별히 저를 보내서 도와 드리라 하신 것입니다."

황충은 껄껄 웃으며 말했다.

"그것은 노부의 교병계騎兵計올시다. 일부러 패한 것이지요. 오늘 밤엔 한번 싸워서 잃었던 영채와 양곡과 마필을 모조리 탈환할 뿐 아니라 적병의 군기와 치중을 함빡 빼앗아 올 것입니다. 소 장군께서는 가만히 앉아 계시어 적병을 무찌르는 수단을 구경하십시오."

노장 황충은 기상이 씩씩했다.

이날 밤 삼경 때쯤 되자, 황충은 곽준에게 성을 지키라 하고 맹달로 후군後軍을 주장하게 한 후에 스스로 5천 병마를 거느려 성문을 활짝 열고 짓쳐 나갔다.

이때, 조조의 대장 하후상과 한호는 황충이 날마다 성문을 굳게 닫고 응전을 아니하니 장수와 군사의 마음이 해이하게 풀어졌다. 모두 다 초저녁부터 누워서 잠이 깊이 들었다.

출기불의出其不意 쏟아져 들이치는 황충의 5천 병마가 오는 줄을 까맣게 몰랐다.

고함 소리 하늘을 뒤흔들며 화광이 충천하게 햇불을 들고 쳐들어오는 5천 군마가 5만 내지 10만으로 보였다.

한호와 하후상의 군사들은 잠결에 서로 짓밟으며 갑옷투구를 떼어 입고 말에 안장을 올렸다.

그러나 수각이 황난했다. 장수들은 갑옷을 입을 틈이 없고 군사들은 말에 안장을 얹을 여유가 없었다.

황충의 5천 병마는 일시에 와짝 홍수처럼 몰려들었다. 죽고 상하는 자가 부지기수였다.

한호와 하후상은 목숨을 구하여 달아났다.

날이 훤하게 동이 틀 때, 노장 황충이 거느린 5천 병마는 내주었던 세 군데 영채를 다 빼앗아 버리고 맹달은 군기와 안마와 양곡을 모조리 거두어 성안으로 운반했다.

황충은 쾌하게 승리를 거둔 5천 병마를 휘동하여 적병을 추격했다.

"군사들이 격전을 하느라고 너무 피곤합니다. 잠깐 쉬어 가지고 적굴로 들어갔으면 좋겠습니다."

유봉이 황충한테 의견을 말했다.

"천만에, 이긴 군사는 피로하지 아니한 법이오. 호랑이 굴로 들어가지 아니하고 어찌 호랑이 새끼를 얻겠소?"

노장 황충은 앞에서 말을 달리니 군사들은 용기가 솟구쳐 적진으로 향했다.

이때 한호, 하후상의 패잔병들은 황충의 군대에 앞서서 달아나다가 자기편인 장합의 영채로 몰려들었다. 장합의 군대는 자기편 패잔병을 황충의 군사로 잘못 알고 죽이고 찔러서 상한 자가 부지기수였다. 뒤미처 황충의 5천 병마가 물밀듯 쳐들어가니 장합의 군대는 대패해서 한수漢水 변으로 달아났다

얼마 후에 장합은 패장 한호, 하후상과 서로 만나게 되었다.

하후상과 한호를 불러 의논하였다.

"천탕산天蕩山은 군량미를 풍부하게 저축한 곳일 뿐 아니라 옆에 인접해 있는 미창산米倉山도 또한 양곡을 많이 저축해 둘 만한 곳입니다. 이곳은 다 함께 한중漢中에 있는 군대를 먹여 줄 수 있는 보배로운 창고 지대라 할 수 있소. 만약 이곳을 잃는다면 한중이 없어지는 것이나 매한가지가 되니 어떻든 천탕산은 우리가 지켜야만 하겠소이다."

장합의 말이 떨어지자 하후상이 말했다.

"미창산에는 나의 아저씨 하후연이 지키고 계시고 바로 그 옆에는 정군산定軍山이 연해 있고 천탕산에는 또 우리 형님 하후덕이 있으니 아무 염려 없소이다. 우리들은 이곳으로 가서 지키기로 합시다."

"좋소이다."

일동은 곧 패잔병을 수습하여 천탕산에 있는 하후덕을 찾았다.

하후덕은 세 장수를 만나는 김에 자세한 사정을 듣고 구원할 뜻을 표했다.

"나한테 십만 명의 군사가 있으니 자네들은 군사를 영솔하여 잃은 영채를 탈환하는 것이 어떠한가?"

장합이 고개를 가로흔들었다.

"아직 망동할 때가 아닙니다. 굳게 지켜야 할 것입니다."

장합의 말이 채 떨어지기 전에 홀연 산모퉁이에 북소리와 징 소리가 요란하게 산골을 흔들면서 보발 군사가 숨이 턱에 차서 뛰어들어 고했다.

"황충의 군사가 쏟아져 들어옵니다."

하후덕은 보고를 받자 소리를 높여 껄껄 웃었다.

"늙은 것이 병법도 모르면서 단지 용기만 믿는구나."

장합이 고개를 설레설레 저었다.

"황충은 용맹만 있는 것이 아니라 지모도 대단합니다."

"서천 군사가 수백 리 먼 길에 와서 연일 피곤한 중에 다시 험악한 산중에서 싸우려 하니 이것이 무모한 짓이 아니고 무어겠소?"

하후덕은 아직도 자만심이 가득했다.

"그렇지만 장군께서는 너무 경적은 마십시오. 긴하게 지키셔야 합니다."

장합은 황충한테 혼이 난 장수였다. 자꾸 지키는 것이 좋다고 주장했다.

한호가 말했다.

"저한테 정병 삼천만 꾸어 주신다면 황충을 기어이 이겨서 패한 한을 풀겠소이다."

하후덕은 한호에게 3천 정병을 주어 산을 내려 싸우라 했다.

한호가 군사를 거느려 천탕산 아래로 내려가니 노장 황충은 마상에 창을 비껴들고 대결하기를 기다리고 있었다.

황충이 대결하러 나가는 것을 보고 유봉이 간하였다.

"해가 벌써 서산으로 기울어지기 시작합니다. 군사들도 멀리 와서 피곤한 모양이니 잠깐 쉬었다가 싸우시는 편이 좋겠습니다."

노장 황충은 껄껄 웃으며 대답했다.

"그렇지 아니합니다. 이번 싸움은 하늘이 주시는 좋은 기회입니다. 하느님께서 주시는 일을 취하지 아니한다면 이것은 역천逆天하는 일이 됩니다."

황충은 말을 마치자 군사와 함께 납함하여 돌진했다.

이 모양을 본 한호韓浩도 말을 놓아 군사를 거느리고 황충의 진으로 뛰어들었다.

황충은 하룻강아지 범 무서운 줄 모르고 달려드는 한호를 맞이하여 한 칼 아래 번득 목을 베어 마하馬下에 떨어뜨렸다.

황충의 군사는 기운이 와짝 솟구쳤다. 고함치며 산 위로 기어올랐다.

장합은 하후상과 함께 급히 군사를 거느려 황충과 대결하러 나왔다.

이때, 돌연 천탕산 후면에서 고함 소리 천지를 진동하면서 화광은 하늘을 벌겋게 물들였다.

천탕산 본진에 있던 하후덕도 깜짝 놀랐다. 급히 군사를 휘동하여 불을 끄려 했다.

원래 불을 질러 화광을 충천케 하고 고함 소리로 천지를 진동시킨 한 떼 군마는 노장 엄안의 군사였다.

노장 엄안은 불을 끄러 나온 하후덕과 마주쳤다.

노장 엄안도 황충 못지않게 아직도 무예가 쇠하지 아니했다.

장검이 번뜩 서리를 뿜어 움직이는 곳에 하후덕은 외마디소리를 치며 머리가 떨어져 붉은 피를 뿜었다.

원래 엄안은 황충의 은밀한 지령을 받고 군사를 거느려 산속 으슥한 곳에 매복해 있다가 황충의 군사가 당도하자 한호의 군사를 어지럽게 하기 위하여 마른 섶나무에 불을 질러 산화山火를 일으키고 군사를 몰아 하후덕의 목을 벤 것이었다.

엄안은 하후덕을 죽인 후에 계속해서 군사를 몰아 산 아래로 내려갔다.

장합과 하후상은 등과 배로 적을 만났다.

앞에는 노장 황충이요, 뒤에는 늙은 장수 엄안이었다. 옴치고 뛸 수 없게 되었다.

급히 진을 뚫고 목숨을 구해 천탕산을 버리고 정군산定軍山에 있는 하후연을 찾아 달아났다.

황충과 엄안은 완전히 천탕산을 점령했다.

승리한 첩보는 나는 듯이 성도로 전달되었다.

현덕은 모든 장수들을 불러 크게 기뻐했다.

법정이 현덕한테 아뢰었다.

"지난 일이올시다마는 조조가 장로를 항복 받아 한중漢中을 평정한 후에 곧 파촉巴蜀을 도모하지 아니하고 하후연, 장합만 남겨 두고 대군을 거느려 북으로 돌아간 것은 만만 실책입니다. 어제 장합이 새로 패해서 천탕산을 잃었으니 주공께서는 지체 말고 대군을 거느려 친정親征하신다면 한중은 손쉽게 평정될 것입니다."

법정의 말을 듣자 현덕은 고개를 끄덕여 동감이라는 뜻을 표했다.

법정은 말을 계속했다.

"주공께서 한중漢中을 정하신 후에 군사를 훈련시키고 식량을 저축하시어 틈을 보아 나가서는 조조를 치시고 안으로는 도성을 지키신다면 대업이 저절로 완수될 것입니다. 하늘이 주시는 이 기회를 놓치지 마십시오."

옆에 앉아 듣고 있던 제갈공명도 법정의 의견에 깊이 감탄했다.

현덕은 공명과 의논하고 곧 전령을 내렸다.

"조운과 장사는 선봉대장이 되라. 나는 공명 선생과 함께 십만 대병을 거느려 한중으로 진군하리라."

각 영문에 일제히 격문을 띄우고 모든 방비를 엄하게 차렸다.

건안 23년 가을 7월 좋은 때를 택하여 현덕의 대군은 가맹관에서 나와 영문을 차리고 노장 황충, 엄안을 불러 후한 상을 내렸다.

"사람들이 말하기를 장군이 늙었다 하였는데 유독 공명 선생이 장군이 능하신 것을 알아서 힘껏 추천하더니, 이제 과연 기이한 공을 세워 기쁘기 한량없소이다. 다만, 지금 형편으로 본다면 한중 정군산定軍山은 남정南鄭의 곡향으로 이름 높은 곳입니다. 만약 우리가 정군산의 양평으로 가는 길목을 잡는다면 아무 걱정이 없을 것입니다. 장군께서 능히 정군산을 빼앗을 자신이 계십니까?"

황충은 개연히 허락하는 말씀을 올렸다.

"제가 비록 재주 없으나 군사를 거느려 나가겠습니다."

공명이 급히 손을 저어 막았다.

"노 장군께서 비록 영용하시다 하나 하후연은 장합의 유가 아닙니다. 연은 깊이 병서와 병법을 알아서 조조의 신임이 두터운 사람입니다. 먼젓번엔 장안長安에 군사를 거느려서 마초를 막았고 이번엔 한중 땅을 지키게 했으니, 많은 장수 중에 하후연한테 부탁한 것은 실로 그가 장재將材가 있기 때문입니다. 이제 장군이 비록 장합을 이겼다 하나, 꼭 하후연도 이긴다고는 보장할 수 없습니다. 내 생각에는 꼭 한 사람이면 하후연을 대적할 만한 사람이 있습니다. 누군고 하니 관우올시다. 장군이 대신 형주를 지키시고 관우로 하후연을 대적하도록 하십시오."

공명의 말을 듣자, 노장 황충은 분연히 팔을 걷고 대답했다.

"옛적에 명장 염파廉頗는 나이 팔십이건만 오히려 한 말 밥과 열 근 고기를 먹었다 하오. 이 까닭에 제후들이 그의 용맹을 두려워해서 감히 조趙나라 국경을 침범하지 못했소이다. 지금 황충은 나이 아직 칠십이 되지 못했소이다. 늙지 아니했습니다. 군사께서는 나를 늙었다 하지만, 나는 부장을 아니 쓰고, 본부 군사 삼천 명만 거느리고 가서 선 채로 하후연의 목을 베어 휘하에 바치겠습니다."

양수의 글 풀이

황충은 두 번 세 번 가기를 청했으나, 공명은 얼른 허락을 내리지 아니했다.

황충은 다시 우겨 댔다.

"노장은 무용이라 하나, 황충은 기어코 가서 이기고 돌아오겠소이다."

그의 목소리는 홍종洪鐘 모양 우렁찼다.

공명은 천천히 황충을 바라보며 물었다.

"장군이 정 가시려고 우기신다면 한 사람 감군監軍할 인물을 붙여 드릴 테니 함께 가시겠소? 의향에 어떠하시오?"

"좋소이다."

노장 황충은 쾌히 허락했다.

"그럼 장군께서는 법정을 데리고 가십시오. 그리해서 모든 일을 함께 의논해서 처리하십시오. 나는 장군의 뒤를 따라가면서 군사를 거느려 접응하오리다."

황충은 응낙하고 법정과 함께 군사를 거느려 나갔다.

공명은 황충을 보낸 후에 현덕에게 고했다.

"노 장군이 격하시어 큰소리를 하고 갔습니다만 이번엔 좀 어려울 것입니다. 병사를 조발하여 뒤에서 접응하지 아니하면 아니 되겠습니다."

공명은 현덕에게 말씀한 후에 상산 조자룡을 불러 분부했다.

"장군은 일지 군마를 거느리고 지름길에서 기병奇兵을 내어 황 장군을 도와주라. 만약 황 장군이 이기거든 출전할 필요가 없고 황 장군이 실수를 하거든 곧 가서 구원하라."

"군령을 받들겠습니다."

상산 조자룡은 공명께 군례를 드려 청령하고 물러갔다. 공명은 다시 유봉, 맹달 두 장수를 불렀다.

"너희들은 삼천 병마를 거느리고 산중, 험한 요해처에 기치창검을 많이 세워서 우리 군사들의 형세를 강하게 하여 적병으로 하여금 의심하고 놀라게 하라."

"알겠습니다."

유봉, 맹달은 영을 받들어 물러갔다.

공명은 다시 하판에 있는 마초한테 사람을 보내서 계교를 주어 여차여차하게 하라 분부를 내리고, 또 엄안을 파서巴西 낭중閬中으로 보내서 장비와 바꾸어 관애關隘를 지키라 하고, 장비와 위연은 함께 한중을 치게 했다.

한편 조조의 대장 장합은 하후상과 함께 하후연을 찾았다. 천탕산을 뺏긴 일과 하후덕, 한호 두 장수를 꺾인 일을 하소연한 후에 유비가 친히 군사를 거느려 한중을 취하러 온다는 급한 정보를 고하고, 빨리 위왕한테 아뢰어 정병精兵 맹장猛將의 구원을 청하라 했다.

하후연은 급히 사람을 조홍한테 보내서 소식을 알렸다.

조홍도 크게 놀랐다. 조홍 자신이 친히 말을 달려 주야배도晝夜倍道하여 허창으로 가서 조조한테 품했다.

조조는 조홍의 보고를 받고 크게 놀랐다.

급히 문무백관을 모아 놓고 군사를 내어 한중 구할 것을 상의하였다.

장사長史 벼슬한 유엽이 출반하여 아뢰었다.

"한중을 잃는다면 중원이 진동할 것입니다. 대왕께서는 노고를 사양하지 마시고 빨리 친정親征하셔야 합니다."

조조는 유엽의 말을 듣고 뉘우치는 말을 했다.

"당시에 경의 말을 듣지 아니한 것이 오늘날 한이 되네."

조조는 곧 전령을 내려 40만 대병의 동원령을 내려 친정할 것을 결정하니, 바로 건안 23년 가을 초순의 일이었다.

조조는 군사를 세 길로 나누어 나가니 전부 선봉은 하후돈이요, 중군은 조조가 스스로 거느리고, 후군 대장에는 조휴였다. 삼군三軍은 육속陸續 남으로 내려갔다.

이때 조조는 눈같이 흰 백마에 황금 안장을 얹어 옥대玉帶 금의에 금포 입고 마상에 높이 앉아 나가니 무사들은 조조를 위하여 대홍라초금산개 大紅羅銷金傘蓋[2] 붉은 일산을 높이 받쳐 들었다.

다시 좌우 옆에는 금과金瓜 은월銀鉞[3]이며 등鐙, 봉棒, 과戈, 모矛[4] 의 무기와 일월용봉日月龍鳳을 수놓은 호화찬란한 깃발이 하늘을 가려 나갔다.

다시 전후좌우에는 조조를 호위하여 행진하는 의장병儀仗兵, 용호관군 龍虎官軍이 2만 5천 명이었다. 이것을 5천 명씩 다섯 대로 편성하여 청靑, 황黃, 적赤, 백白, 흑黑 오색기를 바람에 휘날리며 갑마 타고 호위하여 나가니 웅장, 호화찬란한 조조의 행렬은 천 리에 뻗쳐 호탕했다.

군대는 동관潼關을 지났다. 마상에서 한 곳을 바라보니 한줄기 푸른 숲이 그림같이 아름답고 무성한 곳이 눈에 띄었다.

"저곳이 어느 곳이냐?"

---

2) 대홍라초금산개 : 붉은 비단에 금실로 수놓은 해 가리는 일산.
3) 금과, 은월 : 참외 모양으로 된 황금 철퇴를 금과라 하고, 은으로 만든 도끼를 은월이라 한다.
4) 등, 봉, 과, 모 : 무기의 이름.

근시近侍한테 물었다.

"남전藍田이라 하는 곳입니다. 숲 사이에는 유명한 채옹의 장원이 있습니다. 지금 그의 딸 채염이 그의 남편 동기董紀와 함께 살고 있습니다."

"그러냐. 천하 문장이었던 채옹의 딸 채염이 살고 있단 말이냐?"

조조는 감탄하기를 마지아니했다. 원래 조조는 채옹과 좋아 지냈다.

전에 그 딸 채염이 위도개衛道玠의 아내가 되어 남편과 함께 북방 오랑캐한테 잡혀간 후에, 그곳에서 두 딸을 낳고 호가18박胡茄十八拍의 노래를 지었다. 이 노래는 어찌나 처량한지 중원까지 흘러 들어와서 만 사람의 심금을 아프게 설레 주었던 것이다.

그때 조조는 채옹의 딸의 신세를 불쌍하게 생각해서 사람을 시켜 천금을 가지고 북방으로 가서 속량해 주기를 청했던 것이다.

오랑캐 임금 좌현왕左賢王은 조조의 위세威勢를 두려워해서 채염蔡琰을 중원으로 돌려보내 주었다.

조조는 염녀琰女를 동기董紀의 아내로 삼아 다시 개가하여 지내게 했다.

조조는 채옹의 집이 있다는 말을 듣자 옛 정리를 잊을 수 없었다.

먼저 군사들을 보낸 후에 근시近侍 백여 기를 거느리고 장문莊門 앞에 당도하니 동기는 출사하여 밖에 나가 집에 없고 안에 채염만이 있었다.

조조가 왔다는 말을 듣고 채염은 신발을 거꾸로 끌고 달려 나왔다.

채염은 반가움을 이길 수 없었다.

"위왕 전하! 누지에 어떻게 이같이 왕림하셨습니까?"

조조를 당상으로 인도하여 절하여 뵈었다.

"그래, 그동안 별고 없었느냐! 네 남편은 집에 없느냐?"

"출사해서 관청에 나가고 없습니다."

조조가 우연히 눈을 들어 한편 벽을 바라보니 비문碑文 족자가 한 폭 걸려 있었다. 가까이 가서 보면서 채염에게 물었다.

"이것이 무슨 족자냐?"

"그것은 조曹 아비娥碑의 도축圖軸이올시다. 옛날 화제和帝 때 상우上虞라는 곳에 박수무당 한 사람이 있었는데, 이름은 조우曹盱라 했습니다. 사파악신娑婆樂神의 굿거리를 잘 추옵더니 어느 해 오월 단옷날 술이 취해서 배를 타고 춤을 추다가 잘못해서 강에 빠져 죽었다 합니다. 그의 딸이 하나 있는데 나이 묘령妙齡 십사 세였습니다. 아버지를 슬피 부르며 강변으로 오르내려 칠七 주야晝夜를 통곡하면서 울부짖다가 마침내 강물 속으로 뛰어들었습니다. 그 뒤 닷새 만에 딸은 아버지의 시체를 업고 불끈 솟아 강물 위로 떴다 합니다. 아버지와 딸이 다 함께 시체가 되어 나온 것이지요. 동네 사람들은 조아의 지성스런 효성에 감복되어 부녀의 시체를 거두어 강변에 장사 지내 주었습니다. 뒤에 상우령上虞令 도상度尙은 조정에 아뢰어 효녀로 표창하고 한단순邯鄲淳 어린 소년에게 글을 짓게 해서 비에 새겨 그 사실을 기록한 것입니다. 그때 한단순은 나이 겨우 십삼 세에 불과했습니다마는 글 한 귀 고칠 것 없는 문불가점文不加點이요, 획 하나 개필 없이 일필휘지一筆揮之하여 무덤 옆에 입석하니, 당시의 사람들은 모두 다 범연한 일이 아니라 놀랍게 생각했더랍니다. 첩의 아비 채옹이 이 소문을 듣고 그곳을 찾아가 보니 날이 이미 저물어 비문碑文을 읽을 수 없었다 합니다. 손으로 어루만져서 글자 뜻을 알고 비석 등 뒤에 붓을 들어 여덟 글자를 썼는데 뒷사람들이 아비가 쓴 여덟 글자마저 새겼다 합니다."

조조는 채염의 자세한 설명을 듣고 다시 비문 도축을 바라보았다.

비문 족자에는,

황견유부黃絹幼婦 외손제구外孫齎臼

여덟 자 글자가 씌어 있었다.

조조가 아무리 뜯어 읽어 보아도 불통不通이었다. 뜻을 알 수가 없었다.

채염을 향하여 물었다.

"너 이 글 뜻을 아느냐?"

채염이 방긋 웃으며 대답했다.

"비록 선인先人의 유필遺筆이올시다마는 첩은 그 뜻을 모릅니다."

조조는 좌우에 모시어 서 있는 글 잘하는 모사들을 둘러보았다.

"너희들은 이 글 뜻을 해석하겠느냐?"

모두 다 얼굴들만 바라보고 대답이 없었다.

한 사람 나와서 아뢰었다.

"제가 해석했습니다."

조조가 바라보니 주부主簿 양수楊修였다.

조조는 양수가 재주 있는 것을 잘 알았다. 남에게 지고 싶지 아니했다.

"자네, 아직 말을 하지 말게. 나도 좀 더 풀이를 해 보겠네. 잠깐, 여유를 주게."

조조는 채옹의 딸을 작별한 후에 모사들을 데리고 장상莊上으로 나와 말을 타고 3마장가량 나왔다.

홀연 마상에서 글 뜻을 깨달았다.

양수를 돌아보며 웃었다.

"자네, 아까 채옹이 지었다는 비문 뜻을 말해 보게."

"그것은 은어입니다. 황견黃絹을 먼저 설명합지요. 황은 빛입니다. '실사糸' 변에 '빛 색色' 자를 쓰면 '절絶' 자가 됩니다. 다음엔 유부幼婦를 풀겠습니다. 유부는 어린 지어미니 소녀가 됩니다. 소녀를 합하면 '묘妙' 자가 됩니다. 다음엔 외손을 설명하겠습니다. 외손자는 딸女의 아들이올시다.

딸의 아들은 '호好' 자가 됩니다. 제구齏臼는 오신五辛 곧 맵고 짜고 시고 쓰고 아리고 한 것을 받아들이는 그릇입니다. '받을 수受' 변에 '신辛' 자를 쓰면 '사辭' 자가 됩니다. 그러하니,

黃絹幼婦는 絶妙

外孫齏臼는 好辭

'絶妙好辭' 절묘한 좋은 글이다, 하는 뜻입니다."

양수의 말을 듣는 조조는 깜짝 놀랐다.

자기의 해석과 꼭 같았다. 비상한 재주라 생각했다.

"자네, 나의 풀이와 꼭 같으이그려!"

조조는 탄복하기를 마지아니했다.

모든 사람들도 혀를 둘러 양수의 민첩한 재주와 탁월한 학식에 놀라지 않는 사람이 없었다.

조조는 당일 안에 남정南鄭에 당도하니 조홍은 조조를 맞이하여 장합이 내리 패한 사실을 상세히 보고했다.

조조는 껄껄 웃으며 말했다.

"승패는 병가의 상사다. 장합의 허물만이 아니다. 과히 나무랄 것이 없다."

조조는 위왕이 된 후에 훨씬 마음이 너그러워졌다.

노 황충과 하후연

조홍은 다시 조조한테 아뢰었다.

"지금 유비는 황충을 보내서 정군산定軍山을 공격하려 하는 판인데 하후연은 대왕께서 오신 줄 알고 아직 출전을 하고 있지 아니합니다."

"출전을 안한다는 것은 비겁한 것이지."

조조는 곧 사람을 정군산으로 보내서 하후연에게 빨리 군사를 내어 출전하라는 영을 내렸다.

모사 유엽이 간하여 아뢰었다.

"하후연의 성정은 너무나 강직하니 적의 간계에 빠질까 두렵습니다."

조조는 곧 편지를 쓰고 절인節印을 특사에게 주어 하후연의 영채로 보냈다.

하후연이 조조의 글월을 받아 보니 글 뜻은 아래와 같았다.

무릇, 장수된 사람은 강과 유로 서로 어거해야 한다. 다만 용맹만 믿는다면 이는 한 지아비를 어거하는 자가 될 뿐이다. 나는 지금 대군을 남정에 둔병하여 그대의 묘한 재주를 보려 한다. 욕됨이 없게 하라.

하후연은 읽기를 다하자 크게 기뻐했다. 사신을 돌려보낸 후에 장합과 의논하였다.

"지금 위왕께서는 대군을 거느리고 남정으로 오시어 유비를 공벌하시려 하는 판인데 나는 그대와 함께 오래 이곳을 지키고만 있었으니 어찌 큰 공을 세울 수 있겠소. 내일은 기어코 나가 싸워서 황충을 사로잡기로 하겠소."

장합이 하후연의 말에 대답했다.

"황충은 꾀와 용맹을 겸비한 노장인데 옆에는 법정이 돕고 있다 하니 경적하지 못할 것입니다. 다행히 이곳은 산길이 험준하니 굳게 지키는 것이 마땅합니다."

장합의 말을 듣자 하후연이 반대했다.

"다른 장수가 공을 세운다면 우리는 무슨 면목으로 위왕을 대해 뵙겠소. 정 그렇다면 당신은 산에서 지키시오. 나는 나가서 싸우리다."

하후연은 말을 마치자 곧 부하한테 영을 내렸다.

"누가 나가서 적장을 유인해 오겠느냐?"

하후상이 소리쳐 대답하며 나왔다.

"제가 가겠습니다."

"오오, 자네가 나가려 하는가, 좋다. 만약 황충과 싸우게 된다면 슬쩍슬쩍 싸우면서 진짜로 힘을 들여 싸우지 말라. 내게 한 가지 묘계가 있네. 이리 오게."

하후연은 하후상의 귀에다 대고 무슨 말인지 두어 마디 전했다.

하후상은 세밀한 지시를 받고 3천 군마를 거느려 정군산을 떠났다.

한편 황충은 법정과 함께 군사를 거느려 정군산 어귀에 둔병한 후에 여러 차례 싸움을 돋우었으나 하후연은 응하지 아니했다.

황충은 덮어놓고 돌격을 하고 싶었으나 산길이 험하고 보니 돌진하기도 어려웠다.

황충 역시 진을 지키고 있을 때, 홀연 산상에서 조조의 군사가 내려와 싸움을 돋운다는 급한 보발이 들어왔다.

황충은 갑옷 입고 투구 쓰고 군사를 거느려 말 타고 나가려 하는 판이었다.

아장 진식陳式이 황충이 나오는 것을 보고 자원 출전했다.

"노 장군께서는 아직 앉아 계십시오. 제가 먼저 싸우리다."

황충은 기쁘게 생각했다.

"그렇다면 이천 병마를 줄 테니 산 어귀로 나가 진을 치고 먼저 싸우라!"

저편에서는 하후상이 군사를 거느려 마주 나오다가 두 장수는 서로 대결하게 되었다.

진식, 하후상 두 장수는 싸운 지 수합이 못되어 하후상은 거짓 패해 달아났다.

진식은 뒤를 쫓았다. 그러나 하후상은 연거푸 패해 달아나는 것이었다.

식이 한동안 쫓았을 때, 산 위에서는 뇌목擂木이 내리 질리고 포석이 비오듯 하니 앞을 헤치고 나갈 도리가 없었다.

진식은 급히 말 머리를 돌리려 할 때, 하후연이 큰소리로 외치면서 진식을 꾸짖었다.

"하후연이 이곳에서 너를 기다린 지 오래다."

진식의 무예는 도저히 하후연 같은 맹장을 당해 낼 도리가 없었다.

하후연한테 생금生擒이 되어 잡혀가니 항복하는 군사도 많았다.

패잔병은 구명도생이 되어 황충을 찾았다.

"진식 장군이 하후연한테 생금되어 갔습니다."

황충은 깜짝 놀랐다.

법정을 청하여 상의하였다.

"어찌하면 좋으리까?"

"하후연의 위인이 경솔한 데다가 용맹만 믿고 꾀가 없으니 우리 편 사병을 격려해서 적을 무찔러 전진하면서 하후연을 유인하여 싸운다면 속히 그를 사로잡을 수 있습니다. 이것은 객반위주客反爲主의 계교입니다."

황충은 법정의 말을 들었다.

즉시 진중에 있는 좋은 물건을 내어 상금을 내리고 삼군을 호궤하니 기뻐하는 사졸의 즐거운 목청은 천지를 진동했다.

모두 다 죽음을 무릅쓰고 한번 싸우기를 원하고 있었다.

황충은 기뻐하는 군사를 거느리고 앞으로 나가면서 5리에도 진을 치고 10리에도 진을 쳐서 앞으로 앞으로 전진해 나갔다.

하후연이 듣고 출전하려 하니 장합이 만류했다.

"이것은 객반위주客反爲主라는 계책이니 나가서 싸우면 불리하외다. 나가지 마시오."

하후연은 장합의 말을 듣지 아니하고 하후상으로 수천 병마를 거느려 황충의 진을 공격하라 했다.

황충은 늙었으나 일류 가는 맹장이었다. 말 타고 칼 들고 나와 하후상과 싸우다가 선뜻 하후상을 사로잡아 진으로 돌아갔다. 하후상의 군대는 항복하는 자가 부지기수였다.

하후연은 하후상이 사로잡혔다는 소식을 듣고 급히 황충의 진으로 군사를 보내서 진식과 하후상을 바꾸자 했다.

황충은 허락했다.

"내일 진문 앞에서 진식과 하후상을 바꾸리다."

약속을 정했다.

다음 날이 되었다. 양군은 모두 산골, 넓은 곳에 진을 치고 황충과 하후연은 제각기 본진 문 앞 문기 아래 섰다. 황충은 하후상을 볼모로 데리고 있고, 하후연은 진식을 인질로 대동하고 있었다.

이미 두 장수를 바꾸기로 약속했으므로 양편 진에서는 일제히 북을 울려 군호를 했다.

쿵쿵 북소리가 울렸다.

진식과 하후상은 북소리를 군호로 하여 제각기 자기편 진으로 달렸다. 하후상이 거진 하후연의 진문 앞에 당도했을 때, 노장 황충은 홀연 전통箭甬에서 화살 한 대를 뽑아 활시위에 메겨 하후상을 향하여 쏘아붙였다.

화살은 하후상의 후의부(後心部)를 맞히어 버렸다.

하후상은 화살이 박힌 채 돌아왔다.

하후연은 크게 노했다.

"늙은 도적놈아, 이런 법이 있느냐?"

황충을 욕하면서 말을 채쳐 황충을 취하려 했다.

노장 황충은 백발을 흩날리며 겁내지 아니하고 하후연을 맞아 싸웠다.

창은 마주 부딪치고 말은 소리치며 뛰었다.

노장 황충과 범 같은 장수 하후연은 좋은 적수였다. 싸운 지 20여 합이 되건만 승부가 나지 아니했다.

두 편 군사들의 호응하는 박수갈채 소리에 산천이 울먹거렸다.

홀연, 조조의 진에서 명금鳴金을 하여 군사를 거두었다.

하후연은 더 싸우고 싶었으나 군령을 어길 수 없었다. 급히 말 머리를 돌려 돌아가려 하니 황충의 군사들은 돌아가는 하후연의 군사를 습격하여 일진을 크게 패했다.

하후연은 분함을 참을 수 없어 압진관押陣官에게 물었다.

"무슨 까닭에 경솔하게 종을 쳐서 회군을 하게 만들었소?"

"보십시오, 저 산골짜기를! 유비의 기가 곳곳마다 펄럭거리지 아니합니까? 확실히 복병이 있는 것이 분명합니다. 혹여나 장군의 몸에 해가 있을까 하여 명금을 한 것입니다."

하후연이 산골 속을 바라보니, 과연 무수한 촉병의 깃발이 이곳저곳에서 바람에 펄럭거렸다.

하후연은 이미 진 속으로 들어가 굳게 문을 닫고 나오지 아니했다.

황충은 정군산 아래까지 육박해 들어가서 법정에게 물었다.

"하후연이 싸움에 응하지 아니하니 어찌하면 좋겠소?"

법정이 손으로 정군산을 가리키며 말했다.

"저기 정군산 서편에 높고 높은 산이 있소이다. 사면이 모두 험한 길인데 이 산에만 올라가면 정군산의 허하고 실한 것을 손바닥같이 다 알 수 있소이다. 장군이 만일 이 산만 점령한다면 정군산은 손 속에 든 물건이나 다름없소이다."

황충이 법정의 말을 듣고 산마루를 바라보니, 산마루에는 약간 평평한 곳이 있고 얼마 많지 아니한 군대들이 행동하는 모습이 보였다.

이날 밤 이경二更 때가 되자, 황충은 군마를 휘동하여 북을 울리고 쟁을 치면서, 곧장 산꼭대기로 돌진했다.

원래 이 산에는 하후연의 부장 두습杜襲이 다만 수백 명 병졸을 거느리고 파수 보고 있을 뿐이었다.

황충의 큰 부대가 돌격해 오르는 것을 보고 두습은 겁이 났다. 한번 싸워 보지도 아니하고 산을 버리고 달아나 버리고 말았다.

황충은 힘 안 들이고 산마루를 차지했다. 정면으로 정군을 마주 바라보고 있었다.

법정이 황충한테 말했다.

"장군은 산허리 중복中腹을 지키시오. 나는 산마루에서 하후연의 군대가 오기를 기다렸다가, 백기白旗와 적기赤旗로 군호를 하리라. 백기를 흔들거든 군사를 거느린 채 안병부동按兵不動하시고, 적군이 해이하여 피로한 빛이 현연하면 적기赤旗를 흔들 테니, 장군은 곧 산 아래 있는 조조의 군사를 무찔러 나가십시오. 이것은 병법에 이일대로以逸待勞라는 말이 있습니다. 반드시 이기는 수올시다."

황충은 크게 기뻤다. 법정이 가르친 대로 산허리 중복에 군사를 배치시키고 맞은편 산을 바라보았다.

한편 두습은 대산對山에서 쫓겨서 하후연한테로 구명도생해 가니, 하후연은 분함을 이길 수 없었다.

"늙은 도적이 대산을 점령하여 있는데, 내가 가만히 보고만 있을 수 없다. 나의 출전을 말리지 말라!"

큰소리로 외치며 쫓아 나가려 했다.

이때 장합이 간하였다.

"이것은 필시 법정의 꾀인가 합니다. 장군께서는 싸우지 마시고 지키시는 것이 마땅하다 생각합니다."

하후연이 특명을 주었다.

"적은 대산을 빼앗아 우리의 허실을 바라보고 있는데, 어찌 아니 싸우겠소?"

하후연은 장합의 말을 듣지 아니하고, 곧 군사를 몇 대로 나누어 철옹성같이 대산을 포위하고 욕하면서 싸움을 돋우었다.

법정은 산마루에서 흰 기를 번쩍 들어 흔들었다.

황충은 법정이 흰 기 흔드는 것을 보자, 군사를 더욱 단속하여 싸우지 아니하고 법정의 동태만 살피고 있었다.

하후연은 욕하며 꾸짖어 싸우기를 더욱 재촉했다.

오정이 지나자 조조의 군사들은 해이한 기운이 농후했다. 모두들 말에서 내려 쉬고 있었다.

법정은 비로소 붉은 기를 번쩍 들어 흔들었다.

황충은 군사를 휘동하여 말을 달려 앞으로 나갔다.

북소리, 호적 소리, 군사들의 고함 소리는 천지를 진동하면서 황충 노장군의 산 아래로 달리는 말 뒤를 따랐다.

마치 하늘이 뭉그러지고 땅이 꺼지는 듯했다.

하후연은 먼저 호통 치며 싸움을 돋우고 있다가, 미처 손을 놀릴 사이가 없었다.

노장 황충은 보검을 뽑아 들고 하후연한테로 달렸다.

"이놈 하후연아, 노장의 보검을 받아라!"

대갈일성 호통 치는 노장 황충의 음성은 하늘에서 떨어지는 벽력 소리 같았다.

하후연은 맞이해 싸울 틈이 없었다.

황충의 뻔쩍 들린 보검은 하후연의 머리와 어깨를 찍어 두 동강 내버렸다.

시인은 노장 황충의 용병을 찬양했다.

蒼頭臨大敵　皓首逞神威

力超彫弓發　風迎雪刀揮

雄聲如虎吼　駿馬似龍飛

獻馘功勳重　開彊展帝畿

푸른 머리 큰 적수를 만나 흰머리로 위엄을 날렸다.

뛰어난 힘으로 조궁을 쏘고

바람을 끌어

서리 같은 칼을 둘렀다.

웅장한 음성은

범의 울음인데

천리준마는 용이 나는 듯했다.

적의 머리 베어 공훈이 크고

지경을 열어

임금의 터 마련했다.

황충이 하후연의 목을 베니, 조조의 군사는 크게 뭉그러져 제각기 구명도생해 달아났다. 황충은 승세하여 정군산으로 치올랐다.

장합은 급히 군사를 거느려 쫓아 나왔다.

황충과 진식은 양편으로 쳐들어가면서 장합을 협공하여 일진을 혼살시키니 장합 역시 용맹스런 장수지만 어찌할지 몰랐다.

말을 거꾸로 타고 황황히 달아났다.

장합이 숨이 턱에 차서 한곳 산모퉁이로 달렸을 때, 홀연 한 떼 군마가 번개같이 쏟아져 나왔다. 앞에 선 일원 대장은 조운이었다. 벽력같은 소리로 장합을 꾸짖었다.

"이놈 장합아, 만나본 지 한참이다. 상산 땅의 조자룡이 여기 있어 너를 기다린 지 오래다!"

장합은 상산 조자룡의 성명 세 자를 듣자, 혼비백산이 되어 정신이 아찔했다.

하는 수 없었다. 다시 정군산으로 향하여 말을 달렸다.

한동안 갔을 때, 티끌이 자욱하게 일어나면서 한 떼 군마가 또 쏟아져 나왔다.

자세히 보니 두습이었다.

장합은 그제야 마음이 조금 놓였다.

두습은 급히 장합한테 고했다.

"지금 정군산은 유봉, 맹달이 벌써 점령하고 있습니다."

장합은 깜짝 놀랐다.

"일은 다 글렀구나!"

장합은 한마디 탄식을 하고 두습과 함께 한수漢水에 당도하여 조조한테 급한 소식을 전했다.

조조는 하후연이 죽었다는 소식을 듣고 목을 놓아 통곡을 했다.

비로소 관로管輅의 점이 쇳소리가 나도록 맞는 것을 생각했다.

조조는 지난번 관로의 점을 생각해 보았다.

三八縱橫　黃猪遇虎
定軍之南　傷折一股

삼팔종횡三八縱橫은 삼팔 이십사 숫자를 표시한 것이니 건안 24년을 말한 것이요, 황저黃猪는 누른 돼지이니 기해己亥라는 태세간지太歲干支요, 우호遇虎는, 정월은 인寅의 달인데 기해년 정월이란 뜻이었다. 정군지남定軍之南은 정군산 남쪽이란 말이요, 상절일고傷折一股는 조조가 하후연, 수족 같은 명장을 잃는다는 뜻이었다.

조조는 두 번 세 번 감탄했다. 불현듯 관로를 만나 보고 싶었다. 각처로 사람을 보내서 관로를 찾았으나, 벼슬까지 받지 아니하고 표연히 길을 떠나간 관로의 종적은 아득히 찾을 길이 없었다.

조조는 깊이 황충을 한했다. 곧 대군을 움직여 하후연의 원수 갚을 것을 결심했다.

먼저 서황으로 선봉대장을 삼아 한수漢水로 나가게 하고 자기는 친히 중군이 되어 뒤에 따랐다.

패잔병을 거느리고 한수에 있던 장합과 두습이 조조를 영접하여 실정을 고했다.

"지금 정군산은 적한테 뺏겼으니 미창산米倉山에 쌓아 둔 양식과 마초를 북산채北山寨로 옮겨 놓은 후에 군대를 진군시키는 것이 좋을 것 같습니다."

"그리하려무나."

조조는 양식 옮기는 것을 승낙했다.

한편 유현덕의 진에서는 노장 황충이 하후연의 수급首級을 말 머리에 높이 달고 승전고를 울려 가맹관으로 들어가 현덕한테 뵙고 하후연의 머리를 바쳤다.

현덕의 기쁨은 이루 형용해 말할 수 없었다. 공명과 의논한 후에 노장 황충에게는 정서征西 대장군大將軍의 명예로운 칭호를 내리고 경하연慶賀宴을 크게 베풀어 삼군을 호궤했다.

한참 연회가 풍성했을 때, 아장 장저張著가 급히 말을 달려 현덕을 뵙고 아뢰었다.

"조조가 하후연의 원수를 갚겠다고 선언하고 친히 이십만 대병을 거느려 한수에 당도했습니다. 그리하고 미창산에 있는 군량미를 지금 북산北山 기슭으로 옮기는 중입니다."

황충을 구하는 조자룡

공명이 현덕한테 아뢰었다.

"지금 조조는 이십만 큰 군사를 움직여 한수까지 왔으나 앞으로 더 행군을 아니하는 것은 군량미가 충분치 못한 때문입니다. 몇 사람 용기 있고 지혜 있는 장수를 보내서 그들의 양식을 불살라 버린다면 조조의 예기가 단번에 좌절될 것입니다."

노장 황충이 옆에 있다가 벌떡 일어나 공명한테 청했다.

"노부가 비록 나이 먹었으나 그 소임을 맡겠습니다."

공명이 웃으며 말했다.

"조조는 하후연 따위가 아닙니다. 경적할 수 없습니다."

현덕이 말했다.

"하후연이 비록 총대장이라 하나 어찌 장합을 당하겠소. 만약 장합을 취한다면, 하후연 열 곱절을 얻은 것이나 매일반일 거요."

황충은 현덕의 말을 듣자 팔뚝을 걷어붙이며 말했다.

"제가 가서 장합의 목을 베어 가지고 돌아오겠습니다."

공명이 말했다.

"노 장군께서 정 가시기를 원하신다면 조자룡과 함께 가십시오. 어디 누가 공을 세우나 구경하십시다."

"좋습니다."

황충이 응낙하니 공명은 다시 분부를 내렸다.

"장저로 아장을 삼아 함께 가십시오."

황충, 조운은 일제히 청령하고 물러났다.

조자룡이 황충한테 말했다.

"지금 조조는 이십만 대병을 거느려서 열 부대에 나누어 병영을 차리고 있소이다. 장군께서는 아까 주공 앞에서 조조의 양식을 불질러 버리시겠다고 장담하셨습니다마는 작은 일이 아니올시다. 혹시 어떠한 계획이라도 세우셨습니까?"

황충은 젊은 조운이 계획을 세웠느냐고 묻는 말에 아니꼽다고 생각했다. 무뚝뚝하게 대답했다.

"내가 주장主將이니 먼저 가게 되겠소. 당신은 따라와서 내가 하는 것을 구경만 하구려."

조자룡이 말했다.

"제가 먼저 가겠습니다."

황충은 더욱 불쾌했다.

"나는 주장이요, 당신은 부장副將인데 어찌 부장이 먼저 가겠다 하오?"

"우리 두 사람이 다 주공을 위하여 힘을 쓰는 판인데, 주장과 부장을 따질 것 무엇 있습니까? 우리 제비를 뽑아서 선후를 정하십시다."

"그리합시다."

황충은 쾌하게 허락했다.

두 사람은 제비를 뽑았다.

황충은 마침내 먼저 가는 제비를 뽑았다.

황충은 좋아라고 군사를 거느려 앞을 질러 나가려 했다.

조자룡은 어쩐지 마음이 놓이지 아니했다.

"이왕 장군께서 먼저 가시게 되었으니, 저는 힘을 다하여 장군을 도와 드리겠습니다. 그런데 시각은 정하셔야 합니다. 시각을 정해서 그 시각에 돌아오시면 저는 행동을 아니하고 기다리겠습니다. 그러나 때가 지나도 아니 오시면 저는 곧 군대를 출동시켜서 장군을 후원하겠습니다."

조자룡의 말을 듣자 황충은 대답했다.

"그렇게 합시다. 조 장군의 말씀이 옳소."

두 사람은 흔연히 오정午正으로 시각을 정하고 헤어졌다.

조자룡은 본진으로 돌아가 부장 장익한테 일렀다.

"황 장군이 내일 오정 때까지 적군의 양곡을 불살라 버린다고 약속을 정하고 갔다. 만약 그 시각에 돌아오지 않는다면 내가 가서 도와줄 작정이다. 우리 진은 앞에 한수 물을 임해 있으므로 지세가 매우 위험한 곳이다. 내가 떠난 후에 너는 극히 조심하여 영문을 지키고 가볍게 움직이지 말아야 한다."

"예, 분부대로 조심하겠습니다."

장익은 대답하고 물러났다.

한편 황충도 자기 진으로 돌아가 부장 장저한테 분부했다.

"내가 하후연을 죽여 놨으니 장합이란 놈은 담이 떨어졌을 것이다. 나는 내일 새벽, 적의 양곡을 겁탈하러 갈 작정이다. 오백 명 군사만 남겨서 영문을 지키게 하라. 그리고 너는 나하고 함께 가서 나를 도와주어야 하겠다. 오늘 밤 삼경 때 군사들을 모두 배불리 밥을 먹이고 사경 때는 영문을 떠나서 북산 아래 당도하여 먼저 장합을 사로잡은 후에 양미를 뺏을 작정이다."

부장 장저는 황충이 명하는 대로 모든 일을 착착 진행시켰다.

당야에 황충은 병마를 거느려 앞에 나가고 장저는 뒤에 따랐다.

한수를 지나 북산 아래 당도하니 날이 벌써 환하게 동이 터지면서 해가 돋기 시작했다.

북산에는 멀리 조조의 군사들이 쌓아 놓은 양식 더미가 산같이 쌓여 있는데 약간 명의 파수 보는 군사들이 있다가 촉병이 오는 것을 보자, 기급 초풍이 되어 달아났다.

황충은 마상에서 분부를 내렸다.

"기병들은 일제히 말에서 내려 마른 섶단을 양초 위에 놓고 불을 질러라!"

기병들이 일제히 말에서 내렸을 때, 돌연 장합의 군사들이 소식을 듣고 급히 쫓아 들었다.

장합은 황충을 만났다. 장수는 장수끼리, 군사는 군사끼리 일대 혼전이 일어났다.

조조는 보고를 받고 급히 서황을 불러 영을 내렸다.

"서황, 너는 빨리 북산으로 올라가서 장합을 구원하라!"

서황이 명을 받고 대군을 휘동하여 산상으로 치오르니 겨우 일지 병마로 불을 지르러 올라갔던 노장 황충은 겹겹이 둘러싼 조조의 군사한테 에워싸여 해심垓心 속에 빠져 버렸다.

뒤에 오르던 장저도 급했다. 3백 군마를 거느리고 올라가다가 적을 만났다. 진을 뚫고 달아나려 할 때, 홀연 한 떼 군마가 쏟아져 올라오면서 길을 막았다.

장저가 바라보니 위수爲首 대장大將은 문빙이었다. 뒤미처 조조의 군사는 또 쏟아져 쳐들어왔다.

장저마저 옴치고 뛸 수 없어 겹겹이 포위 속에 빠져 버렸다.

황충이 조조의 대군에 포위되어 목숨이 경각에 달해 있을 때, 조자룡은 초조하게 오정 때를 기다리고 있었다.

오정 때가 되었다. 황충은 돌아오지 아니했다.

시각은 1각一刻 2각二刻 지나갔다. 오정 3각이 넘었다. 황충의 모습은 결국 나타나지 아니했다.

조자룡은 급히 갑옷투구를 떼어 입고 마상에 높이 앉아 3천 군마를 호령하여 산상으로 올라가며 장익한테 다시 당부하였다.

"너는 영문을 단단히 지켜야 한다. 그리고 벽 뒤에는 활과 쇠뇌를 가진 도부수들을 매복시켜서 불의의 변에 대비케 하라."

장익은 연해,

"예, 알겠습니다. 분부대로 거행하겠습니다."

큰소리로 응낙했다.

조자룡은 창을 비껴들고 비호처럼 말을 달려 황충을 구하러 앞으로 나갔다.

앞에는 중중첩첩 조조의 진터였다. 별안간 티끌이 자욱하게 일어나면서 한 떼 군마가 쏟아져 나와 조자룡이 달리는 길을 고함치며 가로막았다.

자룡이 번뜻 고개를 들어보니 적장 문빙의 부장 모용렬慕容烈이었다. 칼을 둘러 조자룡한테로 덤벼들었다.

조자룡은 번뜻 창을 높이 들었다. 휘청 창대가 공중에서 떨어지면서 단번에 모용렬은 마하에 가로 떨어져 죽었다. 조조의 군사는 혼비백산이 되어 달아났다.

조자룡은 계속해서 적진으로 돌격해 들어갔다.

한 떼 군마가 내달아 조자룡의 길을 가로막으며 한 장수가 자룡을 꾸짖었다.

"노장 황충도 꼼짝을 못하는데, 네까짓 놈이 감히 어디로 들어오느냐, 가지 못하리라."

조자룡은 대갈일성 꾸짖었다.

"이놈, 네 이름은 무어라 부르느냐?"

"나는 초병焦炳이란 대장이다."

"황 장군은 어디 계시냐?"

"황충이구, 송충이구, 촉병蜀兵과 촉장蜀將은 씨도 아니 남기고 다 죽여 버렸다."

조자룡의 눈에는 불이 붙었다.

퍼뜩 창대가 들리면서 초병은 허깨비처럼 가로 떨어져 죽었다.

적병은 소리치며 달아났다.

조자룡은 3천 군마를 지휘하여 북산北山 아래로 육박해 들어갔다.

멀리 바라보니 장합과 서황의 주력 부대가 열 겹 스무 겹 노장 황충을 에워쌌다. 큰일이었다. 노장 황충은 명재경각命在頃刻이었다.

조자룡은 피가 끓었다. 말을 채쳐 달리며 중중첩첩 에워싼 군사들의 목을 자르고 뛰어들었다.

"나는 상산 땅의 조자룡이다. 내 길을 막는 놈은 모조리 죽이리라."

큰소리로 외치며 돌격했다.

저항하는 적병들의 목은 가을바람 속에 떨어지는 낙엽 같았다.

조자룡은 한편으로 창을 두르고 한편으로 말을 달렸다. 10만 대병이 둘러싸고 있는 조조의 진중을 무인지경처럼 뚫고 들어갔다.

무수한 적장이 갑옷투구로 조자룡을 대항했으나, 모두 다 목이 뚝뚝 떨어져 말굽에 짓밟혔다. 조조의 본진은 크게 어지러웠다.

"웬일이냐?"

조조의 대장 장합이 군사들한테 물었다.

"유비의 명장 상산 땅의 조자룡이 모용렬, 초병 두 장수를 죽이고 황충을 구하러 들어오는데, 바로 무인지경을 달리듯 짓쳐들어옵니다."

장합과 서황은 친히 말을 달려 조자룡을 맞이해 싸우러 나갔다.

멀리 바라보니 조자룡의 창법은 마치 하늘에서 신장神將이 내려와서 창을 쓰는 듯했다.

조자룡의 몸은 보이지 아니하고, 백금白金빛 찬란한 창만 햇빛에 번쩍였다.

온몸이 창법 속에 들어 있었다. 마치 배꽃이 떨어져 흩날리듯 하얀 서설瑞雪이 공중에서 날리는 듯 조자룡의 전신은 배꽃과 눈 속에 놀았다.

천백 군사들은 넋을 잃어 감히 덤벼들지 못했다.

이화 꽃 한 점이 흩날릴 때 군사의 목은 떨어졌다.

펄펄 눈이 날리는 듯하면 군사들의 목은 낙엽처럼 흩날렸다.

장합과 서황은 바라만 보고 간담이 서늘했다. 감히 맞이해 싸우지 못했다.

조자룡은 마침내 최후의 포위망을 뚫었다.

노장 황충을 소리치며 구해 냈다.

"빨리 소장의 뒤를 따르십시오."

"아아, 조 장군……."

놀란 황충의 늙은 눈에는 눈물이 글썽거렸다.

조자룡은 앞을 서 황충을 구해 나왔다.

적병들은 수만 명이 둘러섰건만 완전히 허수아비였다.

조자룡은 황충을 구해 내 가지고 다시 무인지경처럼 달렸다. 자룡의 달리는 말굽 소리만 요란했다.

배꽃이 휘날리듯 눈이 흩날리듯 달렸다.

이때 조조는 높은 곳에서 싸움을 바라보고 있다가 깜짝 놀라 좌우에 있는 군사한테 물었다.

"저기 저 무인지경처럼 달려서 황충을 구해 가는 저 장수가 누구냐?"

"저 사람이 바로 상산 땅의 조자룡이란 장수올시다."

아는 군사가 대답했다.

"그렇다면 지난날 당양當陽 장판長板 때의 영웅의 기상이 아직도 그대로 남았구나! 함부로 경적을 해서는 아니 된다. 급히 쟁을 쳐서 군사를 거두게 하라."

조조는 겁이 났다. 얼른 군사를 철수시켰다.

조자룡은 황충을 구하여 열 겹 스무 겹 포위를 뚫고 나왔다.

한 군사가 동남편을 가리키며 말했다.

"저기, 티끌이 자욱하게 일어납니다. 우리 편 부장인 장저와 적병이 혼전을 하고 있나 봅니다."

조운은 본진으로 가지 아니하고 장저를 구하러 또다시 달렸다.

조자룡의 바람보다도 더 빠르게 달리는 말 머리 앞에는 '상산 조자룡'이란 누른 깃발이 바람에 펄럭였다.

적병들은 조자룡의 기만 보아도 크게 겁이 났다. 모두들 기절초풍이 되어 달아났다.

조자룡은 동남편으로 말을 달려 혼전 중에 있는 장저까지 구해 냈다.

조조는 조자룡이 동충서돌東衝西突하여 가는 곳마다 자기편에서 대적할 사람이 없는 것을 보자 분함을 참을 수 없었다.

친히 군사를 거느리고 조자룡과 대결할 것을 결심했다.

조조가 친병을 거느리고 나서니 모든 장수들은 조조의 뒤를 따랐다.

이때 조자룡은 황충을 구하고 장저를 구해 가지고 본진으로 돌아갔다.

부장 장익이 조자룡을 환영해 맞이한 후에 홀연 바라보니 티끌이 까맣게 일어났다.

확실히 조조의 쫓는 군마가 오는 것이 분명했다. 급히 자룡한테 고했다.

"조조의 추병追兵이 오는 듯합니다. 얼른 군사를 성안으로 들어가게 하시고 문을 굳게 닫아 수세를 취하시는 것이 좋겠습니다."

조자룡은 장익을 꾸짖었다.

"성문을 닫지 말라. 네 어찌 지난날 내가 당양 장판에서 단창필마單槍匹馬로 조조의 팔십삼만 대병을 초개 보듯 한 것을 모르느냐? 더구나 오늘은 군사도 있고 장수도 있는데 무엇이 두렵단 말이냐?"

장익은 고개를 숙여 물러가려 했다. 조자룡은 다시 명령을 내렸다.

"영문 밖 호 속에 궁노수들을 매복시키고 영문 안 성 위에 꽂아 논 기치창검旗幟槍劍은 함빡 뉘여 두라! 그리고 일절, 북소리와 징 소리를 내지 말도록 하라."

명령을 마치자 조자룡은 말 한 필, 창 한 자루로 영문 밖에 나가 우뚝 섰다.

한편 장합과 서황은 군사를 거느려 촉채蜀寨 앞까지 쫓아왔다. 천색은 이미 저물었고, 성 위에는 기치창검이 보이지 아니했다.

다시 보니 영문 앞에는 상산 조자룡이 필마단기로 장창을 비껴들고 우뚝 서 있는데 위풍이 늠름했다.

장합, 서황 두 장수는 겁이 나서 감히 앞으로 나가지 못했다.

망설이고 있을 때 조조의 큰 부대가 당도했다.

조조는 급히 장대에 올라 군령을 내렸다.

"군대 전체가 움직이라. 십만 대병으로 조그만 조자룡의 진 하나를 못

부순다면 위병의 수치다. 돌격하라!"

조조의 영이 떨어지니 10만 대병은 왈칵 조수 물밀듯 성안으로 들어가려 하다가는 필마단기로 눈을 부릅떠 우뚝 서 있는 조자룡의 모습을 보자 악! 소리를 치며 놀라 뒤로 몰렸다.

이때였다. 조자룡은 창을 번쩍 들어 공중을 향하여 휘둘렀다. 호 속에 매복했던 궁노수들은 일제히 적병을 향하여 활과 쇠뇌를 쏘아붙였다. 이때 하늘은 이미 캄캄하게 어두웠다.

조조의 군사들은 활과 쇠뇌에 상하는 자가 부지기수였다.

날은 어두웠는데 강한 쇠뇌는 비 오듯 쏟아져서 조조의 군사를 줄게 하고, 상하게 했다.

캄캄한 밤이었다. 조자룡이 매복시킨 촉병의 수를 알 길이 없었다.

조조도 겁이 났다. 급히 말 머리를 돌려 달아났다.

그러나 후면에서는 함성이 천지를 진동하고 북소리, 징 소리, 꽹과리 소리가 연달아 일어나면서 촉병은 물밀듯 쫓아 들었다.

조조의 군사는 어둠 속에서 서로 밟고, 차고, 쓰러지면서 목숨을 구하여 달아나다가 한강 물에 떨어져 죽는 자도 수효를 셀 수 없이 많았다.

조조는 숨이 턱에 차서 말고삐를 단단히 잡고 달아났다. 뒤에는 상산 조자룡, 노장 황충, 아장 장저가 제각기 군마를 거느리고 조조를 추격해 잡으려 했다.

조조는 죽을힘을 다하여 조자룡을 피하면서 달아났다. 홀연 미창산米창山 쪽에서 두 떼 군마가 쏟아져 내려오며 길을 막았다.

"이놈, 조조야, 네 어디로 달아나느냐!"

조조는 간이 콩알만큼 오그라들었다.

바라보니 유봉과 맹달이었다.

미창산에 올라 조조의 양초에 불을 지르고 내려오는 판이었다.

조조는 북산北山을 버리고 허둥지둥 남정으로 달아났다.

한편 서황과 장합도 발을 붙여 본채를 유지해 지킬 수 없었다. 진을 뜯어 불 지르고 달아났다.

조자룡은 조조의 진을 전부 점령하고 황충은 조조가 버리고 간 양곡을 수집했다.

뿐만 아니었다. 한강 변에 조조의 군사가 버리고 간 군기가 산더미같이 쌓였다.

조자룡은 일진을 쾌하게 승리한 후에 사람을 보내서 현덕에게 보했다.

현덕은 공명과 함께 한강까지 와서 군사들한테 물었다.

"조자룡 장군께서는 어떻게 싸우시더냐?"

군사가 대답했다.

"조 장군은 신이십니다. 황 장군을 구해 낼 때 모습을 이야기하오리다. 한번 창을 들고 적전을 헤치시는데 마치 배꽃이 펄펄 낙화가 되어 춤을 추는 듯하고 하얀 눈이 퍼뜩퍼뜩 공중에서 나는 듯하옵니다. 십만 대병을 앞에 놓고 필마단기로 딱 버티고 서 계신 용맹스런 모습은 혼신渾身이 도시담都是膽이더이다."

현덕은 기쁨을 이길 수 없었다. 좌우편 험준한 산천을 돌아보며, 흔연히 공명을 향하여 말했다.

"자룡의 일신은 과연 도시담이지!"

탄식하기를 마지아니했다.

공명도 탄복하기를 그치지 아니했다.

"이번에 조자룡이 아니었더라면 노 장군 황충을 구해 낼 도리가 없었을 것입니다. 그러기에 조자룡을 안동해 보낸 것입니다."

"선생의 선견지명에 더한층 탄복하오."

현덕은 공명한테 치하했다.

당시의 시인은 조자룡의 단기를 찬양하여 시를 지었다.

昔日戰長坂　威風猶未减

突陣顯英雄　被威施勇敢

鬼哭與神號　天驚井地慘

常山趙子龍　一身都是膽

옛적, 장판교, 아두阿斗 품은 용기,

아직도 그 위풍 감하지 아니했네.

진을 뚫어 영웅이 되고,

위풍당당 용감도 하여라.

신출귀몰한 그 모습,

귀신도 통곡을 하고 신도 울부짖었네.

하늘도 놀라고 땅도 슬펐다.

상산 땅의 조자룡, 일신이 도시담일세.

현덕은 조자룡에게 위호威虎 장군將軍의 칭호를 내리고 큰 잔치를 벌여 장졸을 위로했다.

밤이 어둑어둑하기 시작할 때, 홀연 파발이 말을 달려 급히 고했다.

"조조가 다시 큰 군사를 움직여 사곡斜谷 소로小路로 나와서 한강을 취하려 합니다."

현덕이 껄껄 웃으며 말했다.

"조조가 이번에 와도 아무런 이득이 없을 것이다."

현덕은 곧 군사를 거느려 한강 서편으로 나가 조조의 군사를 맞이했다.

한편 조조는 서황으로 선봉대장을 삼아 결전하라는 명령을 내렸다.

장전帳前에서 한 사람이 나와 말했다.

"저는 이곳 지리를 잘 알고 있습니다. 원컨대 세 장군을 도와서 촉을 무찌르겠습니다."

조조가 보니 파서巴西 암거巖渠에 사는 왕평王平이란 사람으로 아문牙門 장군將軍의 칭호를 가지고 있는 사람이었다.

조조는 곧 왕평으로 부선봉을 삼아 서황을 돕게 하고 조조 자신은 정군산定軍山 북편에 둔병하고 있었다.

서황과 왕평이 군사를 이끌고 한수에 당도하자, 서황은 앞에 온 군대에게 영을 내렸다.

"먼저 온 군대들은 강을 건너 진을 벌여 쳐라."

왕평이 간하였다.

"강을 건너 진을 치게 했다가, 만약 급히 퇴진을 할 경우가 생긴다면 어찌하려 하시오?"

"옛날 한신韓信은 물을 등져서 배수진背水陣을 쳤던 일이 있소. 이것은 병법에, 죽을 땅에 있는 연후에 다시 살게 될 수 있다는 원칙에서 강을 건너 배수진을 치는 것입니다."

왕평은 고개를 가로흔들며 대거리해 대답했다.

제갈양은 지혜로 한중을 취하고

"그렇지 아니합니다. 옛날 한신이 배수진背水陣을 친 것은 그때 당시의 적병들이 무모無謀한 것을 짐작해 알고 배수진을 친 것입니다. 지금 장군 께서는 조자룡이나 황충의 깊은 뜻을 능히 짐작하시겠습니까?"

서황은 왕평의 반대하는 말을 듣자 골이 펄쩍 났다.

"장군의 뜻이 정 그렇다면 장군은 보병步兵으로 적을 막으시오. 나는 강을 건너서 적을 격파하겠소."

서황은 말을 마치자, 곧 부교浮橋를 놓고 군사를 거느려 강을 건너 진을 쳤다.

한편 현덕의 진에서는 황충과 조자룡이 현덕한테 고했다.

"지금 적장 서황이 한강에 배수진을 치고 있다 합니다. 저희들은 제각 기 본부병을 거느리고 조조의 군사와 싸우겠습니다."

"그리하오."

현덕은 쾌하게 승낙했다. 두 사람은 군사를 인솔하여 나가면서 의견을 주고받았다. 황충이 먼저 입을 열어 말했다.

"지금 서황이 용맹만 믿고 온 모양이올시다. 얼마 있으면 피곤할 테니 우리는 두 길로 군사를 나누어 협공하는 것이 좋겠소이다."

조자룡도 찬성했다.

"장군의 말씀이 옳습니다."

두 사람은 제각기 군대를 거느리고 진문 안에서 때를 기다리고 있었다.

진시辰時가 지났다. 서황이 군사를 몰고 나와서 싸움을 돋우었다. 그러나 촉병은 응하지 아니했다.

서황은 겁겁한 사람이었다. 또다시 싸움을 돋우었다.

촉병은 여전히 움직이지 아니했다. 신시申時가 지났다.

서황은 자기 군대한테 급히 명령을 내렸다.

"활과 쇠뇌를 쏘아붙이라!"

서황의 명령이 채 떨어지기 전에 촉영에 북소리가 천지를 진동하면서 황충은 왼편에서 짓쳐 나오고 조자룡은 오른편에서 돌격해 나와 양편으로 공격하니 서황은 얼을 잃고 군사들은 한강 물로 빠져 죽는 자 부지기수였다.

서황은 몇 번인지 죽을 고비를 넘겨 가지고 겨우 영문으로 돌아왔다.

분함을 참을 수 없었다. 왕평王平을 책망했다.

"너는 내가 뻔히 패한 줄 알면서 구원병을 보내 주지 아니하니, 웬일이냐?"

왕평은 무정지책을 듣고 보니 분하지 아니할 수 없었다.

"내가 만약 나가서 구원을 했더라면 이 진터마저 보전을 못했으리다. 내가 일찍이 말하지 아니했소? 배수진을 치지 말라고. 장군은 배수진 때문에 패했소이다."

서황은 점점 더 노했다. 곧 왕평을 죽이려 했다. 왕평은 이날 밤 영문에 불을 질렀다. 화광이 하늘을 찌를 듯했다. 조조의 군사들은 크게 어지러웠다.

서황은 급했다. 영문을 버리고 달아났다. 왕평은 군사를 거느리고 한강을 건너 조자룡한테 항복했다.

자룡은 왕평을 현덕께 뵙게 하니 유현덕은 크게 기뻐했다.

현덕은 왕평의 손을 반갑게 잡고 말했다.

"고孤는 왕자균王子均을 얻었으니, 한수를 취하기는 의심 없소이다."

자균은 왕평의 자였다. 현덕은 곧 왕평에게 편장군偏將軍의 칭호를 내려서 향도사鄕道使를 관장케 했다.

한편, 조조의 장수 서황은 겨우 목숨을 구하여 조조한테로 달려가서 왕평이 반하여 유비한테로 간 것을 말하니 조조는 대로했다.

친히 대군을 거느리고 현덕의 한수채漢水寨를 뺏으러 나갔다.

조자룡이 가만히 생각해 보니 훗훗하게 있는 적은 군사가 고립孤立해 있는 것은 병법에 꺼리는 일이었다. 자룡은 군대를 한수 서편에 물려서 조조의 진과 한강을 격해 대치했다.

현덕은 공명과 함께 조자룡의 진세를 살피러 왔다.

공명은 한강 상류에 일좌토산一座土山이 있는 것을 유심하게 바라보았다. 1천 병마를 매복시킬 만한 곳이었다.

공명은 영문으로 돌아와 조자룡에게 분부를 내렸다.

"장군은 오백 군사를 거느리고 북이며 꽹과리와 피리를 지니게 하여 토산 속에 매복해 있다가 내가 영문 안에서 방포放砲하는 소리를 내거든 일제히 북을 치고, 피리를 불고, 꽹과리를 쳐서 적병을 놀라게 하시오. 때는 한밤중이 될지, 황혼 때가 될지 미정이오. 그리고 절대로 군사들이 나와서 싸우지는 말게 하시오."

조자룡은 공명의 지휘를 받고 물러갔다. 공명은 높은 산에 올라 가만히 적진의 동정을 살피고 있었다. 다음 날이 되었다. 조조의 군사들은 현덕의 진 앞에 나타나 싸우기를 청했다.

현덕의 진에서는 활 한 번 쏘는 일이 없고, 군사도 나오지 아니했다.

조조의 군사는 무료해서 돌아가 버렸다.

이날 밤 삼경이 되었다. 제갈공명은 조조의 영문에 등화燈火가 꺼진 것을 보자, 약속한 대로 방포를 놓았다. 일성 포향에 천지가 뒤집히는 듯했다. 자룡은 공명과 약속한 대로 토산 위에서 북을 치고 피리를 불고 꽹과리를 두드렸다.

조조의 진에서는 버썩 겁이 났다. 조자룡의 군사가 야습을 하여 쳐들어오는 줄 알자, 황황망망 어찌할지 몰랐다.

장군들은 급히 갑옷투구를 떼어 입고 영문 밖으로 쫓아 나갔다. 그러나 한 사람 적병의 그림자도 보이지 않았다.

장수들은 안심하고 다시 들어가 옷 벗고 누웠을 때, 또다시 큰북이 한번 울리면서 징 소리, 피리 소리, 꽹과리 소리, 군사들의 고함치는 소리가 산골을 진동했다. 조조의 군사들은 또다시 깜짝 놀랐다. 밤을 꼬박 새워가며 불안하게 지냈다.

그러기를 연 사흘 밤을 했다.

군사와 장수는 불안해서 배겨 날 도리가 없었다.

장수와 군사뿐만이 아니었다. 조조도 심겁心怯이 났다.

진을 뜯어 가지고 30리 밖 넓은 평야에 옮겨다 쳤다.

이 모양을 보자 공명은 혼자 웃으며 말했다.

"조조가 비록 병법을 안다지만 휼계譎計는 모르는구나!"

곧 현덕을 청하여 친히 한강을 건너 배수진을 치게 한 후에 이마를 마주 대고 비밀한 계획을 말했다.

조조는 현덕이 한강에 배수진을 치는 것을 보고 심중에, 더럭 의심이 생겼다. 군사를 보내서 싸움을 돋우는 글월을 보냈다.

공명은 조조의 글월을 받아 본 후에,

내일 결전決戰합시다.

간단히 대답하는 답서를 보냈다.

날이 밝았다. 두 편 군사는 영문 앞에서 제각기 나와서 길 중간 오계산五界山 앞에 진세를 이루었다. 이때 조조의 진세는 제법 장관이었다.

조조는 친히 말 타고 문기門旗 앞에 나와 서서 사람을 보내 현덕과 말하기를 청했다.

조조의 진에는 용기, 봉기가 창과 칼을 함께 양편으로 벌여 서서 위왕魏王의 위세를 보이느라고 무진 애를 썼다. 큰북이 세 번 우렁우렁 울렸다. 조조와 현덕이 대면하는 의식의 하나였다.

유현덕은 유봉, 맹달 동촉 중에 있는 장수들을 거느리고 나왔다. 조조는 현덕을 바라보자, 번쩍 황금 채찍을 높이 들고 큰소리로 꾸짖었다.

"유비는 망은忘恩 실의失義하여 배반하는 행동을 취했으니 조정의 역적이다."

현덕도 큰소리로 대답했다.

"나는 대한大漢 종친으로 조서詔書를 받들어 너를 치는 것이다. 너는 위로 모후母后를 시살弑殺했고, 스스로 왕의 칭호를 쓸 뿐 아니라 참람하게도 천자의 연輦과 의장儀仗을 함부로 사용했으니 역적 놈이 아니고 무엇이냐?"

현덕은 손을 들어 점잖게 조조를 꾸짖었다. 조조는 발끈했다.

"서황이 어디 있느냐? 나가서 싸우라."

서황은 조조의 명을 받아 말을 채쳐 달려 나왔다.

말굽 아래 티끌이 자욱하게 일어났다.

현덕은 유봉에게 손짓을 했다. 유봉은 서황을 맞이하여 싸우려 했다.

이때, 돌연 현덕은 말을 채쳐 진문 속으로 달아났다.

유봉도 서황과 몇 번 싸우는 체하다가 기운이 부치는 듯 말 머리를 돌려 달아났다.

조조는 큰소리로 장수들을 격려했다.

"만일 유비를 산 채로 잡는 장수가 있다면 서천왕西川王을 봉하리라!"

조조의 큰 군대는 고함치며 물밀듯 유비의 진으로 달려들었다.

현덕의 군사는 양식과 말과 군기를 모조리 길가에 버리고 한강을 바라보고 달아났다.

높은 산에 올라 싸움을 바라보고 있던 조조는 급히 쇠를 울려 군사를 거두었다.

모든 장수들은 전장에서 돌아와 조조한테 물었다.

"이번엔 꼭 유비를 잡으려 했는데 대왕께서는 왜 쇠를 울려 군사를 거두셨습니까?"

"저들이 배수진을 한강에 친 것이 첫째 의심스럽고, 말과 군기는 가장 필요한 물건인데 싸워서 패해 달아나기도 전에 먼저 버리고 달아나니 둘째로 괴이쩍은 일이다. 너희들은 빨리 군사를 물리고 적의 물건을 절대로 취하지 않는 것이 좋겠다."

조조는 말을 마치자 전군에 영을 내렸다.

"적병이 버리고 간 물건을 한 개라도 취하는 자는 선 채로 목을 베리라!"

조조의 대부대가 급히 진을 돌리려 할 때, 유비의 진에서는 공명의 기가 번쩍 들렸다.

기가 흔들리는 것을 보자, 현덕은 중군中軍을 거느려 나오고 노장 황충은 좌편에서 시살해 나오고 조자룡은 우편에서 군사를 몰아 나오니, 조조의 대군은 크게 뭉그러져 달아났다. 공명은 연일 밤을 도와 뒤를 쫓았다.

조조는 남정으로 향하여 달아나려 할 때, 별안간 앞을 바라보니 5로五路에 가득 불이 붙어 하늘도 그을 듯했다.

원래, 위연과 장비는 엄안을 얻은 후에 대신 낭중閬中을 지키게 하고, 두 사람은 군사를 몰아 먼저 남정을 점령했다.

조조는 이 소식을 듣자 또 한번 깜짝 놀랐다. 싸울 뜻이 없었다. 양평관으로 향하여 달아났다.

현덕의 군사가 남정까지 쫓아가 백성을 무마한 후에 현덕은 공명한테 물었다.

"조조가 이번엔 어째 그리 속하게 패해 달아나오?"

공명이 미소하여 대답했다.

"조조는 평생에 의심을 잘하는 사람입니다. 아무리 용병을 잘한다 해도 의심이 많은즉 패하는 법입니다. 그리고 우리는 의병疑兵으로 승리를 거두게 되었습니다."

현덕이 다시 물었다.

"지금 조조는 양평관으로 향하여 달아났으니 그의 형세는 외롭게 되었소. 선생은 어떠한 대책을 써서 조조를 물리치겠소?"

공명이 대답했다.

"양亮은 이미 요량을 정해 놓았습니다."

말을 마치자 장비, 위연 두 장수를 불러 분부를 내렸다.

"그대들은 두 길로 군사를 나누어, 조조의 곡식 쌓아 둔 양도를 끊게 하라."

장비와 위연은 청령하고 나갔다.

공명은 황충과 자룡을 불렀다.

"두 장군은 두 떼 군마를 거느려 불을 놓고 산을 사르라."

4로의 장성들은 각기 향도관鄕導官을 거느리고 맡은 임무를 다하기 위하여 제각기 행군을 했다.

한편, 조조는 양평관에 당도하여 하룻밤을 드새며 유비의 동정을 살피라 했다.

탐보군이 돌아와 고했다.

"촉병들은 멀고 가까운 곳을 가릴 것 없이 소로란 소로는 모두 차단하여 막아 놓고 함빡 나무에 불을 질렀습니다. 그러나 군사들은 보이지 아니합니다."

조조는 한동안 무엇을 생각하고 있을 때 또 한 보발이 뛰어와 고했다.

"장비와 위연이 양식을 겁탈해 갑니다."

조조는 더 참을 수 없었다. 좌우를 둘러보았다.

"누가 한번 장비를 대적해 보겠느냐?"

허저가 뛰어나왔다.

"제가 가겠습니다."

"그렇다면 일천 정병을 너에게 뽑아 줄 테니 빨리 행군하여 양초를 호접護接게 하라."

허저는 응명하고 1천 병마를 거느려 나갔다.

시달림을 받던 해량관解糧官은 허저를 맞게 되니 기쁨을 이길 수 없었다.

"장군께서 오시지 아니하셨던들, 이 양식은 양평관까지 가지 못했을 것입니다."

수레에 준비했던 술과 고기를 허저한테 권했다.

허저도 곡식을 보호하게 되니 마음이 홍락했다.

통음痛飮하기를 마지아니하다가 그대로 대취했다.

주홍이 도도하여 어서 빨리 양곡을 실어 가자고 재촉이 비상했다.

해량관이 만류했다.

"해가 저물어 갑니다. 앞에 있는 포주襄州 땅은 산세가 험악하여 어둔 후엔 지나기가 어렵습니다."

허저는 눈을 부릅뜨고 해량관을 꾸짖었다.

"나는 만부지용萬夫之勇이 있는 사람이다. 오늘 밤엔 달빛도 좋구나. 양식을 싣고 달 아래 한번 달려 보기로 하겠다."

허저는 양식 실은 수레를 뒤에 두고 긴 칼 비껴들고 말을 달려 나갔다.

이경 때가 지나서, 포주襄州 노상路上으로 나왔다.

큰길로 반 마장쯤 나왔을 때, 홀연 산속에서 북과 대포 소리 천지를 진동하면서 일지 군마가 길을 딱 막았다.

자세히 보니 위수 대장은 장익덕 장비였다.

장팔사모창을 번뜩 쥐고 말을 달려 허저를 취하려 했다.

허저도 칼을 춤추며 장비를 맞아 싸우려 했다. 그러나 술이 워낙 취해 났으니 장비를 당해 낼 도리가 없었다.

싸운 지 수합이 못되어 장비의 장팔사모창 날카로운 창끝은 허저의 어깻죽지를 내리 찔렀다.

허저는 몸을 번드쳐 말 아래 가로 떨어져 버렸다.

허저의 군사들은 급히 달려와 허저를 구해 가지고 달아났다.

장비는 쓴웃음을 웃으며 함빡 양식을 빼앗아 버렸다.

한편, 허저의 군사들은 허저의 목숨을 구하여 조조한테 전후 전말을 아뢰었다.

조조는 급히 의사를 청하여 금창을 치료케 하고 일변 군사를 거느려 유비와 결전할 것을 맹세했다. 조조와 유현덕은 한중漢中을 다투느라고 두 번째 대결하는 전쟁에 임했다.

조조는 대군을 움직여 나오니, 유현덕도 군사를 이끌고 나왔다.

두 편 군대는 제각기 둥글게 원진圓陣을 치고 서로 대치해 있었다.

현덕은 유봉에게 출전 명령을 내렸다.

"네가 나가서 한번 조조를 대거리해 보라!"

일부러 조조의 부화에 약을 올리자는 수작이었다.

유봉이 청령하고 말을 달려 나가니 조조는 대로했다. 큰소리로 유현덕을 꾸짖었다.

"탁군涿郡에서 짚신 팔아먹던 어린놈아, 너는 언제나 수양아들로 대거리를 시키느냐? 내 만약 우리 아들, 황수아(黃鬚兒:조조의 둘째 아들 창彰의 별명)를 불러 싸운다면 네 자식은 짓이겨 놓은 만두 속(肉泥)이 되고 말 것이다."

조조의 욕설을 듣자 유봉은 크게 노했다.

장창을 비껴 잡고 말을 달려 조조를 찌르려 했다.

조조는 급했다.

"서황이 어디 있느냐?"

서황이 장검을 휘두르며 말을 달려 뛰어나왔다.

"현덕의 수양아收養兒를 물리치라!"

서황은 유봉한테로 덤벼들어 한참 어우러져 싸울 때, 유봉은 슬며시 힘이 부치는 체 말 머리를 돌려 달아났다. 조조는 서황과 함께 대군을 몰아 달아나는 유봉을 쫓았다.

거진 촉영 앞에 당도했을 때 사면팔방에서 북소리, 징 소리, 대포 터지는 소리가 요란하게 일어나면서 촉병들의 고함이 천지를 진동했다.

확실히 복병이 있는 것이 분명했다.

조조는 급했다.

"말 머리를 돌려라!"

전군에 호령을 내렸다. 별안간 내리는 철수 명령에 군사들은 제각기 먼저 달아나려고 앞을 다투다가 서로들 짓밟고 떠밀고 박차서 죽고 상하는 자가 극히 많았다.

위왕 조조는 필마단기로 넋을 잃고 양평관으로 향하여 달아났다.

서황이 뒤미처 패잔병을 거느리고 조조의 뒤를 따랐을 때, 유비의 촉병들은 추격이 계속해서 급했다.

촉병은 양평관에 도달하자 화공법을 취했다.

동문에 불을 질렀다. 조조의 군사들은 황황히 동문의 불을 끄려 할 때 서문에서 고함 소리가 요란했다. 촉병이 금방 쳐들어올 기세를 보였다.

남문에 불길이 활활 일어났다. 기왓장이 튀고 문루에 불이 붙었다.

조조의 군사들은 초조하게 남문 불을 끄려 할 때 별안간 북문에서 대포가 터지면서 북이 울렸다.

조조는 크게 두려웠다. 더 버티어 있을 수 없었다. 양평관을 버리고 달아났다.

그러나 촉병은 조조를 놓아 보내지 아니했다. 조조의 뒤를 쫓아 추격이 급했다.

조조는 숨이 턱에 차서 두 손으로 고삐를 움켜잡고 넋을 잃어 달아날 때 홀연 전면에서 일지 병마가 쏟아져 나와 길을 끊었다.

조조의 군사들이 앞을 바라보니 기막혔다. 일지 병마를 거느려 길을 막는 위수 대장은 연인燕人 장익덕張翼德이었다.

고리눈을 부릅뜨고 범의 수염을 뻗쳤다. 마상에 높이 앉아 장팔사모창을 비껴들고 조조를 꾸짖었다.

"이놈 조조야, 네가 이놈, 위왕魏王이라지! 왕관 맛이 어떤가 좀 보아라!"

말을 마치자 창을 들고 조조한테로 덤벼들었다.

조조는 간담이 서늘했다. 급히 말 머리를 돌려 달아나려 할 때 한 장수가 일지 병마를 거느리고 또다시 길을 끊었다.

조조는 급했다. 앞을 바라보니 위수 대장은 상산 조자룡이었다.

조조는 혼비백산이 되었다. 급히 옆길을 뚫고 달아났다.

열 걸음을 채 달리지 못하여 먼지가 보얗게 일어나면서 일지 병마가 또 길을 막았다. 조조는 급했다.

단거리를 몰아 달아나면서 앞에 선 대장을 바라보았다. 백수충신의 노장 황충이었다.

모두들 개개 명장들이었다.

조조의 군사들은 죽을힘을 다하여 싸우면서 조조를 옹위하여 달아났다.

대패한 조조가 사곡斜谷 계구界口에까지 당도했을 때, 전면에 또다시 티끌이 자욱하게 일어나면서 일지 병마가 몰려들었다.

조조는 탄식했다.

"이 군사들이 유비의 촉군이라면 인제 나는 옴치고 뛸 수 없다. 꼭 죽었구나!"

탄식하고 있을 때 한 장수가 앞으로 나와 군례를 드렸다.

바라보니 둘째 아들 조창曹彰이었다. 조조는 저승에서 아들을 만난 듯 반가웠다.

원래 조조의 둘째 아들 조창의 자를 자문子文이라 불렀다.

어려서부터 말달리고, 활쏘기를 좋아했다.

뿐만 아니라 힘이 천하장사였다. 한 주먹으로 범을 때려죽인 일까지 있었다.

조조는 항상 타일렀다.

"네가 글 읽기를 좋아하지 않고 활 쏘고 말달리기만 좋아하니, 그것은 필부의 용맹이다. 어찌 귀하다 하겠느냐. 글공부를 하도록 해라."

아들은 아버지 조조한테 대답했다.

"사내자식이 세상에 한번 나서 위청衛靑[5]이나 곽거병霍去病[6]의 행적을 배워서 공을 사막沙漠에까지 세우고 수십만 대병을 거느려 천하를 종횡하는 일이 장부의 쾌한 사업인가 합니다. 그까짓 글을 읽어서 박사 되는 것이 무엇이 귀합니까?"

창은 자기의 뜻을 표시했다.

어느 때 일이었다. 조조는 여러 아들의 뜻을 묻다가 창의 차례가 되었다.

"너는 장차 무슨 일을 하겠느냐?"

"갑옷 입고 창을 들어 국난에 처하여 몸을 피하지 않겠습니다. 그리고 사졸의 상벌을 신용 있게 하겠습니다."

조조는 듣고 껄껄 웃었다.

조조의 둘째 아들 창彰의 이야기는 계속됐다.

건안 23년의 일이었다. 대군代郡 땅의 오환烏桓이 반역을 일으켰다.

조조는 창에게 군사 5만 명을 주어 토벌하라 이르고 떠날 때 당부하는 말을 주었다.

"집에 있어서는 부자父子지간이지만 나라의 일을 받들어 책임을 맡으면 군신지간의 일이 된다. 너와 나는 이제부터는 부자지간이 아니라 군신지의가 된다. 그러므로 법은 사정私情이 없다. 깊이 생각하여 조심해서 처

---

5) 위청 : 한 무제 때의 명장. 일곱 번 흉노를 격파하여 위엄을 널리 떨침.
6) 곽거병 : 위청의 누님의 아들. 한 무제 때 명장. 여섯 번 흉노를 격파하여 관군후冠軍侯에 표기대장군을 봉하다. 곽광의 이모형異母兄이기도 하다.

리하라."

창은 대북代北에 당도하자 몸소 선두에 서서 사졸보다 더 싸웠다. 상건桑乾까지 돌격하니 북방이 모두 평정되었다.

아버지 조조가 양평관에 있다는 소식을 듣고 돕기 위하여 찾아든 것이었다.

조조는 창을 보고 크게 기뻤다.

"우리 황수아가 왔으니 유비는 반드시 격파되고 말 것이다."

말을 마치자, 곧 군사를 거느려 사곡 계구로 나가 영문을 세웠다.

이 소식은 바로 유현덕한테로 들어갔다.

"황수아의 별명을 가진 조조의 둘째 아들이 북쪽을 평정하고 자기 아비를 도우러 왔다 합니다."

현덕은 여러 장수들을 돌아보았다.

"누가 한번 나가서 조창을 대적하겠느냐?"

유봉이 나와 아뢰었다.

"소자가 나가서 싸우겠습니다."

맹달이 또 출반하여 아뢰었다.

"제가 나가겠습니다."

"너희 두 사람이 함께 나가서 싸우라. 누가 성공을 하나 바라보리라."

현덕은 두 장수에게 각각 5천 명의 군사를 주었다.

유봉이 먼저 나가고 맹달이 뒤에 따랐다.

조창이 유봉을 만나 교전한 지 3합에 유봉은 패해 달아났다.

맹달이 군사를 거느리고 조창을 맞이하여 싸우려 할 때 별안간 조조의 진이 크게 뭉그러지면서 아비규환阿鼻叫喚의 수라장이 되어 버렸다.

원래 마초馬超가 오란吳蘭과 함께 군사를 거느리고 와서 조조의 진을 출기불의로 짓밟아 버렸기 때문이었다.

맹달은 신명이 났다. 마초, 오란을 도와 조조의 진으로 협공해 쳐들어갔다.

원래 마초의 군사들은 전쟁에 나가지 아니하고 예기를 기른 지 오래였다. 힘을 다하여 싸웠다. 무예를 당해 낼 도리가 없었다. 조조의 군사는 대패해 달아났다.

혼전 속에 조창은 오란과 마주쳤다.

두 장수는 교봉한 지 수합이 못되어 조창의 창이 번득하면서 오란의 급소를 찔렀다. 구슬피 외마디소리를 치면서 마하에 떨어져 죽었다.

조조는 재사 양수를 죽이다

　삼군은 한바탕 혼전을 치른 후에 조조는 군사를 사곡 계구로 철수시켜서 때를 기다리고 있었다.

　그럭저럭 세월은 흘렀다. 조조는 유현덕을 공격하고 싶었으나 맹장 마초가 범같이 지키고 있으니 군사를 내어 돌격할 수도 없고, 대군을 휘동하여 허도로 돌아가고 싶었으나 유비의 군사들한테 치소를 당할까 보아 얼른 결단을 내리지 못하고 있었다.

　때마침, 아침 밥상이 나왔다. 닭탕(鷄湯)이 상에 올랐다.

　조조는 닭국을 맛있게 먹다가 탕 속에 계륵鷄肋이 들어 있었다.

　닭고기 중에 가장 맛없는 것이 계륵이다. 맛이 없을 뿐 아니라 아무 영양도 없는 물건이다. 먹자 하니 맛이 없고, 버리자니 남을 주기 아깝다.

　조조는 이번 전쟁이 마치 계륵과 비슷하다고 생각했다.

　이때 하후돈夏侯惇이 들어와 아뢰었다.

　"오늘 밤 군호는 무어라 했으면 좋겠습니까?"

　조조의 머릿속에는 계륵으로 가득 차 있었다. 무심코,

　"계륵, 계륵."

　두 마디를 웅얼거렸다.

　하후돈은 곧 진중으로 내려갔다.

　여러 아장들을 불러 놓고 구령을 전달했다.

"오늘 밤 군호는 계륵이다."

행군行軍 주부主簿 양수楊修는 하후돈의 말을 듣자, 곧 자기 처소로 돌아가 아장과 군사들에게 짐을 싸라 했다.

군사들은 춤을 추며 좋아했다.

다투어 행리를 쌌다.

이 소식은 하후돈한테로 들어갔다.

하후돈은 깜짝 놀랐다. 곧 양수를 청해 물었다.

"군사들이 행리를 싼다 하니 웬일입니까?"

양수는 미연히 웃으며 대답했다.

"계륵이란 것은 먹으려면 고기가 없어 맛이 없고 버리자면 아까운 물건입니다. 지금 위왕의 심경은 버리자니 아깝고, 지키고 있자니 아무런 소득도 없는 이 전쟁 형편을 마치 계륵 같다 생각하십니다. 내일이면 곧 반사班師 명령이 내릴 것입니다. 영이 내린 후에 행장을 차리는 것보다 미리 수습하는 편이 분주하지 않고 질서 있을 터이므로 먼저 행장을 차리라 한 것입니다."

"양공은 과연 위왕의 허파 속까지 짐작하시오."

하후돈은 감탄하기를 마지아니했다.

곧 모든 장수를 불러 미리 행장을 준비하라 일렀다. 온 영문 군사들은 기쁨을 이기지 못했다. 일제히 고향으로 돌아갈 행리를 수습했다.

이날 밤에 조조는 심란해서 잠을 이룰 수 없었다. 손에 강철 도채를 들고 진중을 순력하고 있었다.

조조가 하후돈의 영문에 당도해 보니, 군사들은 이곳저곳에서 모두 다 짐짝을 묶고 있었다.

조조는 깜짝 놀랐다. 급히 처소로 돌아가 하후돈을 불렀다.

"웬일이냐? 너희 영문에서는 군사들이 행리를 묶고 있으니 누가 명령을 내렸느냐?"

"주부 양수가 대왕 전하의 뜻을 미리 짐작하고 행리를 묶으므로 저도 그럴듯 생각이 들어 군사들한테 한가한 틈을 타서 짐을 싸라 했습니다."

조조는 양수를 불렀다.

"어쩐 까닭에 너는 군사들에게 짐을 싸라 했느냐!"

"계륵으로 군호를 하라 하셨기에 황송하오나 미리 대왕의 뜻을 받들어 짐을 싸게 한 것뿐입니다."

조조는 크게 노했다.

"네 어찌, 감히 말을 함부로 만들어 내서 나의 군심을 어지럽게 하느냐?"

조조는 시위하는 도부수를 불렀다.

"양수를 몰아내어 참형에 처하고 수급을 진문 밖에 달아 함부로 유언비어를 퍼뜨리는 자를 징계하라."

원래 양수는 천하의 재사였다. 사람됨이 재주를 믿고 담이 컸다.

자주 조조의 뜻을 거슬렀다.

조조는 화원을 만들라 했다.

화원이 된 후에 조조는 가 보고 아무런 말이 없이 화원 들어가는 문 위에 붓을 들어 '활活' 자를 써 놓았다.

사람들은 조조의 뜻을 몰랐다. 걱정이 부산했다. 양수를 청해서 물었다.

"도대체 '활'자 뜻이 무슨 뜻이오니까?"

양수는 웃으면서 지체 없이 해석해 주었다.

"문門에다 '활活' 자를 썼으니 '넓을 활闊' 자가 분명하오. 위왕은 화원 문이 너무 넓다고 한 뜻이니 좁게 만드시오."

동산직이는 양수의 말대로 화원 문을 다시 고치고 조조를 청했다.

조조는 화원 문을 본 후에 크게 기뻐했다.

"이제는 제법 화원 문답다. 누가 내 뜻을 짐작하고 이같이 고치라 했느냐?"

"주부 양수가 가르쳐 주었습니다."

"기막힌 천재로구나."

조조는 양수의 재주를 칭찬했으나 마음으로는 꺼려 했다.

하루는 북편 변방에서 양의 젖으로 만든 수酥 한 합을 바쳤다.

조조는 진기하게 생각해서 친히 붓을 들어 '일합수一盒酥'라 쓴 후에 문갑 위에 올려 놔두었다.

마침 양수가 들어왔다가 보고, 술을 들 때 방에 있는 사람에게 한 숟갈씩 먹게 했다.

조조가 아끼는 물건이었다. 애운하게 생각했다.

"그것은 왜 나눠 먹이나?"

양수는 상글상글 웃으며 거침없이 대답했다.

"승상께서는 합盒 위에 친필親筆로 한 사람이 한 입씩 먹는 그릇의 타락죽(一人一口皿酥)이라고 쓰셨습니다. 제가 어찌 승상의 말씀을 어기겠습니까?"

조조가 가만히 생각해 보니 일합수一盒酥를 파자破字해 보면 (一人一口皿酥) 한 사람이 한 입씩 먹는 그릇의 타락죽이 분명했다. 조조는 마음속으로 양수의 반짝하는 산뜻한 재주에 탄복했다.

"용하다. 양수의 파자는!"

칭찬하는 말을 했으나 마음속으로는 양수의 재주를 시기하고 꺼려 했다.

조조는 항상 자기의 일을 해칠 사람이 있을 것을 두려워했다.

가까운 심복 시자도 믿지를 못했다.

좌우의 시자에게 거짓말로 위협을 주었다.

"나는 꿈에, 사람을 일쑤 잘 죽인다. 내가 잠이 들거든 너희들은 절대로 내 옆에 가깝게 오지 마라."

하루는 조조가 낮잠을 자는데 이불이 미끄러져 침대 아래로 떨어졌다.

근시近侍 한 사람은 황망히 이불을 집어서 조조의 몸을 덮었다.

조조는 벌떡 침상에서 일어나 큰 칼로 근시의 목을 잘라 죽이고, 다시 침대에 올라 코를 골았다.

여러 시자들은 벌벌 떨며 어찌할지 몰랐다.

얼마 뒤에 조조는 비로소 잠이 깨어 일어나는 체했다.

침상 아래 목 떨어진 시자의 시체를 보고 깜짝 놀라 좌우한테 물었다.

"누가, 내 근시를 죽였느냐?"

시자들은 아까 조조의 행동을 실지대로 말했다.

조조는 깜짝 놀라는 시늉을 하고 목이 메어 통곡하면서 눈물을 비 오듯 흘렸다.

"후하게 장사나 지내 주어라!"

이후부터 시자들은 조조가 꿈속에 사람 죽인다는 말을 참말로 곧이듣고 감히 가깝게 가지 못했다.

모든 사람들은 다 조조의 꾀에 넘어갔으나 오직 양수만은 속지 아니했다.

억울하게 죽은 근시의 장삿날이 되었다. 모든 사람들이 회장을 해서 슬퍼했다.

양수는 무덤을 향하여 탄식하며 조상하는 말을 보냈다.

"승상이 꿈속에 자네를 죽인 것이 아니라, 자네가 꿈을 꾸다가 꿈속에서 죽었네."

의미 깊게 죽음을 조상하는 소리에 조조가 친히 나와 조상을 하다가 양수의 탄식하는 말을 들었다.

'온 천하 사람들이 다 나의 꾀에 넘어가는데 오직 양수만 속지 않는구나!'

조조는 더한층 양수를 꺼려 하고 싫어했다.

조조의 셋째 아들 조식曹植은 양수의 재주를 사랑했다. 항상 양수를 집으로 청해서 밤이 새도록 담론談論하기를 쉬지 아니했다.

이때 조조는 식의 재주를 아꼈다.

식으로 세자世子를 삼으려 했다.

큰아들 조비曹조가 알고, 조朝 가장歌長 오질吳質을 청하여 내부內府에 상의하고 싶었으나 다른 사람들의 이목이 두려웠다. 오질을 비단이라고 속인 후에 대광주리 속에 집어넣어 내부 부중으로 들어가게 한 일이 있었다.

양수는 이 일을 알았다. 곧 조조한테로 달려가 고자질을 했다.

조조는 조비 부중으로 비밀히 사람을 보내서 오질의 일을 조사했다.

큰아들 조비는 황망했다. 오질에게 고하니 오질은 태평하게 대답했다.

"걱정하지 마십시오. 내일 큰 상자에 잔뜩 비단을 담아서 다시 들여보내시면 됩니다."

조비는 오질이 시키는 대로 큰 상자에 비단을 담아 내부로 들여보냈다. 조조의 사자는 사실대로 고했다.

조조는 양수가 조비를 참수하기 위하여 거짓말을 한 것이라 생각했다. 더한층 양수를 의심하게 되었다.

조조는 작은아들 조식과 큰아들 조비의 재간을 시험해 보려 했다.

두 아들을 불러서 교외로 나가라 한 후에 업성鄴城 문리門吏에게 가만히 성문으로 나가지 못하도록 막으라고 분부를 내렸다.

큰아들 비조가 먼저 성문으로 나가려 하다가 문지기한테 지가止駕를 당했다.

이 소문을 들은 조식은 양수를 청하여 의논했다.

양수는 아래와 같이 계책을 가르쳐 주었다.

"'왕명을 받들어 성 밖으로 나간다. 누가 감히 나의 행차를 막는단 말이냐?' 이같이 말씀한 후에 수문장의 목을 참하십시오."

조식은 양수의 말대로 성문 밖으로 나가면서 수문장을 꾸짖고 목을 베었다.

이 뒤로부터 조조는 조식을 조비보다 큰 인물이 될 것이라고 생각하여 더욱 사랑하게 되었다.

그러나 조조한테 고자질하는 자가 있었다.

"이런 일은 모두 다 양수가 가르쳐 준 것입니다."

조조는 대로했다. 양수를 미워할 뿐만 아니라 셋째 아들 조식까지 미워했다.

양수는 조식에 열두 가지 조목을 가르쳐 주면서 조조가 묻거든 대답하라고 했다.

조식은 항상 열두 조목을 외웠다.

조조가 묻는 대로 막힘없이 대답했다.

모두 전쟁과 군국軍國에 대한 일이었다.

조조는 청산유수처럼 대답하는 조식을 의심하게 되었다.

마침내 양수의 짓이라는 걸 알고 더욱 양수를 죽이려 했다.

이리하여 조조는 천하 재사 양수를 죽였다. 수의 나이는 겨우 34세였다.

시인은 글을 지어 양수의 죽음을 울어 조상했다.

聰明楊德祖　世代繼簪纓
筆下龍蛇走　胸中錦繡成
開談驚四座　捷對冠群英
身死因才悞　非關欲退兵

총명한 양덕조는
대대로 내려오는
잠영세갈세,
붓을 들어 글씨를 쓰면
용과 뱀이 달리는 듯하고
가슴속엔
금수문장.
말을 하면
모든 선비를 눌러
만좌를 놀랬다.
아깝다, 재주로 인해
몸이 먼저 죽는구나.
군사들의
보따리 싼 죄만이 아닐세.

조조는 양수를 죽인 후에 거짓 노한 체하면서 하후돈을 잡아들이라 했다.

"하후돈도 그대로 둘 수 없다. 목을 자르게 하라."

추상같은 호령을 내렸다.

모든 시자들이 좌우에서 간하였다.

"하후돈은 살려 두셔야 합니다. 죽이시면 군에 큰 영향이 미칩니다."

조조는 진심으로 하후돈을 죽이려는 것이 아니었다.

"다시는 경망한 짓을 하지 말라!"

크게 꾸짖은 후에 다음 날 사곡斜谷 계구界口로 군사를 진격시켰다.

저편 현덕의 진에서는 위연魏延이 말을 달려 나왔다.

조조는 위연을 향하여 소리쳤다.

"네 만약 항복한다면 큰 벼슬을 주리라."

위연도 조조를 향하여 마주 꾸짖었다.

"역적 조조야. 네 누구보고 항복하라 하느냐? 빨리 목을 늘여 나의 칼을 받으라."

조조는 방덕龐德에게 출전 명령을 내렸다. 두 장수가 한창 어우러져 싸울 때 조조의 영문 안에서는 별안간 불이 일어났다.

군사가 급히 뛰어와 조조한테 고했다.

"마초馬超가 중채中寨와 후채後寨를 점령하고 불을 질렀습니다."

조조는 칼을 뽑아 들고 호령을 내렸다.

"장수와 군사 중에 물러서는 자가 있다면 참하리라!"

조조의 독한 영이 한번 떨어지니 모든 장수들은 죽기를 결심하고 앞으로 나갔다.

위연은 일부러 거짓 패해 달아났다.

조조는 달아나는 위연을 버려두고 군사를 돌려 마초와 싸우라 하고 말을 달려 높은 언덕으로 올라서 두 편 군사의 싸우는 광경을 바라보고 있을 때, 돌연 한 떼 군사가 조조의 뒤로 나타나며 일원 대장이 큰소리로 외쳤다.

"역적 조조야, 맹장 위연이 여기 있다!"

위연은 전통箭筒에서 살을 뽑아 조조를 향하여 활시위를 당겼다.

살은 나는 듯이 조조의 면상을 향하여 날았다.

조조는 "앗!" 소리를 치며 몸을 번드쳐 말 아래로 가로 떨어졌다.

위연은 칼을 뽑아 들고 조조한테로 달려들었다.

서리 같은 긴 칼로 퍼뜩 조조의 허리를 찍으려 할 때 한 장수가 소리치며 달려들었다.

"우리 주상을 상하지 말라!"

위연이 고개를 들어 바라보니 조조의 아장 방덕이었다.

방덕은 힘을 다하여 위연과 싸웠다. 싸운 지 10여 합에 위연을 물리치고 조조를 구해 냈다.

이때, 마초의 군대들도 군사를 거두어 돌아갔다.

방덕은 조조를 구해 가지고 영채로 돌아와 상처를 살펴보니 위연이 쏜 화살은 조조의 인중을 쏘아서 앞니 두 개가 부러졌다.

급히 의사를 불러 치료한 후에 조조는 아픔을 참고 가만히 누워 이 생각 저 생각 속에 빠졌다.

양수楊修를 죽인 것을 후회하는 생각이 간절하게 일어났다.

이번 전쟁은 과연 먹으면 맛이 없고, 남 주자니 아까운 닭의 쐐약가리 계륵鷄肋과 같은 형편이었다.

조조는 저자에 버린 양수의 시체를 거두어 후하게 장사 지내라 이른 후에 군사를 거두어 허도로 돌아가라는 회군 명령을 내렸다.

방덕으로 뒤를 삼아 현덕의 추병을 막게 하고 조조는 병상으로 꾸민 담요 깐 수레에 누워 좌우호분左右虎賁 군사들의 호위를 받으면서 앞으로 향해 나갔다.

조심조심 나갈 때 홀연 사곡斜谷 골짜기 산 위에서 불이 벌겋게 타오르고 고함 소리 천지를 진동하면서 복병이 쏟아져 나왔다.

조조의 군사들은 깜짝 놀랐다. 군사들뿐만이 아니었다. 담요 깔고 수레에 누운 조조의 간도 콩알만큼 오그라들었다.

마치 지난날 동관潼關에서 당하던 일과 적벽 대전 때 만난 위태로운 그 장면을 당하는 듯했다.

조조의 목숨은 경각간에 달려 있었다. 이때 사곡 골짜기의 복병은 마초의 군대였다.

제갈공명은 조조가 한중을 버리고 달아날 것을 미리 짐작하고, 마초와 위연 등 모든 장수를 십수로+數路에 보내서 불시에 공격을 편 것이었다.

조조는 오래 머무를 수가 없었다.

이런 데다가 위연이 쏘아붙인 한 대 화살은 삼군의 예기를 꺾어 버리고 조조의 간담을 서늘하게 만들었다.

조조는 양수 죽인 것을 후회하면서 군사를 돌려 돌아갈 때 또다시 마초의 복병을 만났다.

수천 명의 군사를 또 한 번 죽인 후에 조조는 한 가닥 목숨을 구하여 허도로 돌아갔다.

유현덕은 한중왕이 되고

조조가 대패하여 허도로 달아난 후에 유현덕은 유봉, 맹달, 왕평 등에게 상용上庸 모든 골을 취하라 하니, 신탐지申耽之의 무리는 조조가 대패해 달아난 소문을 듣고 모두 다 현덕한테 항복했다.

현덕은 백성들을 효유하여 안심시킨 후에 크게 삼군을 호궤하니 군심이 흐뭇하고 기뻐했다.

모든 장수들은 현덕을 추대하여 황제 위에 나가게 할 마음이 있으나 감히 아뢰지 못하고 제갈 군사軍師한테 고했다.

"어떠합니까, 주상을 황제로 모시는 것이?"

"나도 생각이 있으니 그대들은 잠깐 물러가 있으라."

공명은 말을 마치자 법정法正과 함께 현덕한테로 들어가 뵈었다.

"지금 간신 조조는 농권弄權[7]을 하여 백성들은 임금을 잃은 것이나 매일반입니다. 주공께서는 인의仁義의 덕이 천하에 가득하게 퍼지셨습니다. 이제 양천兩川의 땅을 두셨으니, 가히 하늘 뜻에 응하시고 사람의 마음에 순종하실 때입니다. 황제 위에 나아가시어 명정언순名正言順한 태도로 국적國賊을 토멸하실 때입니다. 일이 더디면 좋지 아니합니다. 길한 날을 가리시어, 대위大位에 나가게 하십시오."

---

7) 농권 : 권력을 제 맘대로 쓰는 것.

현덕은 공명의 말을 듣자 깜짝 놀랐다.

"그게 무슨 말씀이오? 군사께서도 그런 말씀을 하시오? 유비가 비록 한실의 종실이라 하나 황제께는 신자臣子올시다. 이런 일을 한다면 이것은 한실을 배반하는 일입니다."

공명이 말했다.

"아니올시다. 틀린 말씀입니다. 이제 천하는 뭉그러져서, 영웅호걸이 각처에 일어나서 제각기 한 지방에서 패권覇權을 잡고 있고, 사해四海의 재덕才德이 있는 사람들은 제각기 주인이 될 용龍과 봉鳳을 붙들어 공명을 세우려 합니다. 이제 주공께서는 조그마한 협의를 생각지 마시고 의를 짚으시어 여러 사람들의 하늘같이 바라는 마음을 저버리지 마시기 원합니다. 주공께서는 깊이 생각해 주십시오."

"나에게 참람한 짓을 하라 하지 마시오. 두 번 다시 이런 말을 입에 내지 마시오."

밖에 있던 모든 장수들이 일제히 들어와 말했다.

"주상께서는 의로써 근본을 삼으시는 분입니다. 천자의 존호尊號를 쓰시는 것이 미편하시다면 형주荊州와 양주襄州와 양천兩川의 땅을 가지셨으니 한중왕漢中王의 칭호를 사용하시는 것도 좋겠습니다."

현덕은 잠깐 생각하다가 말을 꺼냈다.

"그대들이 나를 높여서 왕으로 추대한다 하나, 천자의 조서를 받들지 아니한다면 이것도 참람된 짓이 되오."

공명이 다시 말했다.

"지금 역적 조조는 천자를 끼고 농간을 하고 있습니다. 조조가 주상께 한중왕을 봉할 리 만무합니다. 잠깐 권도를 취하십시오."

현덕의 뒤에 있던 장비가 큰소리를 치며 벌떡 일어서서 말했다.

"이성지인異姓之人이 모두 임금이라고 떠들어 대는데, 이 판국에 우리 형님은 당당한 한실의 종친이십니다. 한중왕 소리는 막설莫說하시오. 황제라 해도 불가할 것이 없소."

장비의 떠들어 대는 말을 듣자, 현덕이 꾸짖었다.

"너는 너무 말이 많구나. 딴소리하지 말라."

공명이 나서서 말했다.

"주공께서는 권도를 좇으시어 먼저 한중왕의 자리에 나가신 후에 천자께 아뢰어도 더디지 아니합니다."

현덕은 손을 저어 사양했다.

"천만에, 부당한 짓이오."

두 번 세 번 사양하다가 부득이 왕의 자리에 나가는 것을 허락했다.

이때는 건안建安 24년 가을 7월의 일이었다.

면양沔陽 땅에 단壇을 쌓았다. 주위가 아홉 리요, 오방五方에는 정기旌旗와 의장儀仗을 벌여 세우고 백관과 군신이 차서를 따라 배열해 서니 질서는 정제하고 식장은 엄숙했다.

허정許靖과 법정法正은 현덕을 모시어 단상에 오른 후에 면류관과 옥새를 바쳤다. 현덕은 예복을 입은 후에 남면南面에 앉아 문무 관원의 배하를 받고 한중왕이 되었다.

아들 유선劉禪으로 왕세자를 봉하고 허정으로 태부太傅를 삼고, 법정으로 상서尙書를 삼고, 제갈양으로 군사軍師를 삼아서 군국의 중대한 일을 총리케 하고 관우關羽, 장비張飛, 조운趙雲, 마초馬超, 황충黃忠으로 오호五虎대장大將을 봉하고, 위연魏延으로 한중漢中 태수太守를 삼고, 그 나머지 사람들은 공훈에 의하여 차례로 벼슬을 정했다.

유현덕은 한중왕이 된 후에 천자께 표表를 올려 사직과 국가를 받들기 위하여 한중왕이 되었다는 일을 아뢰었다.

이때 조조는 업군鄴郡에 있다가 현덕이 한중왕이 되었다는 말을 듣고 크게 노했다.

"자리를 짜고, 짚신을 삼던 아이놈이 감히 이 따위 짓을 할 수 있느냐. 이놈을 기어코 쳐부수리라."

호통을 친 후에 전국에 영을 내려 양천으로 출병하여 한중왕과 자웅을 결단하기로 했다.

한 사람이 출반하여 간하였다.

"대왕께서는 일시의 노하심을 참지 못하시고 대군을 움직여 친정하시는 것은 불가합니다. 신에게 한 가지 계책이 있습니다. 활 한 대 쏘지 아니하고, 유비가 촉 땅에서 화를 받아 견디지 못하도록 하겠습니다. 이렇게 한 연후에 장수 한 명을 보내서 유비를 정벌하신다면 손쉽게 성공이 될 것입니다."

조조가 말하는 사람을 보니 사마의司馬懿란 사람이었다.

조조는 얼굴에 희색을 띠고 물었다.

"사마중달司馬仲達은 무슨 고견高見이 계신가?"

중달은 사마의의 자였다.

"강동江東 손권孫權은 제 누이를 유비한테 시집보냈습니다. 그리한 후에 또다시 몰래 데려갔습니다. 이러한 중에 유비는 형주 땅을 차지해 버리고 손권한테 돌려보내 주지 아니합니다. 이 까닭에 유비와 손권은 피차에 이를 갈고 있습니다. 이제 한 사람 말 잘하는 변사에게 글을 주어 손권한테로 보내서 군사를 일으켜 형주를 치게 한다면 유비는 반드시 양천의 군사를 움직여 형주를 구원할 것입니다. 이때 대왕께서 한천으로 군사를 출동시키신다면 유비는 이리도 못하고 저리도 못하여 자연 위태하게 될 것입니다."

사마의의 말을 듣자 조조는 크게 기뻐했다. 곧 글을 써서 만총滿寵으로 사신을 삼은 후에 밤을 도와 강동 손권을 찾게 했다.

한편 강동 손권은 조조의 사신 만총이 온다는 소문을 듣고 모사들을 불러 상의하였다.

"조조가 사신을 보낸다 하니 어찌하면 좋은가!"

모사 장초張超가 나와 말했다.

"위魏와 오吳는 본시 아무런 원수도 없습니다. 제갈양의 말을 듣고 적벽대전을 일으킨 후에 두 곳에서는 해마다 싸움을 일으켜 백성들이 도탄에 빠졌습니다. 이제 만총이 온다 하니 필연코 강화講和를 하러 오는 것 같습니다. 예로써 대접하는 것이 좋겠습니다."

손권은 장초의 의견을 따랐다. 모든 모사에게 만총을 맞이해 들이라 했다.

만총이 입성한 후에 손권은 국빈國賓으로 대접했다.

만총은 조조의 글월을 손권한테 전했다.

손권은 조조의 글월을 받아 보았다.

오吳와 위魏는 자래로 원수진 일이 없는데, 공연히 유비의 일로 인하여 틈이 생겼습니다. 위왕 조조는 만총을 보내서 화친을 청합니다. 그래서 장군께서 형주를 취하신다면 조조는 한천으로 군사를 내겠습니다. 유비를 협공하여 격파한 후에 땅을 서로 나누고 서로 침범하지 않을 것을 맹세합니다.

손권은 글을 본 후에 연회를 베풀어 만총을 환대하고 관사에 나가 편히 쉬라 한 후에 다시 모사들을 불러 의논했다.

"조조가 나를 보고 형주를 취하면 자기는 한천으로 군사를 보내서 유비를 협공하겠다고 했으니 어찌하면 좋을꼬?"

모사 고옹顧雍이 말했다.

"한편으로 만총을 돌려보내서 조조와 유비 치는 약속을 하고, 한편으로 사람을 형주에 보내서, 관운장의 형편을 살핀 후에 일을 시작하는 것이 좋겠습니다."

고옹의 말이 떨어지니 제갈근諸葛瑾이 의견을 말했다.

"근瑾이 듣자오니 관운장이 형주에 온 후에 유현덕의 권에 의하여 아내를 두었는데, 그 후에 일남일녀를 생산했다 합니다. 그의 딸이 아직 어려서 정혼한 곳이 없다 하니, 근이 가서 주공의 세자世子와 혼인함을 청하여 만약 허락한다면 곧 의논하여 조조를 치기로 하고, 불응한다면 조조를 도와서 형주를 공격하는 것이 좋을 듯합니다."

"제갈근 선생의 의사가 내 뜻과 합하오."

손권은 제갈근의 말에 찬성하는 뜻을 표한 후에 만총을 환대하여 허도로 돌려보내고, 한편으로 제갈근을 형주로 보내기로 했다.

제갈근은 형주에 당도하자, 곧 성안으로 들어가 관운장을 만났다.

관운장은 제갈근과 인사를 마친 후에 은근히 물었다.

"자유子瑜께서는 무슨 일로 이곳에 오셨습니까?"

제갈근은 얼굴에 가득 웃음을 띠고 대답했다.

"이번에 온 것은 좋은 일을 하러 왔습니다. 우리 주인 오후吳侯께서 아들을 두셨는데 매우 총명합니다. 장군께 따님이 있다는 말씀을 듣고 특별히 와서 청혼을 합니다. 이리한 후에 힘을 합하여 조조를 친다면 좋은 일이라 생각됩니다. 군후君侯께서는 한번 깊이 생각해 보십시오."

관운장은 제갈근의 말을 듣자, 성이 나서 발연히 얼굴빛을 고치고 큰소리로 말했다.

"나의 범 같은 딸을, 어찌 개 같은 자식한테 시집보내겠소! 내가 만약 당신의 아우의 낯을 보지 않는다면 선 채로 당신의 머리를 참하겠소. 다시는 그 따위 소리를 내지 마시오."

관운장은 제갈근을 여지없이 꾸짖은 후에 좌우의 무사를 불렀다.

"네, 이분을 밀어 내쫓아라!"

제갈근은 머리를 껴안고 쥐새끼 달아나듯 했다.

손권을 만나 거짓말을 할 수 없었다. 실지대로 당한 일을 말했다.

손권은 제갈근의 말을 듣자, 하늘이 얕다고 펄펄 뛰었다.

"관운장이 어찌 이리 무례하단 말이냐!"

곧 장소張昭 등 문무 관원을 모아 놓고, 형주 땅을 도로 찾을 일을 의논하였다.

보질步騭이 나와 말했다.

"조조가 한을 망하게 하고 역적질을 하여 황제가 될 생각은 간절하나, 오직 두려워하는 사람은 유비였습니다. 이번에 우리한테 사신을 보낸 것도 오를 움직여, 촉을 병탄併呑하자는 계획입니다. 이는 곧 모든 화근을 우리한테 전가시키려는 뜻입니다."

손권이 대답했다.

"형주를 취하려는 것은 조조의 권고만이 아니라 나 역시 오래 전부터 취하자는 것이 아닌가?"

보질이 말했다.

"지금 조인曹仁은 양양襄陽, 번성樊城에 둔병하고 있으니 육로로 직접 형주를 공격할 수 없는 데도 불구하고 오히려 우리를 시켜서 군사를 움직이게 하는 것을 본다면 족히 그들의 마음이 거기에 있는가를 짐작하고 남음이 있습니다. 주공께서는 사람을 허도로 보내시어 조조를 만나 보게 하시고 조인으로 형주를 치라 하십시오. 이리 된다면 관운장은 형주를 막기 위하여 형주 군사를 이끌어 번성으로 나올 것입니다. 이 틈을 타서 주상께서는 장수를 보내서 가만히 형주를 취하신다면 일거에 성공을 하실 것입니다."

손권은 보질의 말을 옳게 들었다.

곧 사신을 조조한테 보내서 공동으로 작전할 뜻을 말하니 조조는 크게 기뻐했다. 손권의 사신을 환대하여 돌려보낸 후에 만총滿寵으로 참모관參謀官을 삼아 조인을 도우라 하고 한편 동오東吳에서 격서檄書를 띄워 수로水路로 진군하여 형주를 취하라 했다.

한편 한중왕 유현덕은 위연魏延으로 군마軍馬를 총독總督하여 동천東川 땅을 수호하라 이른 후에 백관을 거느려 성도成都로 돌아갔다.

대궐과 관아官衙를 새로 조영케 하니, 성도에서 백수白水에 이르는 사이에 관사와 우정郵亭은 4백여 채나 되었다.

현덕은 도성을 정리할 뿐이 아니었다. 창과 칼이며 활동 군기를 많이 만들고 양식을 태산같이 저축하여 중원천지를 손아귀에 넣을 준비를 차렸다.

이때 염탐하러 다니던 군사는 조조가 동오 손권과 결탁하여 형주를 취하러 내려온다는 소식을 빨리 전했다.

한중왕 현덕은 당황했다. 급히 제갈공명을 청하여 의논했다.

"조조와 손권이 결탁하여 형주를 취하려 한다 하니 어쩌면 좋으리까?"

공명이 대답했다.

"저는 벌써 조조가 이런 일을 할 줄 짐작했습니다. 동오에는 재주 있는 모사가 많습니다. 반드시 조조를 꾀어서 조인으로 먼저 군사를 일으키게 한 것이라 생각합니다.”

한중왕이 다시 물었다.

“그렇다면 어찌하면 좋겠소?”

“사명使命을 관운장한테로 보내시어 관곡官誥을 내리시고 운장으로 먼저 번성을 취하게 하신다면 적의 간담이 서늘해서 자연히 와해가 될 것입니다.”

제갈공명의 말을 듣자 한중왕은 마음이 놓였다.

곧 전부前部 사마司馬 벼슬한 비시費詩를 보내서 형주로 가서 관운장을 찾게 했다.

관운장은 성 밖까지 친히 나가 비시를 맞이하여 관사로 들어가 인사가 끝난 후에 운장이 물었다.

“한중왕께서는 나한테 무슨 벼슬을 봉하셨다 합디까?”

“오호五虎 대장大將의 첫째가는 자리를 봉하셨습니다.”

그리고 또 관운장이 물었다.

“오호 대장이란 무엇이오?”

관운장은 비시를 향하여 다시 물었다.

“오호 대장이란 누구누구요?”

“장군 이외에 장익덕, 조자룡, 마초, 황충이올시다.”

관운장은 대춧빛 같은 붉은 얼굴에 노한 기운이 현연히 드러났다.

“익덕은 내 아우고, 마초는 세대명가世代名家요, 자룡은 오랫동안 우리 형님과 사생을 함께한 사람이니 형제나 진배없는 사람이거니와 황충은 어떤 사람이길래 나하고 감히 동렬同列이 된단 말씀이오? 대장부가 차마 어찌 늙은 졸개와 자리를 함께할 수 있소. 나는 도저히 오호 대장의 인수印綬를 받지 못하겠소.”

관운장은 노기가 등등하여 불평을 토로했다. 비시는 웃음을 띠고 대답했다.

"장군께서는 틀리십니다. 옛적에 소하_{蕭何}, 조참_{曹參}이 고조_{高祖}와 함께 큰일을 성공한 후 한신_{韓信}은 초_楚에서 망명해 온 장수올시다. 그러나 한신으로 왕을 봉하여 소하, 조참의 위에 있게 하였습니다. 그러나 소하, 조참이 원망했다는 말을 듣지 못했습니다. 지금 한중왕께서 비록 장군께 오호 대장을 봉하셨다 하나 장군과는 형제지의가 있으시니 장군은 곧 한중왕이시고 한중왕께서는 곧 장군입니다. 어찌 정리가 보통 사람과 같겠습니까? 그리고 장군께서는 한중왕의 후은을 받으셨습니다. 아름다운 일이나 슬픈 일을 함께하셔야 하고, 화와 복을 같이해서 벼슬의 높고 낮은 것을 교계치 마셔야 합니다. 깊이 생각해 보십시오."

관운장은 비로소 크게 깨달았다.

벌떡 자리에 일어나, 두 번 절하고 말했다.

"과연 내가 밝게 판단치 못하였소이다. 선생님의 말씀이 아니었던들 큰일을 그르칠 뻔했소이다."

관공은 무릎을 꿇어 인수를 받았다.

비시는 그제야 한중왕의 글월을 품 안에서 꺼내서 운장께 전했다.

관운장이 받아 보니 군사를 거느려 번성을 치라는 교서였다.

관운장은 명을 받들어 부사인과 미방 두 사람을 선봉으로 삼아 형주성 밖에 둔병케 하고, 한편 스스로 일지 군마를 거느려 형주성 밖에 둔친 후에 성중에서 크게 연회를 베풀어 비시를 환대했다.

비시는 이경 때까지 즐겁게 술을 마시고 있을 때 홀연 성 밖에서 불이 일어나 소란하게 떠들었다.

관운장은 급히 말 위에 올라 성 밖으로 나가보니, 부사인과 미방이 장후帳後에서 술을 마시다가 잘못 실수를 하여 불길이 화포火砲로 옮아 천지가 진동하는 소리가 일어나면서 군기 양초를 모조리 태워 버리고 불길은 온 영문을 휩싸 안았다.

운장은 군사를 지휘하여 사경 때나 가서 겨우 진화鎭火를 했다.

관운장은 양양을 함락하다

관운장은 성안으로 들어와 부사인, 미방 두 사람을 잡아들여 크게 꾸짖었다.

"나는 너희들을 믿고 선봉대장을 삼았는데 너희들은 출병도 하기 전에 방자하게 함부로 술을 마시어 군기와 양초를 다 태워 버렸고, 화포로 군사들을 죽여 놓았으니 이런 변고가 어디 또 있느냐? 저놈들의 목을 베어 군기를 바로잡으라."

비시가 옆에서 간곡하게 간하였다.

"두 사람의 죄 크옵니다. 그러나 출병도 하기 전에 대장들의 목을 베는 것은 군사상 이롭지 못합니다. 죄를 용서해 주시기 바랍니다."

운장은 다시 두 장수를 꾸짖었다.

"내 결단코 너희들의 목을 베어 군법을 밝힐 것이나 사마 비시의 말씀하는 낯을 보아 잠깐 죽음을 용서하고 곤장으로 대체할 것이다."

준엄하게 꾸짖은 후에 집장 군사를 시켜 볼기를 까고 곤장 30도씩을 때렸다.

운장은 그들에게 선봉의 임명을 계속해 맡길 수 없었다. 선봉대장의 인 뒤웅이를 거둔 후에 미방은 남군南郡을 지키게 하고, 부사인은 공안公安을 수호하라는 명을 내렸다.

운장은 이같이 영을 내린 후에 다시 두 장수에게 주의를 주었다.

"내가 이기고 돌아올 때까지 너희들은 너희들의 책임을 다하라. 조금이라도 잘못이 있다면 두 가지 죄를 합쳐서 함께 치죄하리라."

두 사람은 관운장의 꾸지람을 듣고 얼굴에 가득히 부끄러운 빛을 띠고 고개를 숙여 물러갔다.

운장은 다시 요화廖化로 선봉을 삼고 관평으로 부장을 삼은 후에 스스로 중군을 감독하고 마량馬良과 이적伊籍으로 참모를 삼아 전군은 앞으로 향해 나갔다.

전에 호화胡華의 아들 호반胡班이 형주로 와서 관운장께 항복한 일이 있었다.

관운장은 지난날 서로 도와주던 옛일을 생각하고, 비시가 돌아가는 편에 호반을 보내서 한중왕께 뵙고 벼슬을 받도록 했다.

비시는 관운장을 작별한 후에 호반을 데리고 촉으로 돌아갔다.

한편, 관운장은 이날 수자帥字 대기大旗에 군제軍祭를 지낸 후에 몸이 조금 고단하여 장중에 잠깐 누웠다가 훌쩍 잠이 깜빡 들었다.

홀연 소만 한 시꺼먼 돼지가 장중으로 뛰어들면서 관운장의 발을 물었다.

관운장은 크게 노했다. 급히 칼을 빼어 목을 베니 소리는 천지를 진동했다.

운장이 깜짝 놀라 급히 일어나 보니 남가일몽이었다.

그러나 이상했다. 꿈에 돼지한테 물렸던 왼편 발이 몹시 저리고 아팠다.

관운장은 심중에 크게 의심이 일어났다.

관평關平을 불러 꿈 이야기를 했다. 평은 아버지를 위로해서 해몽을 해 대답했다.

"돼지는 용龍의 기상이 있는 동물입니다. 발에 붙었으니 이것은 하늘로 오르려 하는 형상입니다. 불쾌하게 생각하실 것이 아닙니다."

운장은 다시 막하의 부하들을 불러 물었다.

혹은 길조吉兆라기도 하고 혹은 좋지 않다는 사람도 있어서 의견이 한결같지 아니했다.

운장은 길게 탄식하며 말했다.

"나는 대장부다. 이제 육십에 가까웠으니 죽은들 무슨 한이 있으랴."

정히 말하고 있을 때 한중왕 현덕한테서 사신이 왔다.

관운장에게 전장군前將軍을 제수하여 절節과 월鉞을 내리고, 현양荊襄 구군九郡의 일을 도독都督하라는 특명이 내렸다.

운장이 절하고 공손히 명을 받으니 모든 장성들은 일제히 하례하는 말을 올렸다.

"과연 꿈이 맞았습니다. 돼지꿈은 서룡瑞龍의 꿈이올시다."

운장도 다시는 꿈에 대하여 의심하지 아니했다.

곧 군사를 휘동하여 양양襄陽 대로로 향해 나갔다.

이때 조조의 조카 조인曹仁은 마침 성중에 있다가 관운장이 군사를 거느려 친히 온다는 소식을 듣고 크게 놀라 성문을 굳게 닫고 싸우지 아니했다.

부장 적원翟元이 조인한테 권했다.

"지금 위왕께서 장군께 사람을 보내어 동오와 함께 형주를 취하라 하셨는데, 관운장은 형주에서 제 발로 걸어 들어오니, 이것은 제가 스스로 죽으러 나오는 것이나 매일반입니다. 왜 빨리 싸우지 아니하시고 피하십니까?"

옆에 있던 참모參謀 만총滿寵이 적원의 말을 반박했다.

"관운장은 보통 장수가 아니라 맹장 중에도 용장勇將입니다. 여기다가 지모智謀가 겸전한 사람이니 가볍게 보아서는 아니 되오. 튼튼하게 지키는 것이 상책이라 생각하오."

만총의 말이 채 떨어지기도 전에 효장驍將 하후존夏侯存이 나와 말했다.

"그 무슨 서생書生 기질의 말씀입니까. 적은 피로하게 걸어온 군사요, 우리는 편하게 앉아 있는 군사인데 무엇을 의심하시오? 싸우면 확실히 이길 것입니다."

조인은 마침내 싸우자는 하후존의 말을 들었다.

만총으로 번성을 지키라 하고 조인은 스스로 군사를 거느려 관운장과 싸우러 나갔다.

관운장은 조인이 출전한다는 정보를 듣자 관평, 요화 두 장수로 선봉을 삼아 계책을 일러 준 후에 먼저 나가 싸우라 했다.

두 편 군대는 둥글게 진을 치고 마주 대치하고 있었다.

관운장의 진에서는 요화가 말을 채쳐 나오고, 조인의 진에서는 적원이 창을 두르며 나왔다.

한동안 싸우다가 요화는 거짓 패해 달아나니 적원은 적을 쫓아 형주병을 20리나 물리쳤다.

다음 날 요화는 분함을 참지 못하는 듯 말을 채쳐 나오면서 하후존을 꾸짖었다.

"어제 나는 말고삐가 풀어져 잠깐 패했지만, 오늘은 기어코 이기고 말리라."

하후존과 적원은 일제히 말을 달려 요화한테로 덤벼들었다.

요화는 또다시 싸운 지 수합에 기운이 부쳐 달아나는 체했다. 관운장의 군대는 또다시 20리 밖으로 달아나 진을 쳤다.

적원과 하후존은 신바람이 났다. 달아나는 형주 군사를 여지없이 쫓을 때 홀연 등 뒤에서 북소리, 징 소리가 일제히 울리며 일지 군마가 쏟아져 나오는 것이었다.

조인은 급히 소리쳐 회군 명령을 내렸다. 그러나 등 뒤에서 쫓아오는 장수는 요화와 관평이었다. 조인의 군마는 어찌할 줄을 몰라 수라장이 되어 버렸다.

조인은 급했다. 계교에 빠진 줄 알고 먼저 자기가 거느린 군사를 이끌고 양양으로 달아나 성 밖에 진을 치려 하니 벌써 전면에는 수기繡旗가 바람에 흩날리는 앞에, 관운장은 청룡도를 비껴들고 봉의 눈을 부릅떠 고래고래 호통을 쳤다.

조인은 담이 떨렸다. 마음이 흔들려 감히 싸우지 못하고 양양 지름길로 말을 몰아 달아났다.

운장은 쫓지 아니하고 우뚝 마상에 창을 비껴들고 서 있었다.

조금 있으려니, 하후존의 군대가 나타났다.

운장은 하후존을 보자, 더럭 노했다. 청룡도 한칼이 번쩍 들렸다가 떨어지면서 하후존의 머리는 두 동강이 나서 떨어졌다.

뒤미처 따르던 적원은 어마뜨거라 하고, 관공을 피하여 달아나다가 관평, 요화의 칼에 무주고혼이 되어 버렸다.

관운장은 군사를 몰아 쫓아내니, 조조의 대군은 태반이 양양 강물 속으로 떨어져 죽는 자가 부지기수였다.

조인은 하는 수 없이 물러가 번성을 버리고 관운장은 양양성으로 들어가 군사와 백성을 무마했다.

수군隨軍 사마司馬 왕보王甫가 관운장께 물었다.

"장군께서 북 한 번을 크게 울려 단번에 양양 큰 골을 차지하였으니, 조조의 군사가 비록 기운이 떨어졌다 하나 지금 동오의 여몽呂蒙이 육구陸口에 둔병하여 항상 형주를 노리고 있으니, 만약 손권의 군사들이 형주로 침공을 한다면 장군은 어찌하시겠습니까?”

운장이 대답했다.

“나도 그 점을 생각해 보았다. 그대는 그 일에 대하여 힘을 써 주오. 강 언덕에 봉화대를 두어, 군사 오십 명씩 지키게 하여 밤이면 불로 군호를 하고, 낮이면 연기를 피워 신호를 한 후에 내가 친히 가서 무찌를 작정일세.”

왕보王甫는 다시 관운장께 아뢰었다.

“미방과 부사인이 두 애구隘口를 지키고 있습니다마는 힘을 다하여 지킬는지 염려가 되옵니다. 다시 유력한 사람을 보내서 형주를 총독總督케 하십시오.”

관운장이 대답했다.

“반준潘濬을 보내서 살피게 했으니 염려할 것이 없네.”

왕보는 다시 아뢰었다.

“반준이란 사람은 평생에 시기심이 강하고 이利를 좋아하는 사람입니다. 이 사람에게 일을 맡기심은 불가한 일입니다. 군전도독軍前都督 양료관糧料官 조루趙累를 기용해서 반준과 바꾸게 하십시오. 위인이 충성되고 청렴하고 강직합니다. 이 사람만 쓰신다면 한 가지 실책도 없을 것입니다.”

관운장은 껄껄 웃으며 대답했다.

“하하하. 사람을 너무나 의심하면 아무 일도 아니 되네. 나도 전부터 반준의 일을 잘 알고 있네. 이미 보내는 사람이니 다시 변경할 것이 없고, 조루가 맡은 양식을 계량하는 일도 또한 중대한 일일세. 자네는 너무 심려하지 말고 나하고 봉화숙 수축하는 일이나 보러 가세.”

왕보는 마음이 흡족치 아니했다.

절하고 물러났다.

관운장은 관평에게 명하여 배를 많이 준비하여 양양강을 건너 번성을 치라 했다.

한편, 조인은 하후존, 적원 두 장수를 잃은 후에 번성으로 돌아가 만총을 보고 탄식했다.

"공의 말을 듣지 아니하고 장수는 죽고 군마는 패해서 양양 땅을 잃었으니 어찌하면 좋소?"

"관운장은 범 같은 장수입니다. 여기다가 지혜가 있고 꾀가 많으니 함부로 경적을 해서는 아니 됩니다. 그저 굳게 지키십시오."

만총은 조인과 이같이 말하고 있을 때, 보발 군사가 숨이 턱에 차서 급히 달려와 고했다.

"관운장이 강을 건너 번성으로 쳐들어옵니다."

조인은 깜짝 놀라 어찌할지 몰랐다.

"여보 만총! 어찌하면 좋겠소?"

"두말 마시고 다만 성문을 굳게 닫아 지키시는 태세를 취하십시오."

장수 여상呂鼎이 팔뚝을 걷어붙이고 분연히 말했다.

"도대체 너희 문관 놈들은 그저 지키라고만 하니 지키기만 하면 어찌 적을 물리칠 수 있단 말이냐? 병법에 말하기를 적군이 강으로 반만 건너오거든 냅다 치라 했다. 지금 관우는 양강을 반 이상 건너왔는데 가만히 앉아 있으면 어찌할 작정인가? 성 밑까지 쳐들어와서 민심이 소란하다면 당해 낼 도리가 없을 것이다!"

여상은 펄펄 뛰었다.

조인은 여상에게 2천 군마를 주어 번성 밖으로 나가 싸우라 했다.

여상이 급히 군사를 거느려 강변으로 향하여 말 달려 나가보니 전면에 수논 기가 펄펄 날리면서 운장은 벌써 청룡도를 비껴들고 마상에 높이 앉아 있었다.

여상은 관운장의 앞으로 말을 달려 나가려 했으나, 후면에 있는 군사들은 관운장의 늠름한 신위神威에 눌려 싸울 맘을 잃고 뿔뿔이 헤어져 달아났다.

여상은 달아나는 군사들을 소리쳐 꾸짖었다. 그러나 혼란된 군사들을 다시 수습할 도리가 없었다.

관운장의 군사들은 혼비백산된 적병을 무찔러 쳐들어가니 조조의 군사는 대패해 달아났다.

패잔병들이 번성으로 돌아가 보니 마군馬軍과 보병은 반 이상이 죽어버렸다.

조인은 급히 허도로 구원병을 청했다.

사병은 밤을 도와 배도겸행倍道兼行하여 허도로 달려가서 조조한테 글월을 올렸다.

조조가 급히 받아 보니 글월은 다음과 같았다.

관운장이 양양을 함락하고 지금 번성을 포위하여 심히 위급하옵니다. 특별히 대장과 군사를 보내시어 구원해 주시기를 바라오.

조조는 글월을 보자 눈을 들어 장하에 모여 있는 대장들의 얼굴을 살펴보다가 손을 번쩍 들어 한 장수한테 영을 내렸다.

"네가 가서 번성의 포위를 한번 헤쳐 보겠느냐?"

"네, 제가 가겠습니다."

소리치며 나왔다.

모두들 보니 대장 우금于禁이었다.

"좋다. 그럼 네가 가거라."

우금이 다시 아뢰었다.

"선봉장 한 사람을 데리고 가겠습니다. 지명해 주시기 바랍니다."

조조는 다시 여러 장수들을 바라보았다.

"누가 선봉이 되어 나가겠느냐?"

한 사람이 자리에서 벌떡 일어나 소리쳤다.

"제가 가서 견마犬馬의 힘을 다해서 관우關羽를 산 채로 잡아서 휘하에 바치겠습니다."

조조가 바라보니 방덕龐德이었다. 조조는 크게 기뻤다.

"관운장은 위엄이 화하華夏에 떨친 사람이다. 아직 적수가 없더니 너희들이 간다 하니 과연 관운장을 당할 만한 억센 장수들이다. 좋다, 가들 보라."

크게 칭찬한 후에 우금으로 정남征南 대장군大將軍을 봉하고, 방덕에게는 정서도征西都 선봉先鋒의 칭호를 내려 7군을 거느려 번성으로 향했다.

7로군은 모두 다 북방北方에서 훈련된 날쌔고 강한 군사들이었다. 두 사람의 영군領軍 장교將校가 있으니 한 사람의 이름은 동형董衡이요, 한 사람의 이름은 동초董超였다.

당일 모든 두목들을 거느리고 대장군 우금한테 군례를 드려 참배했다.

예를 마친 후에 동형이 우금한테 고했다.

"지금 장군께서 칠지七枝 중병重兵을 거느리시고 번성의 액을 구하려 하시는데 반드시 이기셔야 합니다. 그러나 방덕龐德으로 선봉장을 삼으셨으니 그것 참 일을 그르치기 쉽습니다."

동형董衡의 말을 듣자 우금은 깜짝 놀라 물었다.

"어째서 방덕이 선봉이 되면 일이 잘못된단 말인가?"

"방덕은 원래 마초의 수하 부장이올시다. 당시에 부득이해서 위에 항복한 것인데, 그의 옛 주인 마초는 지금 촉에 있어 직위가 오호 대장의 한 사람이요, 더구나 그의 형님 방유龐柔는 서천에서 관리가 되어 있습니다. 이런 사람으로 선봉대장을 삼았으니, 이것은 기름을 뿌려 가지고 불을 끄려 하는 어리석은 짓이올시다. 장군께서는 빨리 위왕께 아뢰시어 딴사람으로 바꾸어 가십시오."

우금은 곧 조조한테로 들어가 전후사연을 아뢰었다.

조조도 비로소 깨달았다.

곧 방덕을 뜰아래 대령케 하고 선봉대장의 인수를 바치라 했다.

방덕은 깜짝 놀라 물었다.

"소장은 대왕께 충성을 다하여 적을 쳐부수려 하는데 대왕께서는 어찌해서 소장을 믿지 아니하시고 선봉의 인수를 거두십니까?"

조조는 미소해 웃으며 대답했다.

"나는 별로 딴 의심이 없건만, 여러 사람들이 자네의 옛 주인 마초는 유비의 오호 대장이 되어 서천에 있다 해서 여러 사람들의 공론이 많으니, 부득이 선봉의 중책을 푸지위[8]하는 것일세."

방덕은 조조의 말을 듣자 관을 벗고 머리를 두드려 흐르는 피가 얼굴에 가득한 채 조조한테 고했다.

"소장이 한중漢中에서 대왕께 투항한 이래 매양 후한 은혜에 감동하여

---

8) 푸지위 : 지위知委를 푸는 것. 곧 명령했던 것을 취소하고 중지시키는 것.

비록 간뇌도지肝腦塗地를 한다 해도 갚을 길이 없사온데, 대왕께서는 어찌 이놈을 의심하십니까? 소장이 고향에 있을 때 형과 함께 동거해 있었습니다. 그때 형수가 심히 어질지 못하여 저는 취한 김에 형수를 죽인 일이 있습니다. 그리하여 형은 저를 원수로 생각하여 한이 골수에까지 맺혀 있습니다. 이리하여 형제의 온정은 이미 끊어져 버리고 말았습니다. 그리고 옛 주인 마초는 용맹은 있으나 지혜가 없어서 군사는 패하고 땅은 망해서 외롭고 홋홋한 몸으로 지금 서천에 들어가 있으나, 오늘날은 제각기 주인을 섬기고 있으니 옛 의리는 벌써 끊어져 버린 지 오랩니다. 방덕 이놈은 항상 대왕의 은우恩遇에 감복하여 충성을 다하려 하는 자올시다. 어찌 감히 딴맘을 먹으리까. 대왕께서는 깊이 살펴 주시옵소서.”

방덕은 머리가 깨어져 피가 흐르고 눈물이 비 오듯 쏟아졌다.

조조는 뜰에 내려 친히 방덕을 붙들어 일으키며 말했다.

“내가 본시 그대의 충의를 잘 알고 있으나 선봉대장의 인수를 거두라 한 것은 여러 사람들의 입을 막으려 한 것이다. 경은 더욱 노력해서 공을 세우라. 경이 과인을 저버리지 아니한다면 과인 역시 경을 저버리지 아니하리라.”

방덕은 감격하여 위왕부魏王府에서 물러났다.

방덕은 관을 메어 결사전을 하고

방덕은 위왕부에서 나와 집으로 돌아가자 장인匠人을 불러 목관木棺을 짜게 했다.

다음 날 관이 다 된 후에 대청 위에 놓고 모든 친우들을 청했다.

친우들은 대청에 관이 놓여 있는 것을 보고 깜짝 놀라 물었다.

"장군께서는 곧 출사出師를 하실 터인데 어찌해서 이 같은 상서롭지 아니한 물건을 당중堂中에 두셨습니까?"

방덕은 술잔을 들고 친우들에게 말했다.

"나는 항상 위왕의 후은을 입어 죽음으로 갚기를 맹세하였소. 이번에 번성에 출전하여 관우와 결전을 할 판인데 내가 만약 저 사람을 죽이지 못한다면 저 사람이 반드시 나를 죽이고 말 것이요, 내가 만약 저를 죽이지 못하고 산다 해도 부끄러운 일이니, 나는 스스로 내 명을 끊을 작정입니다. 그리하여 결코 그대로는 돌아오지 않겠소. 이 까닭에 관을 메고 나가서 싸우려 하오."

모든 친우들은 장연히 탄식하지 않는 사람이 없었다.

방덕은 아내 이 씨와 아들 방회龐會를 불러 일렀다.

"내가 이번에 선봉대장이 되어 싸우러 나가니, 당연히 전쟁터에서 죽음을 무릅쓰고 싸워야 할 것이다. 내가 만약 죽었다 하거든 그대는 나의 아이를 잘 길러 주시오. 우리 애는 상이 비상하니 자라면 반드시 큰 인물이 되어 나의 원수를 갚아 줄 것이오."

방덕은 말을 마치자 말을 타고 집에서 나갔다.

처자와 족속들은 통곡을 하며 방덕을 보냈다.

방덕은 군사한테 관을 메어 따라오게 하고 부장들을 불러 말했다.

"내가 이번에 가서 관우와 싸워 전사하게 되면 그대들은 나의 시체를 이 관 속에 넣어 거두라. 내가 만약 관우를 죽인다면 그의 머리를 이 관 속에 담아서 위왕께 바치리라."

부장部將 5백 사람은 일제히 허리를 굽혀 고했다.

"장군께서 이같이 충용忠勇하신데 저희들이 어찌 감히 힘을 아니 쓰겠습니까? 죽도록 싸우겠습니다."

일동은 관을 메고 군사를 거느려 번성으로 향했다.

한 사람이 이 일을 조조한테 보했다.

조조의 마음은 흐뭇했다.

"방덕이 이같이 충용하니 내 무슨 근심이 있으랴."

옆에 가후賈詡가 있다가 조조한테 아뢰었다.

"방덕이 혈기지용血氣之勇만 믿고 관우와 결사전決死戰을 하려 하니 신은 염려되옵니다."

조조는 가후의 말이 옳다고 생각했다.

곧 사람을 보내서 전지傳旨를 내려 방덕을 경계했다.

관운장은 지용智勇이 쌍전雙全한 사람이다. 절대로 경적을 해서는 아니 된다. 취할 만하면 취하려니와 어렵거든 삼가해서 지키고 있으라.

조조의 전지를 받자 방덕은 모든 장수를 불러 놓고 탄식했다.

"대왕께서는 어째 관우를 중시重視하시는지 모르겠소. 내가 이번 가면 관우의 삼십 년 성가聲價를 기어코 꺾어 놓고 말겠소!"

장군 우금도 방덕을 타일렀다.

"방 선봉의 의기도 훌륭하오마는 위왕 전하의 말씀도 일리가 있소이다. 관운장은 보통 장수가 아니올시다. 조심하시는 편이 좋겠소이다!"

방덕은 벌컥 성을 냈다.

"그게 무슨 말씀입니까! 내가 그래 관우만 못한 놈이란 말씀이오?"

방덕은 펄쩍 뛰면서 군사를 거느려 번성으로 향하면서 북을 치고 꽹과리를 두드려 막막강병의 위엄을 자랑했다.

이때 관운장은 장중에 앉아서 병서를 읽고 있을 때, 보발 군사가 급히 달려와 아뢰었다.

"조조가 우금으로 대장을 삼아 칠지정병을 총지휘하게 하고, 방덕으로는 선봉대장을 삼아서 호호탕탕 번성으로 향하여 짓쳐들어오는 중 방덕이란 자가 괴상하게도 앞에다가 관을 메고 나오는데 입에 차마 못 담을 별의별 욕을 다하면서 장군과 결사전을 하겠다고 떠들어 댑니다. 지금 바로 성 밖, 삼십 리허에 진을 치는 중이올시다."

관운장은 보발 군사의 보고를 받자, 발연히 얼굴빛이 변해지며 삼각수 아름다운 수염이 푸르르 흔들렸다.

"천하의 영웅호걸들이 내 이름만 들으면 무서워 떨지 않는 사람이 없는데, 방덕이란 더벅머리 애가 어찌 감히 나를 우습게 본단 말이냐?"

관공은 말을 마치자 곧 관평을 불렀다.

"너는 먼저 가서 쳐들어오는 방덕을 막아 싸우라. 나도 곧 친히 가서 필부 놈의 목을 베어 나를 우습게 보는 한을 씻으리라."

관평이 아버지께 간하였다.

"아버님! 아버님께서는 고정하시오. 태산같이 소중하신 몸으로 어찌 못생긴 돌덩이 같은 자와 다투시겠습니까? 욕된 자식이 아버님을 대신하여 싸우겠습니다."

"그래라. 네 먼저 가서 싸워 보라. 나도 뒤에 가서 도와주리라."

관평은 아버님께 절하여 뵙고 장 밖으로 나가, 갑옷 입고 칼 차고 군사를 거느려 방덕이 진 친 곳으로 향해 말을 달렸다.

관평, 방덕 두 편 군사는 둥글게 원진圓陣을 이루어 서로 대했다.

조조의 위영魏營 앞에는 검은 기 위에 흰 글씨로 '안남安南 방덕龐德'이란 네 글자로 대서특필해서 세워 놨다.

깃발이 바람을 따라 펄펄 날리는 곳에 방덕은 백금 투구 쓰고 푸른 전포戰袍 입고, 백마 타고 강철로 만든 긴 칼을 높이 빼 들고 위풍 늠름하게 진 앞에 우뚝 섰다. 뒤에는 5백 명 결사대가 바싹 붙어 섰고, 그 앞에는 두어 명 졸개가 관을 메고 나왔다.

관평은 대로했다.

방덕을 향하여 꾸짖었다.

"네 이놈, 마초의 부하 장수로 주인을 배반하고 조조의 개가 되어 네 주인이 있는 곳을 공격하느냐? 의리 없는 놈이다!"

방덕은 소년 장군 관평의 꾸짖는 말을 듣자, 부하 졸개한테 물었다.

"저 젊은 장수는 어떤 장수냐?"

군사가 대답했다.

"관공의 양아들 되는 관평이란 장수올시다."

방덕은 관평을 향하여 크게 외쳤다.

"나는 위왕 전하의 영지를 받들어 너의 아버지의 목을 취하러 왔다. 너 같은 바보 새끼 놈팽이 담쟁이하고는 싸우기도 싫다. 너를 죽이지 아니할 테니 빨리 너의 아버지를 불러오너라.”

관평은 방덕의 욕하는 말을 듣자, 칼을 잡고 달려 방덕의 목을 취하려 했다.

방덕도 칼을 비껴들고 맞이해 싸운 지 30여 합에 승부가 나지 아니했다.

두 장수는 모두 다 피로했다. 잠깐 싸움을 중지하고 제각기 진으로 돌아가 먼지를 털었다.

이 소식은 단번에 관공한테 알려졌다.

관운장은 크게 노했다. 요화에게 영을 내려 번성을 지키게 하고 친히 군사를 거느려 방덕을 취하러 나갔다.

운장은 청룡도를 비껴들고 적토마 위에 높이 앉아 큰소리로 방덕의 진을 향하여 꾸짖었다.

“방덕아 이놈, 관운장이 여기 왔다. 빨리 나와 목을 늘여 죽음을 받아라!”

목소리는 천지를 진동시켰다. 산천이 들먹거렸다.

방덕이 말을 놓아 뛰어나갔다.

“나는 위왕 전하의 특명을 받아 너의 머리를 베러 왔다. 네 만약 믿을 수 없다면, 여기 있는 이 관을 보라. 만약 죽기 싫다면 빨리 말에서 내려 항복하라.”

방덕은 맹랑하게 관공을 꾸짖었다.

관공은 다시 방덕을 꾸짖었다.

“필부야, 네 어찌 나를 대해 싸우겠다고 하느냐? 나의 청룡도가 쥐새끼 같은 너를 죽이는 것이 아깝구나.”

관공은 말을 마치자, 청룡도를 비껴들고 말을 달려 방덕의 목을 취하려 했다.

방덕도 칼을 휘둘러 관공을 맞이해 싸웠다.

두 장수는 백여 합을 싸웠건만 정신은 더욱더욱 쇠락했다.

양편 진에서 바라보는 군사들은 두 장수의 싸우는 무예에 모두 다 넋을 잃었다.

같이 멍하니 바라만 보고 있을 뿐이었다.

조조의 위영에서는 방덕이 혹시 실수가 있을까 하여 쇠를 울려 군사를 거두었다.

관평도 연로하신 아버지를 생각해서 급히 징을 쳐 군사를 거두니, 관운장도 말 머리를 돌려 본진으로 돌아왔다.

관공은 물로 조조의 7군을 무찌르다

방덕은 싸움을 중지하고 영채로 돌아오자, 여러 사람들한테 향하여 전했다.

"관공이 영웅이라 하더니 오늘 보니 과연 허언이 아닙니다."

감탄해서 말할 때 총대장 우금이 마침 왔다.

인사가 끝난 후에 우금이 방덕을 향하여 물었다.

"장군은 관공과 싸운 지 백여 합에 아무런 소득도 없으니 딱한 일이외다. 군사를 거두어 물러가는 것이 좋겠소."

방덕은 화가 벌컥 치밀어 올랐다.

"위왕 전하께서는 장군으로 총대장을 삼으셨는데, 장군께서는 어찌 그리 심약하십니까? 내일 나는 관우와 기어코 결사전을 취해서 이기겠소이다. 죽어도 물러갈 마음은 없소이다."

우금은 더 막을 길이 없었다. 그대로 자기 진터로 돌아갔다.

한편, 관공은 싸움터에서 돌아오자 아들 관평을 보고 방덕의 무예를 칭찬했다.

"방덕의 칼 쓰는 법은 과연 능숙하더라. 나의 좋은 적수였다."

관평이 조용히 아뢰었다.

"속담에 새로 난 송아지가 범 무서운 줄 모른다 하옵니다. 아버님께서 비록 방덕의 목을 베신다 해도 그는 서강西羌의 한 개 작은 졸아치 장수올시다. 만약에 소루한 일이 있다면 이것은 큰아버님의 부탁을 저버리시는 것이올시다. 방덕과 다투지 마시옵소서.”

관공은 결연히 아들의 말에 대답했다.

“나는 기어코 이 사람을 죽여서 한을 씻으려 했다. 나의 뜻은 이미 정해 있으니 다시는 두말 하지 말라.”

다음 날이 되었다.

관공은 군사를 거느려 앞으로 나갔다.

방덕도 관공을 맞이해 싸웠다. 두 편 군사들은 둥글게 진을 쳤다. 관공, 방덕 두 장수는 일제히 말을 달려 나왔다.

말없이 엉클어져 싸우기 시작했다.

교봉 50여 합에 역시 승부가 나지 아니했다.

방덕은 돌연 말 머리를 돌려 달아나기 시작했다.

관운장은 급히 방덕의 뒤를 쫓았다.

관평도 아버지가 혹여나 실수가 계실까 하여 관운장의 뒤를 쫓았다.

관운장은 말을 달려, 방덕을 쫓아가면서 대갈일성 큰소리로 꾸짖었다.

“이놈 방덕아. 네가 타도계拖刀計를 쓰려 한다마는 내 어찌 두려워하랴?”

이때 방덕은 타도계를 쓰는 체하다가 번뜻, 칼을 안장에 꽂고 활을 내려 살을 메겼다.

관평은 젊었다. 눈이 밝았다. 잽싸게 방덕의 행동을 발견했다. 벽력같은 큰소리로 외쳤다.

“적장아, 냉전冷箭을 버려라. 우리 아버지를 쏘지 말라.”

관공은 아들 관평이 부르짖는 소리에 깜짝 놀라 앞을 바라볼 때 시위 소리 요란하게 울리면서 몸을 피할 사이 없이 방덕이 쏜 화살은 운장의 왼편 팔을 뚫어 맞혔다.

이 모양을 본 관평은 급히 말을 달려 아버지 관공을 구하여 영문으로 돌아갔다.

방덕은 말 머리를 돌려 칼을 두르며 관운장의 뒤를 쫓았다.

홀연, 조조의 본영에서는 제금과 바라 소리가 요란하게 일어났다. 방덕은 후군에 무슨 일이 있나 하고 급히 본진으로 달려갔다. 원래, 우금은 방덕이 관공을 화살로 쏜 것을 보자, 그가 크나큰 공을 세우면 자기의 위신이 떨어지게 된 데 고의로 쟁을 쳐서 군사를 거둔 것이었다.

방덕은 본진으로 돌아가 우금한테 물었다.

"왜 쟁은 쳐서 군사를 거두게 했소?"

"위왕 전하께서 항상 경계하시는 말씀을 내리지 아니하셨습니까? 관운장은 지용이 겸비한 명장이니 늘 조심하라고. 그가 이번에 살에 맞았다 하나 진정인지 협사挾詐인지 아직 모를 것 아니오? 그래서 군사를 거둔 것이오."

"장군은 공연한 짓을 했소이다. 군사만 거두지 아니했던들 이번에 나는 꼭 관운장을 죽이는 것을 그랬소."

"급히 가는 것이 그다지 좋은 결과를 내지 못하는 법입니다. 행보는 천천히 할수록 일이 완전한 법이오."

방덕은 우금의 마음을 알 까닭이 없었다. 기회 놓친 것을 혼자 한탄할 뿐이었다.

한편, 관공은 아들 관평한테 부축되어 영문으로 돌아간 후에 팔에 박힌 살촉을 뽑고 금창 나지 않는 약을 발랐다.

다행히 상처는 깊지 아니했다.

관공은 방덕을 죽이지 못하고 도리어 자기가 살에 맞은 것이 한스럽기 짝이 없었다. 모든 장수들이 모인 자리에서 말했다.

"나는 맹세코 살에 맞은 이 한을 갚고야 말겠다!"

여러 장수들이 관공께 아뢰었다.

"장군께서는 몇 달 동안 편안히 쉬십시오. 그러한 연후에 싸우셔도 늦지 아니합니다."

다음 날이 되었다.

방덕은 5백 명 결사대를 거느리고 관운장의 진 앞에 나타나 싸움을 돋우었다.

관공이 출전하려 하니 여러 장수들은 운장의 나가는 것을 만류했다.

"그저 며칠만 참으셨다가 출전하십시오. 상처가 약간 아문 후에 나가셔도 늦지 아니합니다."

관공은 마지못해서 이 날 나가지 아니했다.

방덕은 분을 돋우기 위하여 졸아치 군사들을 시켜서 관운장을 욕하고 조롱했다.

관평은 길목을 지키고 있었다. 여러 장수들한테 당부하여 아버지 관운장의 귀에 욕설이 들어가지 않도록 극력 주의를 주었다.

방덕은 열흘 동안이나 싸움을 돋우었다.

그러나 관운장의 진에서는 응하는 사람이 없었다.

방덕은 우금을 찾아 상의하였다.

"아무리 싸움을 돋우어도 저편에서 응하지 않는 것을 보니 필연코 관우가 살에 맞은 상처로 인해서 행동을 마음대로 못하나 봅니다. 이 기회를 타서 칠군을 휘동하여 쳐부순다면 번성의 위태함을 구할 것입니다."

우금은 방덕의 공 세우는 것이 싫었다.

조조가 조심하라 했다는 말만 되풀이하고 얼른 대군을 움직이지 아니했다.

방덕은 계속해서 동병動兵할 것을 주장했다.

우금은 하는 수 없어 말막음으로 7군을 움직여 산모퉁이를 지나 번성 북편 10리허에 산을 의지하여 진을 치고, 스스로 군사를 거느려 큰길을 끊고, 방덕을 산골 뒤에 둔병시켜서 은연중 맘대로 군사 행동을 못하도록 만들었다.

한편으로 관공의 진에서는 관공의 상처가 호전되어 합창이 되니 관평은 기쁨을 이길 수 없었다.

이때 보발 군사가 보했다.

"우금이 칠군을 거느려 번성 북편 십 리허로 진터를 옮겼습니다."

관평은 우금의 심사를 터득하기 어려웠다.

곧 관공께 아뢰었다.

관공은 보고를 받자, 부하 장병 수십 기를 거느리고 높은 산에 올라 번성을 바라보았다.

번성 성 위에는 기호斯號가 정제치 않고 군사들은 규율이 없었다.

다시 성북城北을 바라보니, 10리 산골 속에는 또 다른 한 떼 군마가 진을 치고 있고 번성을 둘러 있는 양강襄江은 띠같이 둘러 있는데 수세水勢가 심히 급했다.

관운장은 한동안 바라보다가 길을 지도하는 향도관嚮導官한테 물었다.

"번성 북편 둘레 산곡은 지명을 무엇이라 하는가?"

"증구천罾口川이라 하는 곳입니다."

관공은 크게 기뻐했다. 손뼉을 치며 혼잣말했다.

"우금은 반드시 나한테 잡히고 마는구나!"

옆에 모시고 있던 장수들이 관공의 혼잣말하는 소리를 들었다.

"장군께서 어떻게 미리 우금 잡힐 것을 짐작하십니까?"

"증구란 것은 고기를 잡는 그물 주둥이다. 제가 그물 주둥이 속에 들었으니, 잡히지 않고 배겨 나겠느냐?"

부하의 모든 장수들은 미덥지 아니했다.

껄껄 웃으며 헤어졌다.

때는 마침 음력으로 8월이 되었다. 가을장마가 져서 연일 비가 내렸다.

관공은 장졸들에게 영을 내려 배를 많이 준비하라 하고 나무를 베어 떼를 엮게 했다.

아버지 관운장이 배를 많이 준비하고 나무를 베어 떼를 엮게 하는 것을 보자, 관평은 운장에게 물었다.

"육지에서 싸우시는데 배와 떼는 준비해서 무엇 하십니까?"

"너의 알 바가 아니다."

간단히 답했다.

"용렬한 자식이오나 알고자 합니다."

"우금이 큰 군사를 넓고 평범한 땅에 두지 아니하고 증구천 험하고 좁고 저습한 곳에 두었으니, 이것은 패한 장본이다. 지금 가을장마가 져서 양양 강물이 창일하기 시작했다. 나는 이날을 이용해서 지금 둑을 쌓고 있다. 한참 저수를 해 두었다가 홍수가 져서 강물이 범람할 때, 둑을 깨뜨리고 수문을 열어 놓는다면 번성과 증구천에 있는 군사들은 모두 다 생선과 물고기로 화할 것이다. 이때 가서 우리는 배와 떼가 필요하게 된다. 그러므로 배와 떼와 수구水具를 준비하는 것이다."

관평은 아버지 관공의 말씀을 듣고 황연히 깨달았다. 절하고 물러갔다.

가을장마는 연일 그치지 아니했다. 증구천에 있는 우금의 진터는 차차 물이 들기 시작했다.

독장督將 성하成夏는 우금을 찾아보고 간하였다.

"대군이 천구에 진을 치고 있는데 지세가 저습하여 군사들이 괴로워합니다. 그리고 소문 듣자오니 형주 군사는 진터를 높은 산악 지대로 옮겼다 하고, 또 한강 어귀에는 전선과 떼를 많이 준비했다 합니다. 만약 양양의 한강이 범람한다면 우리 군사가 위태롭겠습니다. 미리 준비를 하셔야하겠습니다."

우금은 독장의 말을 듣자 건방지다고 생각했다.

"필부가 무엇을 안다고 마구 지껄이느냐? 군심을 어지럽게 하지 말라. 다시 말을 하는 자가 있으면 참형에 처하리라."

성하는 얼굴을 붉혀 물러났다. 곰곰 생각해 보니 분하기 짝이 없었다. 이때 비는 계속해서 쏟아졌다. 성하는 방덕을 찾아보고 지난 일을 설파했다.

방덕은 탄식하며 대답했다.

"성 독장의 의견이 매우 온당하오. 우 장군은 무슨 까닭인지 내 말을 잘 듣지 아니하니, 내일 말해 보아서 듣지 아니한다면 나 혼자라도 다른 곳으로 진을 옮기리다."

두 사람은 서로 의견을 정한 후에 헤어졌다.

이날 밤에 비는 억수같이 쏟아졌다. 바람까지 높아서 전후좌우를 분별할 수 없게 되었다.

방덕이 장중에 앉아 들으니 마치 천군만마가 달리는 듯 산이 뭉그러지고 땅이 꺼지는 듯했다.

방덕은 크게 놀라 장중에서 뛰어나왔다. 말에 올라 사방을 둘러보니 큰일이었다. 팔방에서 쏟아져 들어오는 홍수는 7군의 대본영을 그대로 바다로 만들었다.

수천 명 군사들은 길길이 넘는 흙탕물 속에 휩쓸려 빠져 죽고 떠내려가는 자가 부지기수였다.

우금, 방덕은 급했다. 모두 장수와 함께 산에 올라 물을 피했다.

동이 환하게 터질 무렵 물은 점점 불었다. 도도한 흙탕 물결은 하늘 끝까지 닿았다. 삽시간에 상전벽해桑田碧海를 이루었다.

관공은 모든 장수를 거느리고 준비했던 큰 배와 작은 배 위에 올랐다.

기를 흔들고 북을 울려 호호탕탕 우금이 피한 곳으로 짓쳐 들어갔다.

이즈음 우금의 좌우 옆에 있는 장수들은 겨우 50~60명밖에 아니 되었다.

사면이 물바다였다. 도망을 치려 하나 도망갈 길이 없었다.

우금의 장졸들은 일제히 소리쳤다.

"관공님, 그저 살려 주십시오. 항복하겠습니다."

구슬피 애걸해 빌었다.

관공은 영을 내려 우금 이하 적장들의 갑옷을 벗게 하여 배 속에 가둔 후에 다시 방덕을 산 채로 잡으라 했다.

방덕, 동형, 동초, 성하를 위시하여 결사대 5백 명도 관공의 군사한테 의갑을 뺏겼다. 모두 다 알몸뚱이였다.

산 위에 몰려 있다가 관공이 배를 타고 나가니 모두들 부들부들 떨었다.

그러나 방덕만은 전혀 두려워하는 빛이 없었다.

방덕은 관공을 바라보자 벌떡 일어나 싸울 태세를 취했다.

관공은 방덕의 저항하는 모습을 보자 급히 선중에서 전령을 내렸다.

"배로 적장을 포위하고 빨리 활을 쏘라!"

관공의 군사들은 명령일하 적장의 도망칠 물길을 포위한 후에 활을 들어 일제히 쏘아붙이니 살은 비 오듯 날았다.

조조의 위병魏兵 태반은 물속으로 가로 떨어져서 죽는 자가 거의 반수 이상이나 되었다.

동형과 동초는 형세가 위급함을 보자 방덕에게 말했다.

"군사는 태반이나 죽었고, 달아날래야 달아날 길은 없으니 항복하는 것이 옳겠소."

방덕은 얼굴에 핏대를 올려 동 씨를 꾸짖었다.

"내 어찌 위왕의 후한 은혜를 받고서 다른 사람한테 절개를 굽히겠소?"

화가 꼭두까지 난 방덕은 칼을 번쩍 들어 동초, 동형의 목을 선뜩 베었다. 방덕은 다시 남은 군사를 향하여 큰소리로 군령을 내렸다.

"또다시 항복하자는 자가 있다면 이 두 사람과 같이 목을 베리라!"

두 장수의 죽는 것을 본 군사들은 죽기는 매일반이었다.

방덕의 군사는 주먹과 단검으로 백병전을 시작했다.

환하게 동이 틀 때부터 시작한 싸움은 한낮이 가도록 싸웠다.

방덕은 성하를 돌아보며 말했다.

"용맹스런 장수는 죽기를 겁내지 아니하고 높은 선비는 절개를 훼손하여 목숨을 구하지 않는다 하네. 오늘은 내가 죽는 날일세. 자네도 노력해서 결사전을 해 주게."

눈물을 흘려 당부했다.

성하成何 또한 의기남아였다. 방덕의 말을 들어 관공의 군사를 향하여 맨주먹으로 뛰어들다가 관공이 친히 쏘는 화살 한 대에 물로 떨어져 죽었다. 모든 군사들은 일제히 항복을 했다.

남은 사람은 다만 방덕 한 사람뿐이었다.

형주 군사 수십 명이 작은 배를 타고 제방으로 향해 들어왔다. 방덕을 잡으려는 것이었다. 방덕은 칼을 꼬나들고 몸을 날려 배 안으로 뛰어들었다. 선 채로 10여 명의 목을 베어 죽여 버렸다.

남은 군사들은 혼비백산이 되어 물로 뛰어들어 헤엄쳐 달아났다.

방덕은 살아야겠다고 생각했다.

한 손에 칼을 잡고 한 손으로 노를 저었다. 번성을 향하여 뱃길로 달아나자는 배짱이었다.

배가 움직여 앞으로 향해 나갈 때 상류에서 별안간 한 장수가 떼를 타고 내려오다가 상앗대로 방덕의 배를 휘끈 뒤집어엎었다.

방덕은 졸지에 일을 당했다. 텀벙 물속으로 떨어져 버렸다.

장수는 상앗대를 던지고 물로 뛰어들었다. 헤엄을 쳐서 방덕을 움켜잡았다. 방덕은 푸른 물결을 헤치면서 몸을 뒤쳐 도망치려 했다. 그러나 장수의 힘을 당해 내지 못했다.

장수는 한 손으로 방덕의 몸을 번쩍 꼬나들어 배 위로 올려놓았다.

모든 사람들이 바라보니 방덕을 사로잡은 사람은 관운장을 모시고 다니는 주창周倉이었다.

주창은 물에 익숙해서 헤엄을 잘 치는 데다가 힘이 천하장사였다. 여기다가 형주 땅에서 관운장을 모시고 공부한 무예는 범 같은 장수 방덕을 넉넉히 사로잡을 수 있었다.

이번 싸움에 우금이 거느린 조조의 7군은 거지반 물귀신이 되었고, 나머지 군사들은 함빡 관운장의 장막 아래 나가 항복했다.

시인은 시를 지어 관공의 무예를 찬양했다.

夜半征鼓響震天
襄樊平地作深淵
關公神算誰能及
華夏威名萬古傳

한밤중 울리는 북소리 두리둥둥

하늘을 흔들더니
삽시간에 양양과 번성,
바다로 변했네.
관공님의 높으신 수단
누가 능히 당해 내랴
위명이 중원에 떨쳐
만고에 전하네.

전쟁이 끝난 후에 관운장은 높은 언덕에 올라 장막을 치고 앉으니 도부수들은 우금을 잡아다가 관공 앞에 꿇렸다.

우금은 땅에 엎드려 관공께 절해 뵙고 목숨을 애걸하였다.

"장군님, 그저 살려 주십시오."

관운장은 봉의 눈을 부릅떠 우금을 꾸짖었다.

"네 어찌, 감히 나를 겨누려 했더냐?"

"위에서 시키는 일이니, 제 어찌 맘대로 하오리까? 군후께서는 불쌍하게 생각하시어 목숨을 살려 주시면 그저 결초보은하오리다."

우금의 애걸하는 말을 듣자 관공은 붉은 얼굴에 미소를 지으며 삼각수 아름다움 수염을 두 손으로 따면서 말씀했다.

"내가 너를 죽이기는 어렵지 않다. 마치 개나 돼지 잡듯 할 것이다. 그러나 나의 칼과 도끼가 더러워질 테니 특별히 너의 목숨을 살려 둔다."

관공은 말을 마친 후에 다시 부하 장수들을 불러 영을 내렸다.

"우금을 형주로 묶어 보내서 큰 옥에 가두라. 내가 돌아간 후에 다시 분별하리라."

장수는 청령하고 우금을 결박 지어 물러갔다.

도부수들은 또다시 관공의 명을 받들어 방덕을 압령押領해 왔다. 방덕은 눈썹을 꼿꼿이 거슬러 세우고 눈을 부릅뜨고 관공을 바라보면서 무릎을 꿇지 아니했다.

관공은 청을 가다듬어 방덕을 꾸짖었다.

"네 형이 현재 한중에 벼슬해 있고, 너의 옛 주인 마초는 촉의 대장으로 있는데, 네 어찌 항복하지 아니하느냐?"

방덕은 조금도 굽히지 아니하고 큰소리로 대답했다.

"내가 차라리 칼 아래 죽을지언정, 어찌 당신한테 항복하겠소?"

관공은 크게 노했다.

"도부수들은 어디 있느냐? 방덕을 끌어내어 목을 베어라."

방덕은 무사한테 끌려 나와 목을 늘여 죽음을 당했다. 관공은 가련하다고 생각하여 후하게 장사 지내 주었다.

이때, 수세水勢는 아직도 줄어들지 아니했다. 장수와 군사들은 다시 배에 올라 번성을 공격하러 들어갔다.

번성 주위엔 흰 물결이 하늘에 닿을 듯 수세는 더한층 맹렬했다.

시각이 지체되니 성곽이 점점 기울어지려 했다.

남녀 백성들은 흙을 나르고 돌을 운반해서 기울어지려는 성과 담을 메웠다.

조조의 장수들은 모두 다 삼혼칠백三魂七魄을 잃었다.

벌벌 떨면서 조인曹仁한테 고했다.

"이번 전쟁은 인력으로 어찌할 수 없습니다. 적군이 당도하기 전에 배를 타고 달아납시다. 비록 땅은 잃어버린다 해도 몸은 성해야 합니다. 속히 달아나는 것이 상책일까 하오."

조인도 그 수밖에 다른 도리가 없다고 생각했다. 배를 준비하여 달아날 준비를 차릴 때 만총滿寵이 간하였다.

"산골 물이란 오래 가지 아니합니다. 열흘 안에 깨끗해질 것입니다. 잠깐 참는 것이 좋겠습니다. 관공이 친히 성을 치러 나오지 아니하고 별장을 협하狹下에 보내서 경솔하게 나오지 않는 것은 우리 군사가 뒤에서 습격을 할까 두려워하여 신중한 태도를 취하는 것입니다. 만약에 성을 버리고 달아난다면 황하 이남은 다시 우리 땅이 되지 아니합니다. 장군께서는 이 땅을 굳게 지키셔야 합니다."

뼈를 긁어 관운장을 치료하는 화타

만총의 전하는 말을 듣자, 조인은 손을 모아 사례했다.

"백령伯寧의 가르치심이 아니었던들 차마 큰일을 그르칠 뻔했소이다."

백령은 만총의 자였다. 조인은 만총한테 사례한 후에 백마 타고 성에 올라 장수를 모아 놓고 맹세했다.

"나는 위왕의 명을 받들어 이 성을 지킬 따름이다. 누구나 성을 버리고 가는 자는 참하리다."

모든 장수들이 일제히 대답했다.

"명령대로 이 땅을 사수하겠습니다."

조인은 크게 기뻤다. 성 위에는 궁노수 수백 명을 배치해 놓고 주야로 방호를 게을리 하지 아니하니, 백성들은 늙고 어린이를 말할 것 없이 흙을 메고 돌을 날라서 위험한 성곽을 바로잡았다.

한편 관공은 위장 우금, 방덕을 사로잡은 후에 이름은 중원에 가득 떨쳤다. 하루는 차자次子 관흥關興이 뵈러 왔다.

관공은 모든 장수들의 공을 세운 기록을 관흥에게 주어 성도成都로 가서 한중왕께 뵙고, 장수들의 벼슬을 올리도록 아뢰라 했다.

관흥은 아버지께 절하여 하직을 고한 후에 성도로 향했다.

관공은 관흥을 보낸 후에 군사를 나누어 반은 협하로 보내고 반은 스스로 거느려 번성을 치러 나갔다.

관공이 북문에 당도하자 말을 세우고 채찍을 번쩍 들어 성상을 바라보며 꾸짖었다.

"너희들은 빨리 나와 항복하라. 어느 때를 기다리느냐?"

이때 조인은 마침 성 위에 있다가 관공이 단지 엄심갑掩心甲[9]만 입고, 청포靑袍를 걸친 것을 보자 급히 궁노수 5백 명에게 눈짓을 하여 관공을 쏘라 했다.

5백 궁노수들은 몸을 감추고 관공을 향하여 일제히 활과 쇠뇌를 쏘았다.

별안간 강한 살과 쇠뇌가 비 오듯 쏟아졌다. 관공이 급히 말 머리를 돌리려 할 때, 강한 쇠뇌가 관공의 바른 팔뚝을 맞혔다.

관공은 외마디소리를 치며 몸을 번드쳐 말 아래 떨어졌다.

그야말로,

水裏七軍方裘膽
城中一箭忽傷身

물속에 7군은 담이 떨어졌는데
성 중의 한 대 화살, 관공의 몸을 상했네.

천하 명장 관운장이 조인의 5백 궁노수의 비 오듯 쏘는 화살에 바른팔을 맞아 말 아래 떨어지는 것을 보자 조인은 신명이 났다.

성문을 열고 군사를 거느려 쫓아 나왔다.

장차 관공을 사로잡으려 하는 것이었다.

---

9) 엄심갑 : 가슴을 가리는 갑옷.

이편에서는 관공이 살에 맞아 몸을 번드쳐 떨어지니 아들 관평이 급히 구하여 본진으로 돌아갔다.

조인은 관평과 마주치면서 한바탕 수라장을 일으켰다.

관평은 죽을힘을 다하여 조인을 물리치고, 관공을 구하여 영문으로 돌아왔다.

급히 팔에 박힌 살을 뽑아냈다.

그러나 살촉에는 독한 약을 발라서 독은 벌써 뼛골 속속들이 퍼졌다.

띵띵하게 청대 독같이 부어서 꼼짝달싹 움직일 수 없게 되었다.

관평은 황황망조했다. 어찌할지 몰랐다.

급히 모든 장수를 청하여 의논하였다.

"아버님께서 불행하게도 팔을 상하시어 움직일 수가 없게 되었소. 이 팔을 가지고 적과 싸우실 수 없으니 형주로 가시어 조리를 하도록 하는 것이 좋겠소."

관평은 여러 장수와 상의한 후에 관공의 누운 처소로 들어가 뵈었다.

관공은 상한 팔을 동여매 누웠다가 모든 장수들이 들어오는 것을 보고 물었다.

"어찌해 들어왔느냐?"

"장군께서는 상한 팔을 가지고 적과 대결하실 수 없습니다. 잠깐 형주로 회군하시어 조리하신 후에 다시 번성을 공격하는 것이 가한 줄 아뢰오."

장수들의 말을 듣자 관공은 크게 노했다. 소리를 높여 꾸짖었다.

"지금 번성을 취하는 일은 눈 깜짝할 사이에 달려 있다. 나는 번성을 취한 후에 곧 군사를 거느리고 허도로 향하여 역적 조조를 소멸한 후에 한실을 편안케 할 작정이다. 지금 조그마한 상처로 인하여 큰일을 그르친단 말이냐? 너희들은 어찌해서 군심을 태만케 하느냐?"

모든 장수들은 관평과 함께 고개를 숙여 물러났다.

여러 사람들은 관운장이 여간해서 형주로 가지 않을 것을 짐작했다. 각처로 사람을 보내서 명의를 수소문했다.

하루는 한 사람이 강동에서 배를 타고 와서 관평에게 뵙기를 청했다.

군사는 곧 관평한테 보내니 관평은 배 타고 온 사람을 맞아들였다.

관평이 바라보니 머리에는 방건方巾을 쓰고, 옷은 넓은 활옷을 입고, 팔에는 청낭青囊을 걸었다. 관평은 인사를 청했다.

"당신은 누구신데 나를 찾아오셨소?"

푸른 주머니를 팔에 든 도사는 미소를 지어 대답했다.

"나는 패국초군현沛國譙郡縣 사람인데 성명을 화타華陀라 하고, 자는 원화元化라 합니다. 관공께서는 천하의 영웅이신데 요사이 독전毒箭을 맞으셨다는 소문을 듣고, 특별히 치료해 드리러 온 길입니다."

"그렇다면 지난날에 동오의 주태周泰의 병을 고쳐 주신 선생이 아니십니까?"

"그렇소이다."

관평은 크게 기뻤다. 곧 여러 장수와 화타를 인도하여 관공의 처소로 들어갔다.

이때 관공은 팔이 몹시 아팠다. 그러나 군심이 태만해질까 하여 아픔을 참고 마량馬良과 함께 바둑을 두며 소일하고 있었다.

관공은 의원이 왔다는 말을 듣고 들어오라 한 후에 차를 내어 대접했다.

화타는 관운장의 상한 팔을 보여 달라 청했다.

"다치신 팔을 좀 보겠습니다."

관공은 소매를 걷고 팔을 내놓았다.

화타는 한동안 상처를 진찰한 후에 관공께 아뢰었다.

"이 상처는 보통 화살에 상한 상처가 아닙니다. 노전弩箭에 상했습니다. 활촉에 독한 약 오두烏頭를 발라서 독이 뼛속까지 스며 들어갔습니다. 빨리 치료하지 아니하시면 팔은 영영 쓰지 못하고 버리게 되십니다."

화타의 말을 듣자, 관공이 물었다.

"그렇다면 무슨 약을 쓰면 좋겠소?"

"치료할 방법이 있습니다마는 군후께서 겁을 내실까 두렵습니다."

관공은 화타의 말을 듣자 빙긋 웃고 대답했다.

"내가 설마 겁을 내겠소. 내 나이 육십에 시사여귀視死如歸인데, 무엇이 두렵겠소. 무슨 방법으로 치료를 하면 좋겠소?"

화타가 대답했다.

"조용한 곳에 큰 기둥을 세우고 고리를 기둥에 튼튼하게 박은 후에, 군후의 팔을 고리에 끼워 밧줄로 묶어 놓고 뾰족한 칼로 살을 벗겨 냅니다. 그러한 후에 뼛속에 스며든 독을 마지막 긁어내야 합니다. 그러한 연후에 약을 바르고 상처를 꿰매서 치료를 하셔야 합니다. 이렇게 해야만 뒤끝이 깨끗합니다. 다만 군후께서 겁을 내시어 두려워하시지 아니할지 의심스럽소이다."

관공은 화타의 말을 듣자 껄껄 웃으며 대답했다.

"팔쯤 긁어내는데 있어 기둥과 고리를 써서 무엇 하나, 그대로 긁어내기로 하자."

관공은 말을 마치자 시자에게 영을 내렸다.

"술상을 차려 오너라."

관공은 화타와 마량을 상대하여 술을 서너 잔 마신 후에 마량과 바둑을 계속 두면서 팔을 들어 화타한테 내맡겼다.

화타는 동자를 불러 큰 동이를 관공의 팔 아래 받들게 한 후에 새파란 칼을 주머니 속에서 꺼냈다.

"곧 착수하겠습니다. 군후께서는 놀라지 마십시오."

관공은 바둑을 두면서 태연히 대답했다.

"이미 그대한테 맡겨서 치료를 해 달라 아니했소? 내 어찌 세간의 속된 무리처럼 아픈 것을 두려워하겠소."

관공은 한편으로 말하고 한편으로 바둑을 두었다.

바둑판에서는 돌 떨어지는 소리가 쩡쩡 울렸다.

화타는 뾰족한 칼끝으로 관공의 팔을 찔렀다. 껍질을 벗기고 살을 헤쳤다.

칼이 뼛속까지 헤집고 들어갔다. 독기는 뼛속까지 스며들었다. 푸르뎅뎅했다.

화타는 날카로운 칼끝으로 뼈를 박박 긁어냈다.

뼈 긁어내는 소리가 사각사각 들려왔다.

관공은 바둑을 두면서 끄떡없었다.

옆에 있는 장수들은 칼로 바드득 긁어내지는 뼛골 울리는 소리에 소름이 쪽쪽 끼쳤다. 모두 다 얼굴들을 가리고 외면을 했다.

그러나 정작 치료를 받고 있는 관공은 태연했다.

술 한 잔을 마시고 바둑을 두었다. 바둑을 두고 술을 마셨다.

관공은 조금도 아픈 빛을 보이지 아니했다.

그의 팔에서는 독기를 머금은 피가 한 동이나 쏟아졌다.

화타는 칼로 뼈를 긁어 독한 기운을 말끔하게 뽑아낸 후에 약을 바르고 다시 실로 꿰맸다.

"이제 다 되었습니다."

화타는 웃으며 말했다.

관공도 껄껄 웃고 자리에서 일어나 모든 장수에게 말했다.

"화타 선생이 참말 용하군! 이제 팔은 전과 같이 맘대로 굴신할 수 있고 조금도 아프지 아니한 걸, 하하하……. 천하의 명의를 만났단 말이야! 고마웠소, 선생! 선생은 참, 신의神醫외다!"

관공은 화타의 손을 덥석 잡았다.

화타가 대답했다.

"제가 의원 노릇을 한 지 수십 년에 군후같이 정중하신 분은 처음 뵈었습니다. 군후께서는 실로 천신天神이십니다."

관공은 자리를 베풀어 화타를 간곡하게 대접했다.

화타는 관공에게 아뢰었다.

"군후께서는 비록 살 맞은 창독이 나으셨다고 하나 앞으로 몸을 삼가셔야 합니다. 절대로 노기를 띠어 역정을 내지 마십시오. 앞으로 백일이 지난 후에야 비로소 전과 같이 마음을 놓으셔도 좋습니다."

관공은 화타의 수고를 갚으려 하여 황금 백 량을 예물로 보냈다.

화타는 사양하고 받지 아니했다.

"저는 군후의 높으신 의기에 감동되어 특별히 찾아온 것입니다. 어찌 사례를 받겠습니까?"

굳이 사양하고 받지 아니하면서 창구에 한 번 더 바르라고 가루약을 전한 후에 작별하고 떠나갔다.

계교로 형주를 취하는 여몽

관운장이 우금을 사로잡고 방덕을 참한 후에 그의 위명威名은 더한층 천하에 떨쳤다.

조조의 패잔병은 구사일생의 죽음길을 뚫고 허창으로 달려가 조조한테 고했다.

조조는 깜짝 놀랐다. 급히 문무백관을 모아 놓고 상의하였다.

"내 본시 관운장의 슬기와 용맹은 지금 세상에 당해 낼 사람이 없는 것을 잘 알았지만, 그가 형주와 양주를 장악한 후에 마치 범이 날개를 얻은 것 같아서 우금을 사로잡고 방덕이 죽음을 당했으며, 우리 군사가 함몰이 되었으니 과연 기막힌 일이다. 만약, 저 사람이 군사를 거느려 해도로 쳐들어온다면 어찌할 것이냐? 나는 결국 도읍을 옮겨서 피해 가는 수밖에 도리가 없구나!"

조조의 천도遷都마저 한다는 말이 떨어지니 사마의司馬懿가 간하였다.

"천도란 말씀은 당치 아니한 말씀입니다. 그리고 우금의 무리가 패한 것은 관공이 계책으로 홍수를 이용하여 친 것이지, 전쟁 싸움으로 정정당당하게 싸운 것은 아닙니다. 지금 강동 손권과 유비는 사이가 좋지 아니합니다. 그러므로 이번에 운장이 이긴 것을 손권은 마음으로 기뻐하지 아니합니다. 대왕께서는 사신을 손권한테 보내어 이해득실을 말씀하신 후에 손권으로 가만히 군사를 일으켜서 운장의 뒤를 공격하게 하고, 다음 날 강남 땅을 할양割讓해 준다 하면, 번성의 위태한 형편이 얼음 풀리듯 할 것입니다."

사마의의 말이 채 떨어지기 전에 주부主簿 장제將濟가 일어나 말했다.

"사마중달司馬仲達의 말이 옳습니다. 지금이라도 곧 사신을 동오로 보내서 손권을 달래게 하십시오. 도읍을 옮긴다면 공연히 인심만 소동이 될 것입니다."

조조는 두 사람의 말을 들었다.

"그렇다면 빨리 행동을 취하게 하라."

조조는 이내 탄식하는 말을 여러 장수한테 보냈다.

"삼십여 년을 두고 나와 함께 행동을 같이했던 우금은 종말에 가서 그 의리가 오히려 방덕만도 못하더란 말이냐?"

백관들은 고개를 숙여 말대답을 하지 못했다.

조조는 일변 글을 써서 손권한테 사신을 보내고, 한편 여러 사람한테 자원 출전할 것을 물었다.

"누가 능히 관운장의 예기를 꺾어 위국의 위엄을 천하에 드날릴 수 있느냐?"

말이 채 떨어지기 전에 한 장수가 소리치며 나왔다.

"소장이 비록 재주 없으나, 관운장의 머리를 베어 전하께 바치겠습니다."

조조가 바라보니 서황이었다.

조조는 크게 기뻤다.

"서황이 가려 하느냐? 좋다. 정병 오만 명을 줄 테니, 여건으로 부장副將을 삼아 당일 행군케 하라."

두 장수는 응명하고 5만 대병을 거느리고 운장을 치러 나갔다.

한편, 조조의 사신은 글월을 받들어 동오 손권을 찾았다.

손권은 조조의 글월을 보자 모든 관원을 모아 놓고 의견을 물었다.

"지금 조조는 나에게 사신을 보내서 형주를 치라 하는데 그럴듯한 소리다. 어찌하면 좋을까? 생각들 해 보라."

장소가 나와 말했다.

"요사이 소문 들으니 운장은 우금을 잡고 방덕을 베어서 위엄이 천하에 진동합니다. 이러므로, 조조는 관운장이 허창으로 쳐들어갈까 겁이 나서 도읍을 옮기려 하다가 먼저 번성이 위급하니 사람을 우리한테 보내서 구원을 청하는 것입니다. 그러나 이 일이 성공된다면 조조는 간사한 인물이라 약속을 이행하지 아니할 듯합니다."

손권이 아직 판단을 내리지 아니했을 때 시자가 고했다.

"여몽呂蒙이 육구陸口에서 배를 타고 와서 긴하게 아뢰올 말씀이 있다합니다."

"불러들여라."

손권은 여몽을 들어오라 했다. 여몽은 좌우를 물리쳐 주기를 청했다.

손권은 조용한 방으로 여몽을 청했다.

"무슨 의논할 일이 있는가?"

"지금 관운장은 군사를 거느리고 번성을 포위하고 있습니다. 이 틈을 타서 형주를 습격하는 것이 좋겠습니다."

"그것보다도 북으로 서주를 취하는 편이 좋겠지, 어떠한가?"

손권은 여몽의 뜻을 더듬어 보았다.

"지금 조조는 멀리 하북에 있어 동편을 돌아다볼 겨를이 없습니다. 그리고 서주를 지키는 군사가 많지 아니하니 공세만 취하면, 곧 손 안에 넣을 수 있습니다. 그러나 서주의 지세는 육전에는 이로우나 수전에는 불리합니다. 뿐만 아니라 비록 서주를 얻는다 해도 지키기가 어렵습니다. 먼저 형주를 습격하여 장강을 장악한 후에 따로 좋은 방책을 강구하는 편이 좋겠습니다."

손권은 빙긋 미소를 지어 대답했다.

"나 역시 형주를 취하는 것이 상책인 줄 아네. 아까 서주를 공격하자는 말은 여 장군의 뜻을 시험해 보자는 것일세. 장군은 속히 나를 위하여 형주를 뺏도록 하게. 나도 곧 뒤따라 군사를 거느리고 가겠네."

"그럼 착수를 하겠습니다."

여몽은 손권한테 작별을 고하고 육구로 돌아갔다.

때마침 탐마探馬가 보고를 올렸다.

"연강沿江 상하 편에, 혹은 이십 리, 혹은 삼십 리마다 높은 산에 봉화대를 쌓아 놓고, 형주에 있는 군사들은 정제하고 엄숙해서 미리 준비를 하고 있는 듯합니다."

여몽은 깜짝 놀랐다. 혼잣말했다.

'이렇다면 일은 뜻대로 얼른 되지 않는구나. 나는 공연히 주상 앞에서 형주를 취하겠다고 호언장담을 했구나! 앞일을 어떻게 처리했으면 좋으냐.'

여몽은 암만 생각해도 계책이 없었다. 병이 들었다 하고 누워서 나오지 아니했다.

손권은 여몽이 병이 났다는 말을 듣고, 마음이 심히 불쾌했다.

마침 육손陸遜이 손권을 뵈러 들어왔다. 손권은 육손보고 말했다.

"여몽이 병이 났다는구려. 형주를 취해 본다는 일도 헛일이 되었구려."

육손이 웃으며 대답했다.

"여몽의 병은 가짜 병입니다. 진짜 병이 아닙니다."

"그래, 백언伯言이 확실히 가짜 병인 줄 안다면, 한번 가보고 오구려."

백언은 육손의 자였다. 육손은 손권의 명을 받아 밤을 도와 육구채陸口

寨에 당도하여 여몽을 만났다. 여몽은 과연 얼굴에 병색이 없었다.

육손은 인사를 마친 후에 빙긋 미소를 얼굴에 띠고 말했다.

"나는 주상의 명을 받들어 장군한테 문병을 하러 왔소이다. 어디가 편치 아니하시오."

여몽은 겸사하여 대꾸했다.

"천한 몸에 병이 좀 났기로서니 문병까지 하시니 미안하기 짝 없소이다."

육손은 시치미 떼고 다시 말했다.

"주상께서 중대한 임무를 공에게 맡기셨는데 공은 좋은 기회에 얼른 일을 하지 아니하시니 보기에 답답하고 민망하구려."

여몽은 눈을 바로 하여 한동안 육손을 바라보다가, 아무 말도 안했다.

육손은 다시 말을 꺼냈다.

"나한테 좋은 약방문이 있는데, 장군의 병에 한번 시험해 보시면 어떠하겠소?"

"좋은 약방문이 있습니까? 그렇다면 어디 들어 보겠습니다. 너희들은 잠깐 물러가 있거라."

여몽은 좌우에 모시고 서 있는 아장들을 물리친 후에 육손의 앞으로 다가 앉았다.

"백언께서 좋은 방문이 있다 하니 속히 말씀해 주시기 바라오."

육손이 웃으며 말했다.

"자명子明의 병환은 형주 땅에 병마가 정숙하고, 연강 산악 지대에 봉화대가 정비된 것을 보시고 병환이 나신 것이 아니오니까? 나한테 한 계책이 있습니다. 연강의 봉화지기가 봉화를 못 들게 되고 형주 군마가 속수무책束手無策이 되어 항복하게끔 되는 묘한 방문이 있습니다. 한번 시험해 보시는 것이 어떠하겠습니까?"

여몽은 깜짝 놀랐다.

"백언께서는 나의 폐부肺腑를 환하게 보시는 듯합니다. 좋은 방문을 들려주십시오."

육손은 천천히 대답했다.

"관운장은 자기가 영웅인 것을 자처하고 천하무적이라 생각하는 중 다만 두려워하는 사람은 장군뿐입니다. 장군이 이번에 병이 났다고 발설한 이 기회를 타서 맡으신 육구의 책임을 다른 사람한테 양여하신 후에 새로 책임을 맡은 사람이 말씀을 낮추어 관운장을 찬양한다면 그는 반드시 형주에 있는 군사를 거두어 모두 다 번성으로 옮길 것입니다. 이때 가서 일려一旅의 군사로 형주를 친다면 형주는 당신의 손으로 돌아올 것입니다."

여몽은 육손의 말을 듣자 크게 기뻤다.

"과연 좋은 계책입니다."

육손의 말에 찬성한 후에 다시 병을 핑계하고 일어나지 아니했다. 즉시 손권한테 글을 올려 사직을 청했다.

한편, 육손은 돌아와 손권한테 여몽과 만난 일을 보고하니 손권은 여몽에게 돌아와 병을 치료하라는 허락을 공식으로 내렸다.

여몽은 병자의 모습으로 육구에서 강동으로 돌아와 손권한테 뵈었다.

손권은 여몽을 위로한 후에 미소를 지어 말했다.

"지난날 주공근周公瑾은 자기를 대신할 사람으로 노자경魯子敬을 추천했고, 노자경은 경卿을 천거해서 오늘날 육구의 중책을 그대가 맡았던 것이다. 이번에 경이 이 자리를 떠나게 된다면 반드시 후임을 두어야 할 것이다. 누구로 이 중대한 자리를 맡게 할 것인가? 경은 재주와 덕망이 높은 사람을 천거하라."

여몽은 옷깃을 바로잡아 대답했다.

"우리가 명성 높은 사람을 쓴다면 관운장은 앞으로 방비를 튼튼히 할 것입니다. 육손은 의사가 깊고 멀어서 슬기와 계획을 가진 사람이올시다. 그러나 아직 명성이 드러나 있지 아니하니, 이 사람을 기용한다면 관운장은 일소에 붙여 버릴 것입니다. 신의 임무를 육손한테 대신 맡겨 주시옵소서."

손권은 여몽의 말을 듣자 크게 기뻐했다.

당일로 편장군偏將軍 우도독右都督의 중임을 육손에게 내린 후에 여몽을 대신해서 육구를 지키라 했다.

육손은 대명을 받자 손권을 뵙고 절하여 사양했다.

"저는 나이가 어리고 배운 것이 없사와 감히 중대한 이 책임을 맡을 수 없습니다. 다시 처분을 내려 주십시오."

"여자명呂子明이 경을 천거했으니, 한 사람을 잘못 보았을 리 없다. 경은 사양하지 말고 책임을 맡으라."

육손은 하는 수 없었다. 인수를 배수한 후에 밤을 도와 임지에 당도했다. 마병, 보병, 수군 삼군을 새로 편성시켜서 군사 수를 바짝 줄이고, 한편으로 준마駿馬와 좋은 비단이며 좋은 술을 수레에 가득 실어 예물로 한 후에 글월을 써서 관운장이 있는 번성으로 사신을 보냈다.

이때 관운장은 살에 상한 팔을 치료하느라고 군사를 움직이지 아니하고 있었다.

홀연 수문장이 보했다.

"육구를 지키고 있던 손권의 장수 여몽은 병이 위태하여 소환이 되고, 이 사이 육손이란 장수가 새로 부임되었다 합니다. 지금 육손이 사람을 보내서 예물과 글월을 장군께 바치고 뵈옵기를 청합니다."

관운장은 호상에 걸터앉아 육손의 사신을 들어오라 했다.

사신이 절을 올리고 폐백과 글월을 공손히 관운장께 바쳤다.

관운장은 육손의 사신을 향하여 거만하게 말씀을 내렸다.

"손중모孫仲謀가 견식見識이 천단淺短해서 이런 어린아이로 장수를 삼았구나."

육손의 사신은 더욱 공손한 태도를 취했다. 땅에 엎드려 고했다.

"육 장군이 장군께 예물을 바치고 글월을 올리는 것은, 첫째는 장군께서 조조의 명장 우금을 사로잡으시고 방덕을 죽이시어 위엄이 사해에 떨치신 것을 하례하는 것이요, 둘째는 두 편에서 서로 화친해서 좋게 지내자는 아름다운 뜻이올시다. 다행히 웃으시어 받아 주시면 좋겠습니다."

관공은 사자의 말을 듣고 글월을 뜯어보니, 말씀이 겸손해서 비위에 맞았다.

관운장은 껄껄 웃으며 삼각수를 어루만지면서 사자를 불렀다.

"예물을 받아 두고 사자를 잘 대접해 보내라."

육손의 사신은 관운장을 작별한 후에 육구로 돌아가 육손한테 고했다.

"관운장은 예물과 글월을 받고 무한 기뻐했습니다. 그리고 다시는 강동을 근심하는 빛이 없습니다."

육손은 사신의 말을 듣고 크게 기뻤다. 가만히 보초 하는 군사를 보내서 관공의 행동을 살폈다.

과연 며칠 후였다. 관운장은 형주에 주둔하고 있는 태반의 군사를 번성으로 옮기고, 살에 맞은 창이 낫기만 하면 곧 행동을 개시한다는 소문이 퍼졌다.

육손은 자세한 정보를 살핀 후에 밤을 도와 사람을 보내서 손권한테 전후 전말을 고했다.

손권은 여몽을 청하여 상의하였다.

"지금 운장은 형주 군사를 철수시켜 번성으로 옮긴 모양이니, 이 틈을 타서 나와 경, 그리고 내 아우 교皎를 데리고 대군을 움직여 형주로 가는 것이 어떠하오?"

손교는 자를 숙명叔明이라 하는 사람으로, 손권의 삼촌 손정孫靜의 둘째 아들이었다.

여몽이 대답했다.

"주상께서는 여몽이 좋다 생각하시면 여몽만 쓰시고, 숙명이 좋다 하시면 숙명만 오로지 쓰십시오. 옛날 주유와 정보程普로 좌우左右 도독都督을 삼았을 때, 일의 결정권을 주유한테 주었으나, 정보는 나이 많은 구신舊臣이라 해서 그의 수하에 있는 것을 불쾌하게 생각하여 사사건건 화목하지 못했습니다. 그 후에 정보는 주유의 크나큰 재주를 보고 비로소 경복敬服해서 주유한테 굽혔습니다. 이제 저 여몽의 재주는 주유한테 미치지 못하고, 숙명은 주상의 아우가 되니, 정보보다 더한층 혈통으로 가깝습니다. 이같이 하면 일이 잘되지 아니할 듯합니다."

손권은 여몽의 말을 듣고 크게 깨달았다.

곧 여몽으로 대도독大都督을 삼아 강동제로江東諸路의 군마를 총독케 하고, 손교로는 양곡과 마초를 나르는 운량관運糧官이 되어 뒤를 따르게 했다.

여몽은 손권한테 사은숙배를 드린 후에 군사 3만을 점고하고 빠른 배 80여 척을 강상에 띄웠다. 헤엄 잘 치는 군사들을 뽑아 장사꾼의 맨드리로 백의白衣를 입히고, 노를 저어 나갔다. 칼 잘 쓰고 활 잘 쏘는 정예한 군사들은 함빡 선창 안에 매복시켜서 보이지 않게 했다.

다음엔 대장을 배치시켰다. 한당, 장흠, 주연, 변장, 주태, 서성, 정봉 등 칠원 대장이 배에 오르고, 남은 장성將星들은 오후吳侯 손권孫權이 거느려 뒤를 이어 출전케 했다.

여몽은 다시 조조한테 글월을 보내서 군사를 출동하여 관운장의 배후를 찌르라 하고, 일변 육손한테 출병한 것을 통지한 후에 밤과 낮으로 배를 저어 심양강浔陽江으로 향하여 나갔다.

배가 북편 언덕을 향하고 돌았을 때 봉화대에 있던 봉수지기가 소리치며 물었다.

"지금 오는 큰 배는 어디서 오는 배요?"

여몽의 흰 옷 입고 노 젓던 군사들이 일제히 대답했다.

"저희들은 모두 다 객상客商들이올시다. 장사하러 나섰다가 풍랑을 만나서 이곳까지 떠내려 왔습니다. 잠깐 바람을 피해 가려 합니다."

대답을 마친 후에 봉화지기한테 후하게 재물을 집어 주었다.

봉수 지키는 군사들은 입이 딱 벌어졌다. 마음대로 배를 강변에 대게 했다.

이경 때쯤 되었다. 돌연 배 안에서 활과 창과 칼을 가진 정예 부대들이 쏟아져 나왔다. 봉수대 위로 기어올랐다.

봉화대 군사들을 일제히 비웃 두름 엮듯 묶어서 배에 집어넣은 후에 암호 일성에 80여 척의 큰 배는 정병을 가득 싣고 형주를 향하여 짓쳐 나갔다.

형주에서는 깜깜 이 소식을 몰랐다.

거의 형주에 당도했을 때 여몽은 봉수대에서 잡은 형주 군사들을 달랬다.

일만 성공이 되면 좋은 벼슬을 준다 한 후에 먼저 상금을 후히 주고 성문을 열게 하는데 앞을 서라 했다.

형주 군사들은 응명하여 앞으로 나섰다.

여몽은 이날 밤 야반에 성 아래 당도하자, 형주 군사로 앞잡이를 삼아 문을 두드렸다.

"문을 열어 주오. 봉화지기 군사요."

수문장은 성 아래를 굽어보니 틀림없는 형주 군사였다. 활짝 성문을 열었다.

여몽의 군사들은 횃불을 높이 들고 일제히 고함치며 조수 물밀듯 몰려 들어갔다.

성안엔 아무런 방비도 없었다. 무인지경이나 다름없었다.

다만, 난리를 만난 백성들만 통곡을 하면서 어찌할 줄 모르고 거리로 헤맬 뿐이었다.

여몽은 군중에 전령을 내렸다.

"만약 한 군사라도 백성의 재물을 겁탈하고 사람을 죽이는 자가 있다면 군법 시행을 하리라."

여몽은 또다시 군령을 내렸다.

"형주 성안에 있는 원임原任 관리官吏들은 그대로 구직舊職에 남아 있게 하라."

"관운장의 가족들은 별도로 집을 정하여 보양하여 살게 하고 쓸데없는 사람들이 번요하게 출입하는 것을 엄금하라."

여몽은 일일이 분별한 후에 한편으로 사람을 손권한테 보내서 형주를 점령한 사실을 자세히 보했다.

하루는 큰 비가 내렸다. 여몽은 말 타고 기병 두어 기를 거느린 후에 사대문四大門을 순시하고 있었다.

마침 군사 한 사람이 백성의 삿갓을 빼앗아 가지고 투구 위에 쓰고 지나갔다.

여몽은 크게 노했다. 시자에게 영을 내려 백성의 물건을 취한 자를 잡으라 했다.

잡아 등대한 자를 보니 동향 사람이었다.

여몽은 군사를 꾸짖었다.

"네가 비록 동향 사람이나 군령을 범했으니 당연히 군법을 받아야 하겠다."

군사는 울며 애걸했다.

"투구에 삿갓을 쓴 것은 비가 와서 군대의 투구를 적시므로 마지못해서 쓴 것입니다. 장군께서는 동고향 사람의 정을 생각하시어 특별히 용서해 주시기 바랍니다."

여몽은 군사를 꾸짖었다.

"나도 네 사정은 짐작한다. 그러나 털끝만 한 민간의 물건이라도 취하지 말라고 군령을 내렸으니, 너로 인해서 군령을 폐기해 버릴 수는 없다. 너는 군법을 받아야 한다."

여몽은 좌우 도부수에게 영을 내렸다.

"저 자를 목 베어 삼군에 전시하여 법을 밝히라."

군사의 목은 베어지고, 삼군三軍은 숙연히 머리를 숙였다.

여몽은 비로소 군사의 시체를 거두어 울면서 장사 지내 주었다.

얼마 아니 되어 손권은 대군을 거느리고 형주에 당도했다.

여몽은 성 밖까지 나가 손권을 맞이해 들였다.

손권은 여몽의 수고를 위로한 후에 반준潘濬에게 형주를 맡아 다스리라 하고, 옥에 갇혀 있는 우금을 내놓아 조조한테로 돌려보내고, 사대문에 방을 붙여 백성을 안심시킨 후 군사를 호궤하여 크게 경사스런 잔치를 열었다.

손권이 여몽한테 물었다.

"이제 형주는 취했으나 공안公安을 지키고 있는 부사인과 남군에 있는 미방을 어떻게 조처하면 좋겠소?"

여몽이 채 답하기 전에 한 사람이 자리에 일어나 말했다.

"활과 창으로 무력을 쓰지 아니하고 저의 세 치 혀를 놀려서 공안의 부사인이 항복을 하도록 하겠습니다."

모두 바라보니 우번虞飜이란 사람이었다.

"자네가 무슨 계책이 있기에 부사인을 항복하게 만들 수 있다 하나?"

손권이 물었다.

손권의 묻는 말에 우번이 대답했다.

"저는 어릴 때부터 부사인과 친한 친구올시다. 찾아가 이해관계를 따져서 말한다면 반드시 우리한테로 돌아올 것입니다."

손권은 크게 기뻤다. 그는 우번에게 5백 명 군사를 붙여 주어 공안으로 가게 했다.

한편, 공안에 있는 부사인은 형주가 함락되었다는 소식을 듣고 성문을 굳게 닫아 지키고 있었다.

우번이 성문 앞에 당도하니 들어갈 도리가 없었다.

글월을 써서 살에 메겨 성중으로 쏘아 보냈다.

군사 한 사람이 주워 들고 부사인한테 바쳤다.

부사인이 편지를 뜯어보니 우번이 보낸 초항招降하는 글이었다.

사인은 지난날 관공이 공안으로 좌천시켰던 일을 생각해서 아직도 앙심을 먹고 있었다. 마음으로 항복할 뜻을 결정했다.

크게 성문을 열고 우번을 청해 들였다.

우번은 인사를 마친 후에 옛정을 이야기하다가 손권의 관홍대도寬洪大

度와 예현하사禮賢下士하는 일을 입에 침이 마르도록 칭찬했다.

부사인은 곧 인뒤웅이를 싸 뭉쳐 가지고 우번과 함께 형주로 가서 손권한테 항복을 했다.

손권은 부사인을 위무慰撫한 후에,

"가서 공안을 지켜 주시오."

하고, 옛 벼슬을 그대로 주었다.

여몽이 가만히 손권한테 말했다.

"지금 관운장을 잡지 못했는데 부사인을 다시 공안으로 보낸다면, 혹시 뒤에 무슨 딴 일이 있을지 모릅니다. 사인을 공안으로 보내지 마시고 남군에 있는 미방한테로 보내서 항복하도록 달래 보라 하십시오. 그것이 좋겠습니다."

손권은 여몽의 말이 옳다고 생각했다.

공안으로 향해 가는 부사인을 다시 불렀다.

"미방은 그대와 교분이 두터운 터이니, 그대가 나한테로 왔다는 말씀을 하시고 미방도 함께 나한테로 오게 한다면 후한 상을 드리오리다."

"한번 달래 보겠습니다."

부사인은 쾌히 허락했다. 곧 10여 기를 거느리고 남군으로 향해 갔다.

한편, 미방도 형주가 손권의 손으로 넘어간 줄 알았으나 속수무책이었다. 어찌할지 모르고 있을 때, 홀연 문 지키는 군사가 공안公安 수장守將 부사인이 왔다고 아뢰었다.

미방은 반가웠다. 황망히 성안으로 맞아들였다.

"어떻게 오셨소?"

미방은 급히 부사인에게 물었다.

"별안간 삽시간에 형주가 함락되고 보니 사세가 어찌하는 수 없게 되었구려. 나는 하는 수 없어 강동 오후한테 항복했소이다. 내가 충성치 아니하려 한 것이 아니라, 형세가 위태롭고 외로우니 지탱할래야 도리가 없었소이다. 남군도 매한가지일 것입니다. 장군께서도 항복하십시다."

면수에서 크게 싸우는 서황

미방은 부사인의 항복하자는 말을 듣고 고개를 가로흔들어 대답했다.

"우리들은 한중왕의 후한 은혜를 입은 사람인데 어찌 차마 그를 배반하겠소."

부사인은 다시 미방을 달랬다.

"관운장은 지난번에 우리가 실화를 했다고 해서 짝 없이 미워하고 있소. 설혹 이기고 돌아간다 해도 반가워 하지 아니하리라. 자세히 생각해 보시오."

미방이 대답했다.

"우리 형제는 한중왕과 남매지간으로 한평생을 지내 온 터인데 어찌 하루아침에 배반할 수 있소?"

미방이 결단을 내리지 못하고 있을 때 밖에서 군사가 들어와 고했다.

"관공께서 사람을 보내셨습니다."

미방은 황망히 관공의 사자를 청해 들였다. 사자가 아뢰었다.

"관공께서 군중에 군량미가 떨어졌다 하시면서 남군과 공안 두 곳에서 백미 십만 석을 바치라는 급한 명을 내리셨습니다. 만약 지체된다면 참형에 처한다 하셨습니다."

미방은 깜짝 놀랐다. 사인을 돌아보며 말했다.

"지금 형주 땅은 동오가 점령하고 있는데, 양식을 운반한다면 형주 땅을 거쳐 가야 할 텐데, 어찌 운반해 간단 말씀이오? 딱한 일이로구려."

탄식하기를 마지아니했다.

부사인이 목청을 높여 말했다.

"망설일 것이 없소. 이놈을 죽여 버려야겠소!"

사인은 번뜻 칼을 빼어 사자의 목을 찍었다.

미방은 소스라쳐 깜짝 놀랐다.

"당신은 어쩌자고 이 짓을 하시오?"

"여보, 관운장이 오늘 우리들한테 군량미 십만 석을 당장 실어 오라고 명령한 것은 우리 두 사람을 죽이자는 작정이오. 우리들은 그래 두 손을 마주 잡고 관운장의 손에 죽어야 옳겠소? 당신이 만약 동오에 항복하지 않는다면 반드시 관운장의 손에 죽고야 말리다."

부사인이 거품을 뿜어 한참 떠들어 댔다. 이때 군사가 급히 뛰어들어 고했다.

"큰일 났습니다. 동오 대도독 여몽 장군이 대군을 휘동하여 성 아래로 육박해 들어옵니다."

미방은 온몸이 부들부들 떨렸다.

"자, 항복합시다."

부사인이 또 한 번 미방의 마음을 흔들었다.

미방은 하는 수 없었다. 부사인과 함께 성문을 열고 여몽한테 항복했다.

여몽은 미방을 데리고 손권한테 뵈었다.

손권은 미방마저 항복하니 기쁨을 이길 수 없었다.

공안과 남군 백성들을 효유한 후에 부사인, 미방에게 중한 상을 내리고 크게 삼군을 호궤하여 형주와 공안이며 남군 얻은 것을 축하했다.

이때, 조조는 허도許都에 있었다.

형주와 번성 일이 궁금했다.

여러 모사들과 자리를 같이하여 천하대세를 의논하고 있을 때 홀연 동오東吳 손권한테서 사신이 글월을 가지고 왔다고 보했다.

조조는 사신을 불러들이라 했다.

손권의 사신은 조조한테 절하고 글월을 바쳤다.

조조는 봉서를 뜯어보니, 사연은 다른 것이 아니라 강동에서는 형주를 습격할 테니, 위왕께서는 운장을 협공挾攻해 주시고, 또 절대로 운장한테 눈치를 보여서 준비가 있도록 해서는 아니 되겠다는 글월이었다.

조조는 사신을 내보낸 후에 모사들과 상의했다.

"어찌하면 좋겠나? 모사들은 숨김없이 말하라."

주부 동소董昭가 나와 아뢰었다.

"번성의 위급한 형편은 마치 죽음을 당한 자가 목을 빼어 들고 구원하는 군사 오기를 기다리는 것이나 매일반이올시다. 우리는 화살에 편지를 묶어 번성 안으로 쏘아 보내서 초조한 군심을 너그럽게 풀어 주고, 한편으로는 관운장한테 동오가 형주를 습격할 의사가 있는 것을 알려 준다면, 그는 형주를 잃을까 염려하여 번성에 있는 병마를 형주로 돌릴 것입니다. 이때 가서 서황 같은 장수로 운장을 엄습한다면 크게 이기고 말 것입니다."

조조는 동소의 말을 들었다.

한편으로 사람을 서황한테 보내서 빨리 싸우라 이르고, 한편으로는 친히 대군을 인솔하여 낙양으로 나가 남양육파南陽陸坡에 진을 쳐서 조인을 구하기로 했다.

이때 서황이 장중에 앉아 있을 때 위왕의 사자가 왔다 했다.

서황은 사자를 곧 불러들였다.

"어째 왔습니까?"

"지금 위왕께서는 군사를 거느리시고 벌써 낙양을 지나셨습니다. 장군께서는 빨리 관운장과 싸우시어 번성의 위급한 형세를 풀어 놓으라 하셨습니다."

말하고 있을 때, 염탐 나갔던 군사가 돌아와 보고를 올렸다.

"적장 관평은 언성偃城에 둔병해 있고, 요화는 사총四冢에 진을 치고 있습니다. 적은 앞과 뒤에 백열두 군데 채책寨柵을 벌여 놓았습니다. 이리하여 그들은 시시각각으로 연락을 취하고 있습니다."

서황은 정보를 듣고 나자 부장 서상徐商과 여건에게 서황의 가짜 기를 주어 언성으로 달려가 관평과 교전하라 이르고, 자기는 정에 부대 5백 명을 거느리고 면수沔水 연안을 거쳐서 언성偃城의 배후를 찌르기로 했다.

한편, 관평은 서상이 정병을 거느려 언성으로 온다는 정보를 받자 급히 본부 군사를 거느려 서상을 맞아 싸울 것을 준비했다.

양진이 둥글게 원을 이루었을 때, 관평은 진문 밖에 말을 달려 서상과 무예를 겨루었다.

서상은 교봉交鋒 3합에 관평을 당해 낼 수 없는 듯, 슬몃슬몃 꽁무니를 뺐다.

칼자루 한번 똑똑히 써 보지 못하고 대패해 달아났다.

서상의 패해 달아나는 것을 보고 여건이 소리치며 나와 관평을 대항했다.

그러나 여건 또한 관평과 대전한 지 5∼6합에 더 싸울 기운이 없는 듯 말을 놓아 달아났다.

관평은 대승한 형세를 타서 소리치며, 20여 리를 쫓아 달렸다.

관평이 홀연 뒤를 돌아보니 성중에 불길이 벌겋게 타오르며 형세가 자못 위급했다.

관평은 비로소 계교에 빠진 줄 알았다. 급히 군사를 회군하여 언성을 구하려 달렸다.

한동안 달렸을 때, 일표군마一彪軍馬가 고함치며 앞을 가로막았다.

관평이 눈을 들어 보니 조조의 명장 서황이었다.

말을 문기 아래 세우고 큰소리로 외쳤다.

"관평關平 현질賢姪아, 너는 죽는 것을 좋아하느냐? 들어 보아라. 너의 형주는 손권이 벌써 빼앗아 차지했는데, 아직도 너는 여기 있으니 얼빠진 미친놈이로구나."

관평은 서황의 비웃는 소리를 듣자 화가 불끈 일어났다. 말을 달려 서황한테로 덤벼들었다.

칼을 춤추며 3~4합을 싸우려 할 때, 멀리 적군의 함성이 천지를 진동하면서 언성 안에는 화광이 더욱 맹렬하였다.

관평은 마음이 산란하여 더 싸울 마음이 없었다.

적군을 헤치고 혈로를 뚫어 사총채四家寨로 향했다. 사총채를 지키는 요화는 반갑게 관평을 맞이했다. 인사가 끝나기 전에 요화는 급히 물었다.

"큰일 났소이다. 소문에 형주는 벌써 여몽이 차지했다 하오. 어지러운 군심을 장차 어찌하면 진정시키겠소?"

관평은 고개를 가로흔들고 대답했다.

"그것은 필시 와언인가 하오. 다시 그따위 말을 내어 군심을 교란시키는 자는 참형에 처하는 것이 좋겠소."

서로 말하고 있을 때, 유성마流星馬가 급히 달려와 고했다.

"서황이 군사를 거느려 정북正北 제일둔第一屯을 공격합니다."

관평은 요화를 향하여 말했다.

"만약 제일둔을 잃어버린다면 다른 곳에 있는 영문을 보장하기 어렵소. 이곳은 면수의 지류라 적병이 오지 못할 테니, 우리들은 빨리 가서 제일둔을 구해 주는 것이 상책이라 생각하오."

요화도 관평과 함께 제1둔을 구해야 하겠다고 생각했다. 보장步將을 불러 분부했다.

"너희들은 튼튼히 영채를 지키고 있거라. 그리고 만약 적병이 오거든 불을 들어 신호하라."

부장이 선뜻 대답했다.

"사총채 높은 울타리는 나는 새도 들어올 수 없습니다. 적병이 어떻게 쳐들어오겠습니까. 아무 염려 마십시오."

관평과 요화는 급히 사총채의 정병을 몰아 제1둔으로 달려가 진을 치고 있었다.

이날 밤에 관평은 적의 진을 바라보니, 조조의 군사는 함빡 잔산반락殘山半落 야트막한 산에 진을 치고 있었다. 넌지시 요화를 향해 말했다.

"서황의 진 치는 법이 가소롭기 짝이 없소. 전혀 지리를 모르고 진을 쳤구려. 밤엔 군사를 거느려 겁채劫寨해 보기로 합시다."

요화가 대답했다.

"장군께서는 군사를 반분하여 가십시오. 저는 본채를 지키고 있겠소이다."

관평은 더 권하지 못했다.

이날 밤에 관평은 실지 병마를 거느리고 조조의 영채로 들어갔다. 영문은 텅 비고 한 사람의 군사도 없었다.

관평은 또 계교에 속은 것을 알았다. 급히 군사를 돌리려 할 때, 좌편에서는 서상이 군사를 거느려 나오고 우편에서는 여건이 소리치며 나와서 협공을 했다.

관평은 대패하여 급히 요화가 지키고 있는 제1둔으로 돌아왔다. 그러나 조조의 군사는 철통같이 에워싸 들어왔다.

관평과 요화는 죽을힘을 다하여 싸웠으나 당해 낼 수가 없었다. 제1둔을 버리고, 사총재로 향하여 달아났다.

그러나 채 안에는 또다시 불길이 일어났다. 급히 채 앞에 당도해 보니 모두 다 조조 군사의 기호旗號였다.

관평과 요화는 사총채로도 들어갈 수 없었다.

급히 군사를 물려 번성을 바라보고 큰길로 달아났다.

몇 리를 채 못 가서 앞에 티끌이 자욱하게 일어나면서 한 떼 군마가 소리치며 길을 막았다. 위수 대장은 서황이었다.

관평과 요화는 죽음을 무릅쓰고 혈전을 거듭했다. 겨우 몇백 명 패잔병을 거느리고 관운장이 있는 큰 진으로 들어갔다.

관평은 관공을 뵙고 패전한 일을 울면서 아뢴 후에,

"지금 서황은 언성을 빼앗아 있고, 조조는 대군을 거느려 세 길로 짓쳐 나와 번성을 차지하려 합니다. 그런데다가 형주는 벌써 여몽의 손으로 돌아갔다는 소문이 자자합니다."

관평은 느껴 울면서 관공께 아뢰었다.

관평의 아뢰는 말을 듣고 관공은 큰소리로 꾸짖었다.

"형주를 뺏겼다는 말은 적이 우리 군심을 어지럽게 하려는 계책이다. 동오 여몽은 그동안 병이 나서 위독하고, 소년배 육손이 대신 도독이 되었다 하나 족히 근심할 바 없느니라."

관운장의 말이 채 떨어지기 전에 홀연 탐마 군사가 급히 달려와 아뢰었다.

"서황의 대군이 지금 쳐들어옵니다."

"나의 말을 내놓아라."

관운장은 엄숙한 얼굴로 영을 내렸다.

관평이 소리를 나직이 하여 간하였다.

"아버님 기체 아직도 미성하신데 적을 대적하여 싸우신다는 것은 불가하옵니다."

"나는 전부터 서황을 잘 알고 있다. 만일 제가 물러가지 아니한다면 내가 먼저 저의 목을 베어서 조조의 장수들을 한번 경계할 작정이다."

관운장은 말을 마치자, 이내 칼 차고 갑옷 입고 말 타고 나갔다. 조조의 군사들은 뜻밖에 앓고 있다는 관운장이 나오는 것을 보자, 놀라고 두려워하지 않는 사람이 없었다.

관운장은 적진의 문기門旗 앞에 당도하자 말 머리를 멈추고 물었다.

"서공명徐公明은 어디 계시오?"

홍종을 울리는 듯 우렁찬 목소리였다.

이윽고 문기가 열리며 서황이 말 타고 나왔다.

마상에서 관운장을 향하여 허리를 굽혀 예하며 대답했다.

"군후를 작별한 지 어느덧 두어 해가 되었습니다. 군후께서도 수염과 터럭이 희끗희끗 백발이 되셨습니다그려. 옛날 장년 시절의 일을 생각하니 감개가 무량합니다. 그때 모실 때는 많은 가르치심을 받자와 감사한 마음 잊을 길 없습니다. 오늘날 군후의 영풍英風은 점점 더 화하華夏에 진동하시니, 옛사람의 마음 듣기에 기쁩니다. 오늘 다시 뵙게 되니 마음에 적이 위로가 됩니다."

서황의 정중하게 올리는 대답을 듣자, 관운장도 얼굴빛을 화하게 하여 대답했다.

"나는 다른 사람들보다 공명과 교분이 매우 두터웠던 것이오. 이제 공명은 무슨 까닭에 내 자식을 여러 차례 군색하게 하시오?"

관운장의 말이 채 끝나기 전에 서황은 별안간 수하 장병들을 향하여 크게 소리쳤다.

"누구든 관운장의 목을 베어 오는 자가 있다면 중상으로 천금을 주리라."

관운장은 깜짝 놀라 물었다.

"공명이 그래 내 목을 베일 작정이오? 어째 그런 말씀을 하시오."

"노여워하지 마시오. 오늘 운장과 대하는 일은 국가의 공사입니다. 사사로운 일로 공사를 폐할 수는 없소이다."

말이 끝나자 서황은 큰 도채를 휘두르며 관공한테로 달려들어 목을 취하려 했다.

서황이 도채를 들어 관운장의 목을 치려 하니 운장은 크게 노했다. 80근 청룡도를 휘둘러 서황을 대거리했다. 싸운 지 80여 합에 승부가 나지 아니했다.

관운장은 비록 무예가 절륜하나 화살 맞았던 바른팔에 종시 힘이 없었다.

관평은 아버지 관공이 혹시 실수나 계실까 하여 급히 쟁을 쳐서 말을 돌리게 했다. 홀연 사면에서 고함 소리가 소란하게 들렸다.

원래 이 고함 소리는 번성에 있는 조인이 조조의 구원병이 당도했다는 말을 듣고 군사를 이끌고 성 밖으로 쏟아져 나오는 소리였다. 조인의 군사는 서황의 군사와 합류하여 좌우편으로 형주 군사를 공격했다.

관운장은 급히 말에 올라 모든 장수와 함께 양강襄江 상류로 달아났다.

등 뒤에는 조조의 군사들 추격이 한층 심했다.

관운장은 양강을 건너 허둥지둥 양양으로 달아났다.

홀연 유성마가 달려와 고했다.

"형주는 벌써 여몽한테 뺏겼고 장군의 가권들도 함빡 동오 군사한테 잡혔습니다."

관공은 크게 놀랐다. 감히 양양으로 가지 못하고 공안으로 달아났다.

달리는 관운장의 뒤를 쫓아 탐마가 뛰어와 또 보했다.

"공안 부사인은 벌써 공안을 버리고 동오 손권한테 항복했다 합니다."

보고를 듣자, 관운장은 역정이 하늘 끝까지 뻗쳤다. 봉의 눈은 찢길 듯 올라붙고 삼각수는 바람도 없는데 흩날렸다. 양식을 재촉하는 사자를 따라갔던 군사가 돌아와 보했다.

"공안 부사인은 군량미 청하러 간 사신을 죽여 버리고 미방과 함께 동오로 갔습니다."

관운장은 군사의 말을 듣자 노기가 더욱 탱중했다. 살 맞았던 금창이 한꺼번에 터지면서 그대로 땅 위에 혼절昏絶되어 버렸다.

모든 장수들은 황황망조, 어찌할 줄 몰랐다.

한식경 후에 관운장은 약간 정신이 들었다. 눈을 떠 사마司馬 왕보王甫를 보며 말했다.

"그대의 말을 듣지 아니했다가 오늘날 이 꼴을 당하는구려."

관운장은 탐마에게 물었다.

"강상 아래편과 왼편에서는 어찌해서 봉화를 들지 않았느냐?"

탐마가 대답했다.

"여몽의 수군들은 객상客商 맨드리를 하고, 배 안에 숨어 있다가 별안간에 올라, 봉화지기를 모조리 잡아갔다 합니다."

관운장은 발을 동동 굴러 탄식했다.

"나는 간적奸賊의 꾀에 빠졌으니, 무슨 면목으로 우리 형장을 만나 뵙는단 말이냐?"

옆에 있던 관량管糧 도독都督 조루趙累가 아뢰었다.

"이제 일이 급하니 일변 사람을 성도로 보내서 한중왕께 구원을 청하시고, 일변 군사를 형주로 보내서 공격을 개시하는 것이 좋을까 합니다."

관공은 조루의 말이 옳다고 생각했다.

관운장은 조루趙累의 말을 옳게 여겼다. 마량과 이적으로 글월을 가지고 주야배도하여 성도 한중왕한테 가서 구원병을 청하게 하고 일변 군사를 거느려 형주로 향했다.

한편, 조인은 관운장이 물러가 번성의 포위가 풀어지니 장수를 거느리고 조조한테 나가서 울면서 절하고 죄를 청했다.

조조는 너그럽게 타일렀다.

"모두 다 천수天數지, 너희들의 죄가 아니다."

조조는 다시 삼군을 호궤한 후에 친히 사총채 주위를 둘러보고 여러 장수들을 돌아보며 말했다.

"형주 군사는 천하 막강의 군사일 뿐 아니라, 녹각鹿角을 겹겹이 둘러쳤는데도 불구하고 서공명은 이같이 깊숙이 적진을 뚫고 들어와서 마침내 큰 공을 세웠으니 서공명은 과연 담도 크고 식견도 넓은 사람이라 하겠다. 나는 용병用兵한 지 삼십여 년에 아직도 적진 속으로 이같이 깊숙하게 들어가 보지 못했으니 서공명에 비한다면 실로 둔한 사람이라 하겠다."

조조는 서황이 이곳에 없건만 서황을 흠뻑 칭찬했다.

장수들은 모두 다 탄복했다. 조조는 군사를 돌려 마피摩陂로 돌아갔다.

서황이 군사를 이끌고 조조께 뵈러 왔다.

조조는 서황이 온다는 말을 듣고 친히 채 밖까지 나가 서황을 맞이했다. 서황의 군대는 질서가 정연하고 발이 척척 맞아 들어왔다.

조조는 입이 딱 벌어졌다.

"서 장군은 과연 주아부周亞夫의 풍도가 있구나."

조조는 서황의 손을 잡아 칭찬한 후에, 곧 평남平南 장군將軍의 칭호를 내렸다.

다음엔 하후상夏侯尙으로 양양襄陽을 지키라 하여 관운장의 공격을 막게 하고, 조조 자신은 형주가 아직 평정되지 아니했으므로 마피摩陂에서 다음 소식을 기다리고 있었다.

한편, 관운장은 형주로 가는 도중에서 나갈 수도 없고 물러갈 수도 없게 되었다.

조루를 돌아보며 말했다.

"지금 내 앞에는 오병이 있고, 내 뒤에는 위병이 있는데 구원병은 얼른 오지 아니하니 어찌하면 좋은가?"

조루가 대답했다.

"옛적에 여몽이 육구에 있을 때 항상 장군께 글월을 올려서 조적曹賊을 함께 치자고 했습니다. 오늘날 여몽은 되레 조조를 도와서 우리를 공격하니, 이것은 배신하는 행동입니다. 군후께서는 잠시 행군을 중지하시고 사람을 여몽한테 보내서 책망하십시오. 그리하여 저의 대답을 들어 보는 것이 좋겠습니다."

관공은 조루의 말을 듣고 곧 글월을 달아 여몽한테 사람을 보냈다.

이때 여몽은 형주에서 군중에 전령을 내렸다.

"관공의 집은 말할 것도 없고, 관공을 따라 출전한 장병들의 집에도 일절 혼란을 일으키지 않도록 하라. 그리고 쌀과 월급을 감안해 주고, 만약 그 집안에 병이 나서 앓는 사람이 있다면 의원을 보내서 치료해 주라."

슬퍼라, 관운장의 마지막 길

 여몽이 이같이 관공의 가족과 부하들을 후하게 대접하니, 그들은 모두 은혜에 감동하여 안도한 마음으로 추호도 움직이지 아니했다.

 이때 관공의 사자가 당도했다. 여몽은 성 밖까지 나가 사신을 맞아들이고 빈賓의 예로 대접했다.

 사자는 여몽한테 관운장의 글월을 절하고 바쳤다.

 여몽은 친히 글월을 펴 보니 자기를 책망하는 편지였다.

 여몽은 사자한테 부드럽게 말했다.

 "옛적에 내가 관공께 합심해서 조조를 치자는 약속은 사견에 불과한 것이고, 오늘날 관공을 상대로 하는 것은 위에서 내리는 명령입니다. 마음대로 자주自主하지 못하는 이 사람의 일을 장군께 잘 말씀해 주시오."

 여몽은 사자한테 공손히 말한 후에 술을 내어 환대하고 객관으로 보내서 편안히 쉬게 했다.

 형주 성안에 있는 관공의 가솔이며 그의 부하 장병의 집에서는 관공의 사신이 왔다는 말을 듣고 가솔들이 역관으로 모여들었다.

 혹은 안부를 묻기도 하고, 혹은 편지를 부치기도 했다. 말로 안부를 전해 달라는 사람도 있고, 여 장군이 쌀이며 월급을 주어 잘 보호해 주니 아무 염려도 말고, 안심하고 있으라고 부탁하기도 했다.

 사자도 마음에 만족감을 느꼈다. 여몽한테 작별 인사를 하니 여몽은 친히 성문 밖까지 나가서 전송했다.

사자는 돌아가 관공을 뵙고 관공의 대소 가족이며, 여러 장병들의 식구가 모두 다 무고할 뿐 아니라, 여몽은 쌀과 월급을 주어 후하게 대접하더란 말을 일장 설파했다.

관공은 사자의 말을 듣자 크게 노했다.

"이것은 간사한 여몽의 계교다. 내가 살아서 이놈을 죽이지 못한다면 죽어서라도 반드시 내 한을 씻을 터이다."

관공은 사자를 물러나라고 꾸짖었다.

형주에 갔다 온 사자가 관공한테서 나오니 여러 장수들은 집안일이 궁금했다.

모두 다 쫓아와서 가족들의 안부를 물었다.

사자는 여러 사람들의 가족이 무사할 뿐 아니라, 월급과 쌀을 주어 의식과 생활이 아무 걱정이 없다고 말하고, 여러 집안에서 보낸 편지를 전하니 장수들은 기뻐서 싸울 마음이 없어졌다.

관공은 다시 형주를 향해 나갔다.

장수들은 슬며시 대오에서 빠져서 형주로 도망가는 자가 많았다.

관공은 더한층 화증이 났다. 계속해서 행군을 할 때 돌연 고함 소리 천지를 진동하면서 한 떼 군마가 앞을 가로막았다.

모두들 바라보니 위수 대장은 장흠蔣欽이었다. 홍종 같은 목청으로 관운장을 꾸짖었다.

"관운장은 빨리 항복하라."

관공도 지지 않고 장흠을 꾸짖었다.

"나는 한나라 장수다. 어찌 위복한테 항복하겠느냐?"

말을 마치자 운장은 청룡도를 둘러메어 장흠을 취했다. 칼이 부딪친 지

불과 3합에 장흠은 패해 달아났다.

관운장은 패해 달아나는 장흠을 20리 길이나 쫓아갔다.

홀연 고함 소리, 좌편 산골 속에 일어나면서 한당韓當이 군사를 이끌어 나왔다.

관운장이 한당과 대결하려 할 때, 우편에서 함성이 또 일어나면서 주태가 군사를 거느려 나왔다.

관운장이 주태를 맞이해 싸우려 할 때, 패해 달아났던 장흠이 다시 돌아와 싸움을 돋우었다.

관운장은 세 길로 쳐들어오는 군사들을 막아낼 수가 없었다.

관운장은 급히 군사를 거두어 길을 돌아 달아났다.

두어 마장을 다 못 가서 남산 꼭대기에 연기가 자욱하게 일어나면서 사람들이 옹기종기 모여 있었다. 한쪽에는 백기가 바람에 흩날리는데, 그 위에는 '형주荊州 토인土人' 넉 자를 썼다.

여러 사람들은 큰소리로 외쳤다.

"형주에 사는 본토 군인들은 빨리들 항복하시오."

이 말을 듣자 관공은 뼛골 속속들이 한이 맺혔다.

급히 말을 달려 산으로 뛰어올라 항복하라는 자를 죽이고 싶었다.

관운장은 말을 달려 산으로 뛰어오르려 할 때, 산골 양편에서 일대 군마가 또 고함치며 몰려나왔다.

좌편은 정봉丁奉이요, 우편은 서성이었다.

또다시 한 떼 군마가 산마루에서 쏟아져 내려왔다. 다른 장수가 아니라 장흠이었다.

3로 군마는 북 치며 고함질러 외로운 관운장의 군사를 여지없이 추격했다.

운장은 완전히 포위 속에 빠져 버린 채 장수와 군사들은 점점 항복하는 자가 늘었다.

때는 으스름 황혼이 되었는데 운장이 멀리 사산四山을 바라보니, 모두 다 형주 사람들이었다. 관공이 거느린 군사를 산꼭대기에서 굽어보면서,

"형님 !"

"아우야!"

"아버지!"

소리를 지르면서 애절하게 굽어보았다.

"어서 목숨을 구하여 항복하시오."

피눈물이 나도록 부르짖었다

기막힌 광경이었다.

관공의 군사들은 주먹으로 눈물을 씻으며 싸울 맘이 전혀 없어졌다.

뿐만이 아니었다.

"영감!"

하고 산꼭대기에서 부르는 소리에,

"오오!"

하고 산으로 뛰어가는 한 사람의 병졸이 생겼다. 아내가 남편을 부르는 처절한 소리였다. 군심은 일시에 변했다.

뒤따라 모두 다 산 위로 달려갔다.

관운장은 청룡도를 빼어 들고 달아나는 군사를 막았으나 죽음을 무릅쓰고 마음이 변해 달아나는 군사를 어찌하는 수가 없었다. 남은 군사는 겨우 3백 명가량이었다.

관공은 3백 군사를 거느리고 겹겹이 에워싼 곳을 뚫고 나갔다.

삼경 때나 되어서 동편 쪽에서 고함 소리 크게 일어났다. 관평과 요화

가 두 길로 나누어 겹겹이 에워싼 조조의 군사를 헤치고 관운장을 구하러 들어왔다.

관평은 급히 운장 앞으로 달려왔다.

"군심이 풀어졌습니다. 싸울 수 없습니다. 성을 얻어서 발붙일 땅을 마련해 논 후에 다시 싸워야 하겠습니다. 맥성麥城이 비록 작다 하나 우선 발붙일 땅은 될 것입니다. 그리로 가십시다."

관공은 아들의 말을 들었다. 패잔병을 재촉하여 맥성으로 달아났다.

사대문을 굳게 닫고 장수를 모아 상의하였다.

조루가 의견을 말했다.

"이곳은 상용과 거리가 가깝습니다. 그곳엔 유봉이 맹달과 함께 있으니, 속히 사람을 보내서 구원을 청하시는 것이 좋겠습니다. 그리하고 한편 또다시 한중왕한테 사람을 보내시어 구원병을 청하십시오. 만약 웬만큼 군사가 온다면 군심은 다시 안정되겠습니다."

한창 의논을 하고 있을 때 동오 군사가 맥성을 향하여 사면으로 포위해 들어온다는 급한 보발이 들어왔다.

관공은 좌우를 돌아보며 물었다.

"누가 중위를 뚫고 상용으로 가서 구원을 청하겠느냐?"

요화가 선뜻 나섰다.

"제가 가겠습니다."

관평이 나와 말했다.

"내가 그대를 호위하여 무사하게 나가도록 하리라."

관공은 곧 글월을 써서 요화한테 전했다.

요화는 관공의 편지를 품 안에 깊이 간직하고 배불리 먹은 후에 관평과 함께 말 타고 성문 밖으로 나갔다.

대기하고 있던 오장 정봉이 길을 막았다. 관평은 힘을 다하여 정봉과 싸웠다.

정봉이 패해 달아났다. 요화는 이 틈을 타서 겹겹이 싼 조조의 군사를 뚫고 상용으로 향하여 말을 달렸다. 이때 관평은 성으로 들어가 굳게 문을 닫고 싸움에 응하지 아니했다.

한편, 상용에서는 유봉과 맹달이 상용을 취한 후에 태수太守 신탐申耽은 군사를 이끌고 항복했다.

이후로부터는 한중왕은 유봉을 부장군으로 승진시키고 맹달과 함께 상용을 지키라 했다.

두 사람은 당일 관공이 패해서 맥성으로 온 소식을 들었다.

서로 의논이 분분할 때 요화가 왔다.

유봉은 급히 요화를 불러들였다.

"일이 어찌되었소?"

"관공께서 뜻밖에 패하시어 지금 맥성에 계십니다. 그러나 적군은 벌써 맥성을 포위하여 위기일발의 사이가 되었습니다. 한중왕께 구원병을 청했으나, 워낙 거리가 멀고 보니 소식은 아니 오고 딱하기 한량없습니다. 하는 수 없이 가까운 거리에 계신 장군한테 구원을 청하러 왔소이다. 중위를 뚫고 일편단심, 관공님을 구해 주십사 온 것이올시다. 바라건대 장군께서는 한시 빨리 상용의 군사를 움직여 주십시오. 만약 잘못하면 이곳도 위태합니다."

요화는 맥성의 형편을 자세히 보고했다.

유봉劉封은 요화의 보고를 받고 난 후에 말했다.

"고단하시겠소. 역관에 나가서 편히 쉬시오. 그 사이 우리 두 사람은 서로 의논해서 좋은 계획을 세워 보리다."

요화는 역관으로 나가서 유봉의 출병하기만 기다리고 있었다.

한편, 유봉은 맹달孟達과 의논하였다.

"숙부께서 매우 곤란을 당하시는 모양인데 어찌하면 좋겠소?"

맹달이 대답했다.

"동오는 군사가 정병이요, 장수가 용맹한 데다가 이번에 형주 아홉 골이 함빡 저편으로 돌아갔고, 우리 편에 남은 것은 겨우 탄알만한 맥성뿐이외다. 여기에다 조조는 친히 사오십만 명의 큰 군대를 거느려 마피에 둔병하고 있소이다. 우리는 조그마한 산성山城 군사로 어찌 두 곳의 막막 강병을 막아 내겠소. 함부로 경적을 해서는 아니 될 것입니다."

유봉은 근심스런 빛을 얼굴에 띠고 말했다.

"글쎄, 그런 줄 나도 아오마는 관공은 나의 숙부님이신데 차마 어찌 앉아서 바라만 보고 구원을 아니하겠소."

맹달은 코웃음을 치고 말했다.

"장군께서는 관공을 숙부로 생각하시지만, 관공은 장군을 조카로 생각하지 아니합니다. 전에 들으니 한중왕께서 장군을 처음 아드님으로 정하실 때 관공은 기뻐하지 아니하셨습니다. 다음 한중왕이 되신 후에 후사를 정하시려고 공명한테 물으시니 공명의 답이, 그것은 집안일이니 관공과 장비한테 물으시는 것이 좋다 했습니다. 한중왕께서는 공명의 말씀을 듣고 형주로 사람을 보내서 관공한테 물으니 관공께서는 장군을 양자로 해서 후사를 삼는 것은 불가하다 했습니다. 뿐만 아니라 장군을 멀찍이 이곳 상용산성으로 보내서 후환을 막으라 했습니다. 이 일은 사람들이 다 아는 노릇인데, 장군께서는 어찌 모르십니까? 오늘 이 위험한 판국에 까닭 없는 숙질간 의리를 생각해서 위험을 무릅쓰고 경동하는 일은 불가한가 합니다."

“당신 말씀이 옳소마는 무슨 말로 핑계를 대서 막아 버리면 좋겠소?”

“핑계야 많습니다. 산성을 차지한 지 얼마 되지 아니하여 아직 민심이 안정되지 아니하여 군사를 천동할 수 없다고 말씀하면 그만 아니오니까?”

다음 날 유봉은 요화를 청했다. 맹달과 의논한 대로 민심이 안정되지 아니하여 군사를 움직일 수 없다고 말했다.

유봉의 말을 듣자 요화는 크게 놀랐다. 머리를 땅에 두들겨 통곡하며 고했다.

“그렇게 된다면 관공님께서는 돌아가시게 됩니다.”

맹달이 옆에서 말했다.

“우리가 곧 간다 해도, 마치 한 잔 물로 한 수레의 불붙는 나무를 끄려 하는 것과 똑같은 일이올시다. 장군께서는 속히 돌아가시어 촉병蜀兵이 오는 것을 기다리십시오.”

요화는 다시 통곡하여 구원을 청했다.

“그래도 좀 구원해 주십시오.”

유봉과 맹달은 요화의 애걸하는 말을 들은 체 만 체 소매를 떨쳐 안으로 들어갔다.

요화는 일이 그른 것을 알았다.

“의리부동한 놈들!”

소리쳐 꾸짖으며 말에 올라 한중왕한테 구원을 청하러 성도로 향해 갔다.

한편, 관운장은 맥성麥城에서 눈이 빠지도록 상용병이 오기를 기다렸다. 그러나 아득히 동정이 없었다. 수하에는 다만 5백~6백 명의 군사가 있을 뿐이었다. 그러나 성한 군사가 아니었다. 절반은 싸움에 상한 군사들이었다. 여기다가 식량마저 떨어지고 보니, 관운장의 고초는 형용해 말할 수 없게 되었다.

관운장은 초조한 생각 속에 빠져 있을 때, 한 사람이 성 밖에 와서 화살에 편지를 매어 쏘아 보냈다.

관운장과 만나서 이야기를 해 보겠다는 것이었다.

운장은 화살 쏜 사람을 불러들이라 했다.

바라보니 딴사람이 아니라 제갈근諸葛瑾이었다.

인사가 끝나고 차를 마신 후에 제갈근이 말을 꺼냈다.

"오늘 생이 장군을 찾아뵈러 온 것은 오후吳侯의 특명을 받들어 왔소이다. 예로부터 말하기를 시무時務를 아는 사람을 준걸俊傑이라 했습니다. 지금 장군께서 통솔하고 계셨던 한상漢上 구군九郡은 다른 사람의 소유가 되었습니다. 다만 남은 것은 외로운 고성孤城 하나뿐인데, 그나마 양식은 떨어지고 구원병은 오지 아니하니 답답하기 짝 없을 것입니다. 과연 위태롭기 아침이 아니면 저녁이올시다. 장군께서는 왜 제갈근의 말씀을 아니 들으십니까? 우리 주인 오후한테 귀순만 하신다면 다시 형주와 양주 땅을 장군께 드려서 전 가족을 보존케 할 테니 장군께서는 같이 생각해 보십시오."

관공은 얼굴빛을 고쳐 정색하고 대답했다.

"나는 한 사람 무부武夫에 지나지 아니하오마는 한중왕이 수족같이 나를 대접하여 결의형제를 맺은 몸이외다. 내 어찌 배은망덕을 하여 적국에 항복하겠소? 성이 함락된다면 죽을 뿐이오. 옥은 부서져도 고귀한 흰빛을 잃지 아니하고 대는 불에 타도 그 절節을 버리지 아니하오. 몸이 비록 죽는다 해도 이름은 죽백竹帛에 남아 있을 것입니다. 그대는 많은 말을 하지 마시오. 빨리 성에 나가 손권과 한번 싸워서 결판을 내겠소."

관운장의 태도는 추상열일秋霜烈日 같았다.

제갈근은 목소리를 공손히 하여 다시 말했다.

"우리 주인 오후는 군후와 함께 사돈간이 되어 힘을 합하여 조조를 격파한 후에 함께 한실을 구하자는 것이지 별다른 뜻이 없습니다. 군후께서는 어째 이리 판단을 내리지 못하십니까?"

말이 채 떨어지기 전에 관공 옆에 모시어 섰던 관평은 노기가 탱중했다. 칼을 빼어 제갈근을 죽이려 했다.

관운장은 급히 관평을 타일렀다.

"저 사람의 아우 공명이 촉에 있어 너의 큰아버님을 도와 드리고 있다. 만약, 그를 죽인다면 저 사람들의 형제지정을 상하는 것이다."

관운장은 아들 관평을 타이른 후에 좌우 시자를 불렀다.

"저분의 등을 밀어 내치라."

제갈근은 얼굴에 부끄러운 빛을 띠고 성 밖으로 쫓겨 나가 말 타고 달아났다.

급히 손권을 만나 관운장 찾아본 전말을 보고했다.

"관공은 마음이 철석같아서 아무리 달래도 듣지 아니합디다."

손권이 듣고 탄식했다.

"과연 만고 충신이로구려. 어찌하면 좋겠소?"

여범呂範은 점 잘 치는 모사였다. 옆에 있다가 손권한테 아뢰었다.

"한번 점을 쳐 보겠습니다."

"어디 그래 봅시다."

여범이 산통을 흔들어 첨籤을 뽑았다.

지수사괘地水師卦에 현무玄武가 임응臨應한 괘였다. 주적인主敵人이 멀리 달아나는 괘였다.

손권은 옆에 있는 여몽한테 물었다.

"주적인이 멀리 달아나는 괘가 나왔으니, 주적인은 관공인데 관공이 달아났다는 말 아닌가. 경은 무슨 계책으로 주적主敵을 사로잡겠소?"

여몽이 웃으며 대답했다.

"괘상掛象이 저의 기밀과 영락없이 맞아 들어갑니다. 관공이 제아무리 하늘을 뚫고 날 수 있는 날개 달린 몸이라 해도 여몽의 그물을 벗어나 달아날 수는 없을 것입니다."

여몽은 말을 마치자 드높게 껄껄 웃었다.

마치 바다의 청룡靑龍이 잘못 개울에 떨어져서 새우 새끼의 회롱을 받고 봉황鳳凰이 농 속에 갇혀서 참새 떼의 조롱을 받는 격과 흡사했다.

손권은 다시 여몽한테 물었다.

"계책을 말해 보오."

"제 생각에는 관공의 군사가 불과 오륙백 명밖에 아니 되니, 큰길로 달아나지 못할 것입니다. 맥성麥城 정북에 험준한 산이 있고, 한 굽이 초로가 있는데, 반드시 이 길로 달아나리라 생각합니다. 주연朱然으로 오천 정병을 거느려 맥성 북편 이십 리허에 매복했다가 관공의 군사가 오거든 뒤를 따라 엄습하면 그들의 군사는 싸울 맘이 없어 반드시 임저臨沮로 달아날 것입니다. 이때 번장潘璋으로 오백 정병을 거느려 임저 뒷산에 매복했다가 쫓겨 오는 관운장을 잡는다면 꼼짝 도리 없이 산 채로 묶을 것입니다. 그리고 우선 맥성을 공격하는데 사대문 중에 북문만 비워 두시어 북편으로 달아나게 하는 것이 묘책이올시다."

손권은 다시 여범에게 점을 치라 했다.

괘가 나왔다. 주적이 서북편으로 달아나다가 밤 해시亥時 때 잡히는 괘였다.

손권은 크게 기뻤다. 주연과 번창한테 정병을 각각 주어 여몽이 말한 곳에 매복시키게 했다.

이때 관운장은 맥성에서 마병과 보병을 점고해 보니, 남은 군사는 마보병 합해서 겨우 3백여 명이었다. 여기다 밥 지어 먹일 양식마저 떨어졌다.

이날 밤 성 밖에서는 오병吳兵들이 형주 군사들의 이름을 불렀다.

"형주 군사 중에 돌쇠 있느냐, 너희 어머니께서 너를 만나 보러 오셨다."

"자근 보야, 너희 새댁이 와서 함께 가자고 기다리고 있다."

"까닭 없이 개죽음을 하지 말고 빨리 성을 뛰어넘어라."

오병들은 이같이 형주 군사의 마음을 산란케 흔들어 놓았다.

형주 군사들은 월성越城해 도망하는 자도 적지 아니했다.

여기다가 눈이 빠지도록 구원병 오기를 기다렸으나, 구원병은 영영 오지 아니했다.

관운장은 백방으로 생각했으나 아무런 계책도 생각이 나지 아니했다.

관운장은 생각다 못해 왕보王甫한테 말했다.

"지난날 내가 그대의 말을 아니 들은 것을 후회하네. 오늘날 이같이 위급하니 어찌하면 좋겠나?"

왕보는 울면서 아뢰었다.

"오늘 일은 강태공이 부생復生한다 해도 어찌할 도리가 없을 것입니다."

조루趙累가 옆에서 말했다.

"상용서 구원병이 오지 않는 것은 유봉과 맹달이 일부러 군마를 움직이지 않는 까닭입니다. 빨리 맥성을 버리시고 서천으로 가시어 다시 군사를 정돈하여 잃은 땅을 회복하시는 것이 상책이올시다."

"나도 역시 그렇게 생각하네."

관공은 말을 마치자 성에 올라 사방 형세를 바라보았다.

동, 서, 남 삼문 밖엔 적병들이 간 곳마다 까맣게 포위해 있는데 북문 밖에만 적군의 모습이 경성드뭇했다.

관운장은 본토 군사를 불러서 물었다.

"저편 북으로 가면 지세가 어떠한가, 서천으로 통하는 길이 있나?"

"네, 있습니다. 산길이 되어서 험준합니다마는 농부들의 초로로 가도 서천으로는 다 통할 수 있습니다."

관운장은 본토 군사를 내보낸 후 왕보를 바라보며 말했다.

"오늘 밤엔 북문을 뚫고 나가서 산길로 서천을 향하고 가는 것이 좋 겠네."

왕보는 고개를 흔들었다.

"산에는 반드시 적병이 매복되었을 것입니다. 오히려 큰길로 가시는 것이 좋겠습니다."

"그까짓 매복쯤이 무엇이 두려운가?"

관운장은 왕보의 간하는 말을 듣지 아니하고 마보馬步 관군官軍에게 엄 한 군령을 내렸다.

"군사들의 장비를 정돈해서 출성 준비를 하라."

추상같은 관운장의 명령이었다. 아니 들을 도리가 없었다.

왕보는 울면서 아뢰었다.

"군후께서는 조심해서 보중하옵소서. 소장은 부하 졸개 백여 명과 함께 이 성을 사수하겠습니다. 성이 비록 함락이 되더라도 몸은 항복하지 아니 하겠습니다. 그저 군후께서 속히 와서 구원해 주시기만 바랄 뿐입니다."

왕보가 울면서 맥성을 사수하겠다는 말을 듣자 관운장도 울면서 왕보 의 손을 잡아 작별했다.

"네가 이 맥성을 사수하겠느냐? 너의 의기를 높게 생각한다."

관운장은 모시어 섰는 주창에게 영을 내렸다.

"왕보가 이 맥성을 사수하겠다 한다. 그 뜻이 가상하다. 너는 내 대신 왕보와 함께 이곳에 있어 적을 막으라."

주창이 명을 받들었다.

"삼가 분부대로 하겠습니다."

관운장은 왕보, 주창과 작별하고 관평, 조루와 함께 남은 군사 2백여 명을 거느리고 북문으로 돌격해 나갔다.

관운장이 청룡도를 비껴들고 북문으로 나가니 적군들은 한 사람도 대항하는 자가 없었다.

초경 때 북문 밖을 나선 관운장은 20리쯤 달렸을 때, 홀연 산골 속에서 북소리와 징 소리가 요란하게 일어나면서 한 떼 군마가 쏟아져 나왔다.

관운장이 바라보니 위수 대장은 주연이었다. 창을 비껴들고 말을 달려 운장의 앞으로 나오며 큰소리로 호통 쳤다.

"운장은 달아나지 말고 빨리 항복하여 죽음을 면하라."

관공은 어린애 같은 주연에게 호통을 당하니 분함을 이길 수 없었다.

크게 노하여 청룡도를 메어 주연을 내리쳤다.

주연은 급히 몸을 피하면서 말을 놓아 달아났다.

운장은 승세하여 뒤를 쫓을 때, 별안간 북소리가 두둥둥 울리며 사면팔방에서 복병이 쏟아져 나왔다.

관공은 싸울 맘이 없어졌다.

급히 말 머리를 돌려 산골 초로를 취하여 임저臨沮로 향해 달아났다.

주연은 다시 말을 돌려 운장의 군사를 시살했다. 운장의 군졸은 점점 더 수가 줄었다.

운장은 쫓아오는 주연의 군사를 한편으로 막고, 한편 달리면서 4~5리쯤 갔을 때, 홀연 전면에서 함성이 또다시 크게 들리면서 화광이 하늘도 사를 듯 일어났다.

관공이 바라보니 번장이 말을 달려 칼춤을 추면서 앞으로 달려왔다.

관공은 피로했다. 청룡도를 둘러 번장을 맞이했다. 싸운 지 3합이 채 못 되어 번장은 힘에 부친 듯 패해 달아났다.

관운장은 패해 달아나는 번장을 추격할 생각이 없어졌다.

달아나는 번장을 내버려 두고 산길로 올라 말을 달렸다.

얼마를 가노라니 관평이 뒤에서 쫓아왔다.

관공은 반가웠다.

"너 어떻게 왔느냐?"

"아버님이 궁금해서 왔습니다. 그러하옵고 아뢸 말씀이 있습니다. 조루는 가엽게도 난군 중에 죽었습니다."

관공의 눈에서는 눈물이 핑 돌았다.

관평은 뒤에서 쫓아오는 적병을 막고, 관공은 산길을 헤치고 나갔다.

이때 관공을 모시고 따라오는 군사는 겨우 10여 인밖에 남지 않았다. 결석決石이란 곳에 당도하니 양편이 모두 험한 산인데 산길에는 억새, 더욱쇄, 갈대풀과 덩굴이 엉클어지고 뻗어서 헤치고 나가기가 극히 어려웠다.

때는 어느덧 오경이 지났다. 사람들은 험준한 산길에서 미끄러지며 자빠지며 죽을힘을 다하여 무성한 잡풀을 헤치고 나갈 때, 홀연 복병들의 함성이 천지를 진동하면서 적병들은 일제히 장창과 쇠갈고리와 동아줄을 들고 어두컴컴한 속에서 기어들었다.

관공은 포위해 들어오는 적병을 뚫고 말을 달려 나가려 할 때 홀연 적병의 갈고리 창은 관공이 타고 나가는 적토마의 앞다리를 채서 낚았다.

말은 큰소리를 지르며 가로 쓰러졌다.

말을 타고 앉았던 관공도 몸이 자반뒤집기를 치면서 말과 함께 쓰러졌다.

번장의 부장 마충馬忠은 동아줄을 들고 달려들었다. 말에 떨어진 관운장을 꽁꽁 묶었다.

뒤에 있던 관평은 관공이 낙마한 것을 보고 급히 쫓아가 구하려 했으나 때는 이미 늦었다. 마충이 벌써 관공을 묶은 뒤였다.

관평은 칼을 뽑아 마충을 죽이고 아버지의 동아줄을 끊으려 했다. 그러나 뒤에서 주연, 번장이 군마를 거느리고 쫓아 들었다.

사면팔방에서 좁혀 들어오는 적병은 관평을 철통같이 에워쌌다.

관평은 눈이 뒤집히도록 외롭게 싸웠다. 그러나 혼자서 당해 낼 도리가 없었다.

마침내 적의 포로가 되어 버렸다.

어느덧 동이 환하게 터졌다. 동오 손권은 관공 부자의 잡힌 소식을 듣고 하늘만큼 기뻤다.

모든 신하들을 모아 놓고 관운장 부자의 항복을 받으려 했다.

조금 있으려니 마충이 관공을 옹위하여 손권 앞에 나타났다.

손권은 관공을 향하여 말했다.

"나는 오래 전부터 장군의 성하신 덕을 사모하여 사돈간이 되기를 원했으나, 장군께서는 나의 뜻을 아니 받으셨습니다. 스스로 천하무적이라 생각하시더니, 오늘 나한테 사로잡히셨습니다. 나한테 항복하시겠습니까?"

관공은 손권의 말을 듣자, 소리를 가다듬어 꾸짖었다.

"벽안소아碧眼小兒 자염서배紫髥鼠輩는 말 듣거라. 나는 유 황숙과 함께 도원에서 의를 맺어 한실을 중흥시키려 맹세한 사람이다. 어찌 너 같은 반적과 함께 행동을 같이하겠느냐? 나는 이제 너의 간계에 빠졌으니 다만 죽음이 있을 뿐이다. 수다스럽게 말을 말라."

관운장의 기상은 청청하니 푸른 대 같았다.

손권은 모든 관원을 돌아다보며 말했다.

"관운장은 일세의 호걸이라 내가 깊이 존경해 오던 터이다. 극진한 예로 대접하여 항복하게 하면 어떠할꼬?"

주부主簿 좌함左咸이 아뢰었다.

"불가합니다. 옛날 조조가 이 사람을 얻었을 때 후侯를 봉하고 작爵을 주었을 뿐 아니라, 삼일三日에 소연小宴을 하고 오일五日에 대연大宴을 해서 말에 오르게 되면 황금黃金을 걸어 주고, 말에 내리면 은銀을 걸어 주어서 그의 뜻을 돌리려 했으나, 필경에 가서는 오관五關 참장斬將을 하고 본주인 유비한테로 돌아갔습니다. 뿐만 아니라 조조는 관공이 무서워서 하마터면 도읍까지 옮겨서 그의 예봉銳鋒을 피하려 했던 것입니다. 이제 주공께서는 그를 사로잡으셨으니 아주 처단해 버리십시오. 만약 그대로 둔다면 후환을 남기는 일밖에 아니 됩니다. 깊이 생각하시옵소서."

손권은 반나절이나 생각했다.

"좌함의 말이 옳다."

손권은 곧 무사를 불렀다.

"관운장의 부자를 형장으로 끌어내어 참하라!"

일세를 흔들던 영웅 관우는 아깝게 여몽한테 사로잡혀 손권의 손에 죽으니, 때는 건안 24년 겨울 10월의 일이요, 그의 나이는 58세歲였다.

뒷사람은 시를 지어 조상했다.

漢末才無敵

雲長獨出群

神威能奮武

儒雅更知文

天日心知鏡

春秋義薄雲

昭然垂萬古

不止冠三分

한 말의 인재인들, 당해 낼 수 없는 중에
운장이 홀로 뛰어났구나.
신 같은 위엄, 무로 떨쳤고
유아롭다. 다시, 글도 알았다.
하늘 높이 솟아 있는
해 같은 그 마음
거울같이 맑았고
춘추의 높은 의기
간악한 구름장을
헤쳐 버렸네.
밝아라, 만고에 드리운 그의 의기에
삼국 시절 삼분천하 때만
높았던 것 아닐세.

시인은 또다시 시를 지었다.

人傑惟追古解良

士民爭拜漢雲長

桃園一日兄和弟

俎豆千秋帝與王

氣挾風雷無匹敵

志垂日月有光芒

至今廟貌盈天下

古木寒鴉幾夕陽

인걸은 다만

고해량에 났다고

추모하는 마음 간절하여

선비와 백성들, 다투어

관운장께 절하네.

도원에 의를 맺어

형과 아우 화목했고

천 년 제 지내는 사당엔

소열 황제와 관왕을 모셨네.

기상은 바람과 우레와 같아

짝할 사람이 없고

뜻은 해와 달, 높게 드리워

천고에 광망을 뿜는다.

지금도 관왕묘 사당집,

간 곳마다 모시어 있네.

고목 옛 등걸에

무심하다 떠도는 까막까치 떼

몇 번이나 저녁별이 비쳤더라.

관공이 죽은 후에 그가 탔던 적토마는 마충馬忠이 차지했다가 손권한테 바쳤다.

손권은 마충의 공을 생각했다. 마충에게 도로 내주었다.

그러나 비록 말이건만 적토마의 의리가 대단했다. 며칠을 두고 먹지 아니했다. 마침내 의를 지켜 굶어 죽고 말았다.

이때 관공의 심복 왕보王甫와 주창周倉은 맥성麥城에 있었다.

아침결인데 왕보는 온몸에 살이 떨리고 뼈가 쑤셨다. 주창을 향해 말했다.

"내가 몹시 몸이 아프오. 또, 밤에 꿈을 꾸었는데 아주 좋지 못한 꿈을 꾸었소."

주창이 물었다.

"관공님께서 온몸에 피투성이가 되시어 내 앞에 나타나셨기에 깜짝 놀라 여쭈어 보려 하는 판인데, 그만 잠이 깨었소. 도대체 무슨 꿈인지 길흉을 판단치 못하겠소."

두 사람이 놀란 마음으로 이야기를 주고받고 있을 때, 보발 군사가 숨이 턱에 차서 급히 뛰어 들어왔다.

"오병吳兵이 지금 관공님 부자 분의 머리를 들고 성 아래로 와서 항복하기를 권합니다."

보발 군사는 말을 마치자 부들부들 떨었다.

왕보, 주창은 깜짝 놀랐다. 급히 성에 올라 보니, 오병은 틀림없이 관공

부자의 두 개 머리를 들고 항복하기를 권하는 것이었다.

왕보는 기가 막혔다. 대규일성大叫一聲에 성 아래로 뛰어내려 자결해 죽어 버리고, 주창은 칼을 뽑아 스스로 자기 목을 찔러 죽었다.

왕보가 성에 떨어져 죽고 주창이 스스로 목을 찔러 죽으니 군사들은 목숨을 구하여 흩어져 달아났다. 맥성 땅은 완전히 동오 손권한테로 돌아갔다.

옥천산에 떠도는 관공의 혼

관공이 돌아간 후에 그의 영혼은 흩어지지 아니했다.

탕탕유유蕩蕩悠悠한 혼령은 허공 위로 떠올라 한곳에 당도하니, 이곳은 형문주荊門州 당양현當陽縣이란 곳이었다.

일좌一座 청산靑山이 있는데 부르기를 옥천산玉泉山이라 했다.

산속에 암자가 한 채 있고, 암자 안에는 한 사람 노승이 있는데 이름을 보정普靜이라 했다.

원래 사수관汜水關 진국사鎭國寺의 장로였다.

푸른 하늘에 흰 구름장 떠다니듯 천하를 두루 밟다가, 이곳에 당도하여 산 높고 물 맑은 것을 보고 이곳에 암자를 얽어 좌선坐禪 참도參道하고 있었다. 그의 곁에는 단지 나이 어린 상좌 중 하나가 시중을 들고 있을 뿐이었다.

이날 밤에 달은 밝고 바람은 맑았다. 때는 이미 삼경이 지났을 무렵이었다.

보정은 암자에 단정히 앉아 전과 같이 참선하고 있을 때 홀연 공중에서 크게 외치는 소리가 들렸다.

"내 목을 내놓아라."

보정이 얼굴을 들어 공중을 바라보니, 한 장군이 적토마 타고 청룡도를 비껴들었는데, 좌편에는 얼굴 흰 백면白面 장군將軍이 모시었고, 우편에는 얼굴 검고 미역이 수염을 뻗친 무장이 호위하여 산마루로 내렸다.

보정은 관공의 영혼이 찾아온 줄 짐작했다.

손에 들고 있던 털이개(塵尾)를 들어 지게문을 두드리며,

"운장은 어디 계시오?"

하고 큰소리로 외쳤다.

관공의 혼령은 보정 화상이 부르는 소리를 알아들었다.

곧 바람을 헤치고 적토마를 달려 암자 앞에 당도했다.

공손히 손을 모아 물었다.

"스님은 어디 계시오, 법호法號를 주옵소서."

보정 화상은 정참을 모아 차근차근 대답했다.

"노승은 보정이란 화상이외다. 옛날 사수관 진국사에서 군후와 만난 일이 있소이다. 군후께서는 잊으셨습니까?"

"어찌 내가 대사를 잊었겠소? 지난번에 구해 준 은혜는 아직도 백골난 망이외다. 그러나 나는 화를 당하여 죽은 몸이 되었으니, 원컨대 대사는 맑은 가르침을 주시어 방황하고 있는 이 혼을 지도해 주시기 바라오."

관공의 대답하는 음성이 또렷하게 들렸다. 보정 화상은 관운장의 영을 향하여 조용히 타일렀다.

"군후께 아뢰오. 석비昔非 금시今是를 일체 논란하지 마시고, 후과後果 전인前因을 피차간 가리지 않기로 하십시다. 지금 군후께서는 여몽呂蒙한 테 해를 당하시고 목을 돌려보내라 하시면 안량顔良, 문추文醜와 오관五關 육장六將의 목은 누구한테 달래야 하겠습니까?"

관공의 혼령은 보정의 말을 듣자 황연히 깨달았다.

천하 명장 안량, 문추와 오관의 여섯 장수의 목은 자기 자신이 베었던 것이었다.

여몽한테 잘린 목을 도로 달라고 한다면 자기 자신은 안량, 문추와 오

관 육장의 목을 내놓아야 할 것이었다.

관공의 혼령은 보정 선사한테 머리를 조아 불법佛法에 귀의歸依한 후에 젊은 두 장수를 거느리고 적토마를 타고 공중으로 스러졌다.

이 뒤로부터 관공의 영혼은 가끔 옥천산에 나타났다. 백성들을 위하여 가물면 비를 내리게 하고, 홍수가 지면 해가 뜨게 했다.

명화적 패가 들면 도둑의 발이 붙게 하고, 악한 자가 있으면 벌을 받게 하니 시골 사람들은 관공의 은혜로운 큰 덕에 감동이 되었다.

산마루에 관성제군關聖帝君의 사당을 짓고 춘하추동 사시제四時祭를 지냈다.

뒷사람 시인은 그의 사당에 시를 지어 붙였다.

赤面 秉赤心 騎赤兎 追馳驅時 無忘赤帝青燈 觀青史 仗青龍偃月 隱微處 不愧靑天

붉은 얼굴에 붉은 마음을 잡고 적토마 달릴 때, 적제(赤帝 : 소열제, 유비)를 잊은 적 없고, 푸른 등불 아래 푸른 사기를 보면서 청룡언월도를 드니 은밀한 곳에서도 푸른 하늘에 부끄러울 것이 없네.

고을 사람들은 사당에 높이 달아 대련對聯을 이룩했다.

한편, 손권은 관공을 죽인 후에 형주와 양주 땅을 모두 찾고 삼군三軍을 호궤하여 크게 모임을 가졌다.

손권은 여몽을 상좌에 앉힌 후에 모든 장수에게 말했다.

"고孤는 오랫동안 형주를 찾지 못하여 주야로 근심했더니, 이제 단번에 손을 뒤차듯 취했으니, 이것은 모두 다 여 장군의 공이다. 치하하여 마지

않노라.”

“모두 다 주공의 홍복이십니다. 제가 무슨 공로가 있사오리까?”

여몽은 두 번 세 번 사양했다.

“옛날 주유는 웅략雄略이 과인過人해서 조조를 적벽赤壁 강상江上에 깨쳤더니 불행하게도 일찍 죽었고, 노숙魯肅이 대신한 후에 나에게 제왕帝王이되는 대략大略을 가르쳐 주었으니, 이것이 첫째 쾌한 일의 하나요, 조조가큰 군사를 움직여 우리를 침략했을 때, 모든 사람들은 그 기세에 눌리고겁이 나서 나보고 항복하라 권했으나, 노숙은 주유를 불러들여 조조를 격파케 했으니, 이것은 둘째 번 쾌한 일이다. 다만 형주를 유비한테 빌려 준것만은 노숙의 단점이라 하겠다. 이번에 장군은 계교를 정하여 형주를 찾았으니, 그 공로는 노숙과 주유보다 훨씬 크다 하겠다.”

손권은 여몽의 공을 찬양한 후에 친히 옥잔에 술을 가득 부어 여몽한테권했다.

여몽은 무릎을 꿇어 손권의 내리는 술을 공손히 받들어 마시려 하다가 홀연 잔을 땅에 던지고 벌떡 일어나 손권의 멱살을 잡고 큰소리로 꾸짖었다.

“이놈, 벽안소아碧眼小兒, 자염서배紫髥鼠輩야, 네가 나를 알아보겠느냐?”

눈을 딱 부릅뜨고 손권을 꾸짖었다.

모든 사람들은 깜짝 놀랐다. 급히 달려가 만류하려 할 때 여몽은 어느틈에 손권을 짓밟아 쓰러뜨리고 큰 걸음으로 앞질러 나가다가 다시 손권을 깔고 앉아서 눈을 부릅떠 호통을 쳤다.

“이놈 내가 황건적을 대파한 이래 천하를 종횡한 지 삼십여 년이다. 너의 간계에 빠져서 오늘날 내가 죽었다마는 나는 살아서 너의 고기를 씹지못한 것이 한이다. 죽어서 너와 여몽을 죽일 것이다. 나는 한수漢壽 정후亭侯 관운장이다.”

여몽은 거품을 뿜고 푸념을 주었다.

손권은 크게 놀랐다. 문무 대소 백관을 거느리고 관공의 혼령을 뒤집어쓴 여몽을 향하여 절하여 빌게 했다.

그러나 이때 여몽은 땅에 쓰러졌다. 칠규七竅로 피를 쏟고 죽었다.

모든 장수들은 이 모양을 보고 두려워하지 않는 사람이 없었다.

손권은 여몽의 시체를 거두어 관곽을 갖추게 하여 안장한 후에 남군南郡 태수太守 잔릉후潺陵侯를 증직贈職하고, 그 아들 여패呂覇에게 습작襲爵을 명했다.

손권은 이 뒤로부터 놀란 병을 얻었다. 때마침 장소張昭가 건업建業에서 손권을 뵈러 들어왔다. 손권은 장소를 불러들였다.

손권의 얼굴빛은 좋지 아니했다.

"어디가 편치 아니하십니까?"

"여 장군이 변사變死한 후에 나는 놀란 병이 생겼소."

장소는 얼굴에 근심하는 빛을 띠고 말했다.

"주공께서 이번 관공 부자를 살해하신 일은 잘못 생각하신 일입니다. 장차 강동에는 불원간 화가 미칠 것입니다. 관공은 유비와 함께 도원결의를 하여 죽고 사는 것을 함께하자고 맹세한 사람입니다. 유비는 지금 양천兩川의 군사를 두었을 뿐 아니라, 제갈공명의 큰 꾀를 가졌고 장비, 황충, 마초, 조자룡 같은 장수는 모두 다 일등가는 맹장들이올시다. 그들이 만약 관운장의 부자 분의 해 당한 일을 안다면, 반드시 경국傾國의 군사를 일으켜 힘을 다하여 원수를 갚으려 할 것입니다. 이쯤 된다면 동오의 힘으로는 당해 내지 못할 것입니다."

조조는 관공의 신에 감동하다

손권은 장소의 말을 듣자 발을 동동 구르며 물었다.

"내가 실계失計를 했구려. 이를 장차 어찌하면 좋겠소."

"주공께서는 과히 근심하지 마십시오. 저한테 묘한 계책이 한 가지 있습니다."

"계책을 말해 주오."

과히 근심하지 말라는 장소의 대답에 손권은 약간 마음이 가라앉았다.

"서촉 유비가 동오를 침범하지 못하도록 하고, 형주 땅을 반석 위에 튼튼하게 올려놓게 할 수 있는 좋은 계책이 있습니다."

"어서 말씀해 주오."

"지금 조조는 백만 대병을 거느리고 중원 천지에 제일가는 실력을 가지고 있습니다. 유비가 우리한테 원수를 갚으려면 반드시 조조와 화친을 해야 할 것입니다. 이리하여 조조와 유비의 연합한 군사가 일시에 온다면 동오는 위험천만이올시다. 이러하니 우리는 먼저 관운장의 머리를 조조한테로 보낸다면 유비는 조조가 시킨 일이라 해서 조조를 칭원할 것입니다. 이때 가서 유비의 서촉 군사는 동오를 치지 아니하고 조조를 공격할 것입니다. 우리는 그때 승부를 보아서 어중간하게 일을 취한다면 가장 좋은 상책이 될 것입니다."

손권은 장소의 말을 들었다. 나무함에 관공의 수급을 담아서 밤을 도와 조조한테 보냈다.

이때, 조조는 마피摩陂에서 반사班師하여 낙양洛陽으로 돌아와 있었다.

동오에서 관공의 수급을 바친다는 말을 듣고 크게 기뻐했다.

"관우가 죽었다 하니 이제는 내가 편안히 잘 수 있구나."

얼굴에 가득 웃음을 지었다.

조조의 말이 채 떨어지기 전에 뜰아래서 한 사람이 나와 말했다.

"관공의 머리를 보내는 것은 동오東吳의 화근을 우리한테로 전가轉嫁시키자는 계책입니다. 조심하십시오."

조조가 말하는 사람을 보니, 주부 벼슬한 사마의司馬懿였다.

"어찌 그러한가?"

까닭을 물었다.

"유비, 관우, 장비 세 사람은 생사를 함께하려고 도원결의한 사람들입니다. 지금 동오에서는 관우를 죽인 후에 후환이 두려워서 관우의 수급을 대왕께 바치는 것입니다. 이것은 유비의 노여움을 대왕께로 옮겨서 오를 치지 아니하고 위를 치게 하자는 계획입니다. 이리해서 저희들은 중간에 어부지리를 취하자는 것입니다."

조조는 황연히 깨달았다.

"중달仲達의 말이 옳다. 그렇다면 어떤 대책을 세울꼬?"

"극히 쉬운 일입니다. 대왕께서는 향나무로 관우의 몸을 만들어 머리에 연결시킨 후에 대신大臣을 대우하는 예로 장사 지내 주신다면, 유비는 손권을 원망하여 원수를 갚으려 할 것입니다. 이때 가서 우리는 형세를 보아 행동을 취하면 족합니다."

조조는 사마의의 말을 듣고 크게 기뻤다.

곧 손권의 사자를 불러들였다.

사자가 바치는 목갑木匣을 열게 했다.

뚜껑을 여니 관공의 얼굴은 산 사람과 같았다. 눈은 정기를 뿜어 움직이는 듯하고 수염은 아름답게 흔들리는 듯했다. 입술에서는 곧 말이 우렁우렁 나올 듯했다.

조조는 빙긋 웃으며 관운장의 잘라진 머리를 들여다보았다.

"운장 공은 그동안 무양無恙하신가?"

조조의 농조로 붙여 보는 말이 채 떨어지기 전에 관운장의 봉의 눈은 부릅떠지고 입은 진짜로 벙긋 벌어지며 삼각수가 푸르르 날렸다.

조조는 깜짝 놀라 까무러쳤다.

모든 사람들은 급히 조조를 구하여 침실로 돌아간 후에 한식경이 지나 겨우 소생이 되었다.

조조는 정신을 수습한 후에 모든 사람을 향하여 말했다.

"관운장은 참 천신天神이시다."

때마침 문병을 들어왔던 동오 손권의 사신이 조조한테 아뢰었다.

"관공님의 영검하신 일은 이루 다 형언해 말할 수 없습니다. 그분의 영혼은 여 장군한테 붙어서 한바탕 우리 주공을 푸념해 꾸짖었습니다. 뿐만 아니라 여몽 장군은 즉석에서 피를 토하고 죽었습니다."

조조는 동오 사신의 말을 듣자 등골에 소름이 쪽 끼쳤다. 더한층 두렵고 무서웠다.

침향목沈香木 좋은 향나무를 구하여 관공의 몸을 조각해 만든 후에 잘라진 머리를 붙여서 입관入棺한 후에 소와 돼지를 잡아 크게 제사를 올리고 날을 가려 왕후王侯의 예로 낙양성洛陽城 남문南門 밖에 엄숙하게 장사 지내는데, 조조가 친히 나와 통곡하여 제문祭文 읽어 형왕荊王을 증직贈職하고, 묘 지키는 수묘관守墓官을 두어 춘추 절사를 받들게 했다.

이때 한중왕 유현덕은 동천東川에서 성도成都로 돌아온 후에, 법정法正이 아뢰었다.

"주상主上께서는 선 부인을 상배喪配하시고, 손 부인 또한 강동으로 가시어 용이하게 만나실 것 같지 아니합니다. 인륜人倫대사를 폐할 수 없습니다. 속히 왕비를 정하시어 내정內政을 살피게 하옵소서."

현덕은 법정의 말을 듣고 물었다.

"어디 마땅한 사람이 있소?"

"오의吳懿란 사람의 매씨가 있는데, 성품이 현숙하고 인물이 아름답습니다. 관상쟁이가 그의 상을 보고 후분이 좋아서 크게 귀하게 된다 했다 합니다. 일찍 유언劉焉의 아들 유모劉瑁한테 허혼한 일이 있었습니다마는 유모가 요절한 까닭에 지금 과거寡居하고 있습니다. 대왕께서 맞이하시어 비를 삼으시면 좋을 듯합니다."

"유모는 나와 동종同宗인데 체면상 좋지 아니하오."

한중왕은 고개를 가로흔들었다.

혼절하는 유현덕

법정은 다시 간곡하게 현덕한테 아뢰었다.

"동종간이라 하나 계촌도 할 수 없는 먼 일가올시다. 공연한 허례에 구애되지 마시고 오 씨로 왕비를 삼으십시오."

한중왕 현덕은 법정의 말에 좇아 오의의 누이로 왕비 삼을 것을 윤허允許했다.

오비吳妃는 뒤에 두 아들을 낳았다. 큰아들은 유영劉永인데, 자를 공수公壽라 했고 다음 아들은 유리劉理라 하는데, 자를 봉효奉孝라 했다.

동천東川과 서천西川은 현덕이 한중왕이 된 후에 백성들은 평안하고 나라는 부유했다. 여기다가 풍년이 계속해 들어서 태평세월을 누리게 되었다.

하루는 형주荊州에서 사람이 왔다.

"동오 손권이 관공께 청혼을 했는데, 관공께서는 이것을 거절하셨습니다."

한중왕과 제갈공명은 한자리에 앉아서 형주 소식을 들었다.

"관운장이 손권의 혼인하자는 말을 듣지 아니했으니, 앞으로 형주가 위태롭겠습니다. 운장을 불러들이는 것이 좋겠습니다."

의논하고 있을 때 형주에서 관공이 조조와 싸워서 크게 승리를 거두었다는 첩보捷報가 낙역부절絡繹不絶 들어왔다.

뿐만 아니었다. 관흥關興이 또 한중왕께 뵈러 와서 조조의 7군七軍을 물로 엄습해 무찌른 쾌한 보고를 올렸다.

또 얼마 아니 되어 좋은 보고가 들어왔다.

관공은 강변에 봉화둑과 돈대를 많이 설치하고 방축과 둑을 긴밀하게 쌓아서 만에 하나라도 소홀한 곳이 없습니다.

한중왕 현덕은 크게 기뻤다. 마음을 턱 놓고 다시 더 형주 일에 대하여 근심하지 아니하고 있었다.

하루는 현덕이 까닭 없이 몸이 아팠다. 으스스하고 마음이 불안했다.

밤이 깊었는데도 편안히 잠이 오지 아니했다. 눈이 부숭부숭하고 붙어지지 않았다.

그러나 웬 까닭인지 마음은 더한층 흔들리고 정신이 혼미해졌다. 글자가 눈에 들어오지 아니했다.

현덕은 다시 책상에 의지하여 잠을 청하고 있으려니 별안간 한 굽이 찬 바람(一陳冷風)이 방 속에 일어나면서 촛불이 탁 꺼져 버렸다. 그러나 뒤미처 불은 다시 살아나면서 한 사람이 어둠침침한 곳에 우뚝 섰다.

현덕은 깜짝 놀라 꾸짖었다.

"너는 어떤 사람이건대 깊은 밤중에 남의 내실內室에 들어왔느냐?"

사람은 적적히 대답이 없었다.

현덕은 벌떡 일어나 쫓아가 보았다.

서 있는 사람은 다른 사람이 아니라 바로 관운장이었다.

반가움을 이기지 못했다.

"현제賢弟야, 언제 왔더냐?"

덥석 운장의 손을 잡으려 했다.

그러나 괴상한 일이었다. 관운장은 현덕을 피하여 달아났다.

현덕은 피하는 운장을 향하여 말을 보냈다.

"아우야, 그동안 별일 없었나? 웬일인가? 이같이 밤이 깊어 찾아왔으니 반드시 무슨 연고가 있는 것 아닌가? 나와 자네는 골육骨肉형제나 매한가지 아닌가. 왜 나를 피해 달아나나?"

현덕의 간곡한 말을 듣자 관운장은 울면서 현덕께 고했다.

"형님, 군사를 일으켜 아우의 원통한 죽음을 설원雪冤[10]해 주십시오."

말을 마치자 음산한 찬바람이 다시 일어나면서 관운장은 온데간데없었다.

현덕은 깜짝 놀랐다. 정신을 수습해 보니 남가일몽南柯一夢이었다. 온몸에 진땀이 쭉 흘렀다.

시각을 살펴보니 삼경 때였다.

현덕은 크게 의심이 일어났다. 심사를 정할 수 없었다. 급히 앞전(前殿)으로 나가서 시자에게 공명을 청해 오라 했다.

이윽고 공명이 들어왔다. 현덕은 공명을 반갑게 맞이하여 꿈 이야기를 자세히 설파했다.

"주사야몽晝思夜夢이란 말이 있습니다. 대왕께서 항상 관운장과 형주 일을 생각하시니 이 같은 꿈을 꾸신 것입니다."

공명은 좋은 말로 현덕을 위로하고 나왔다.

공명이 중문 밖으로 나올 때 허정許靖과 마주쳤다.

허정은 공명한테 공손히 인사한 후에 급히 고했다.

---

10) 설원 : 원통한 사정을 풀어 없애는 것.

"중대한 기밀을 보고하려고 군사부軍師府로 나갔더니 군사께서 입궁入宮하셨다는 말씀을 듣고 이곳으로 찾아온 길입니다."

"무슨 기밀 보고가 있는가?"

"밖에서 전해 들은 소문이올시다. 동오 여몽이 형주를 습격하여 형주는 함락이 되고 관운장은 해를 당했다 합니다."

공명은 허정의 말을 듣자 얼굴에 어둔 빛을 띠고 대답했다.

"지난밤에 내가 천문을 보니 장군성將軍星이 형초지간荊草之間에 떨어졌네. 놀라움을 걷잡을 수 없었네. 필연코 운장이 해를 입은 것이 분명하이. 그러나 천수天數인 것을 어찌하나? 다만 주상께서 너무나 놀라실까 염려하여 아직 말씀을 내지 아니했네."

두 사람이 시름에 싸여 서로 말하고 있을 때 돌연 전각문이 열리며, 안에서 현덕이 급히 신을 신고 뛰어내렸다.

공명한테로 쫓아 들었다. 옷자락을 잡아끌고 큰소리로 말했다.

"공명은 어찌해서 이 기막힌 흉한 일을 속이고 바로 말하지 아니하오?"

공명이 아뢰었다.

"모두 다 전해 들은 소리가 아닙니까? 단지 전청으로 들은 말을 어찌 믿습니까? 주상께서는 너무 염려하지 마십시오."

"그렇습니다. 소문으로만 들었습니다."

허정도 현덕한테 아뢰었다.

현덕은 그래도 곧이듣지 아니했다.

"나와 운장은 죽고 사는 것을 함께하기로 맹세한 사람이다. 저 사람이 만약 실수가 있다면 나 혼자 어찌 살겠는가?"

"과히 염려 마시래도 그러십니다. 좀 더 정확한 소식을 알아보아야 하겠습니다."

공명은 계속해서 현덕을 위로하고 있을 때, 근시近侍가 들어와 아뢰었다.

"마량과 이적이 돌아왔습니다. 급히 뵙기를 청합니다."

현덕은 마음이 후련했다.

"마량과 이적이 왔어? 빨리 불러들여라."

두 사람은 곧 시자한테 인도되어 현덕과 공명 앞에 나타나 절하고 뵈었다.

"어찌 되었느냐?"

현덕은 급히 물었다.

"관공은 지금 맥성에 계십니다. 형주는 여몽이 차지했습니다. 급히 구원병을 보내 주셔야 하겠습니다."

마량과 이적은 관운장이 해를 당하기 전에 구원을 청하러 길을 떠난 사람들이었다.

현덕은 관운장의 올린 글월을 급히 뜯어보려 할 때 밖에 있던 시자가 또 들어와 아뢰었다.

"형주에서 요화廖化가 왔습니다."

"무어, 요화도 왔어. 빨리 들어오라 해라."

명령이 떨어지기 전에 요화는 들어와 땅에 엎드려 통곡하고 아뢰었다.

"관공께서는 맥성에 고립해 계십니다. 소인이 명을 받들어 유봉, 맹달한테 구원병을 청하러 상용上庸으로 갔으나, 두 사람은 군사의 약한 것을 핑계 삼고 구원병을 아니 내줍니다. 지금 관공께서는 어찌 되셨는지 모르겠습니다."

현덕은 요화의 말을 듣자 크게 놀랐다.

"어허, 그렇다면 내 아우는 탈이로구나?"

현덕은 주먹으로 상을 쳤다.

옆에서 요화가 아뢰었다.

"유봉, 맹달이 이같이 무례할 줄은 몰랐습니다. 목을 베야 마땅합니다. 주상께서는 안심하십시오. 제가 한 여단의 군사를 거느리고 형양荊襄의 급한 것을 구하겠습니다."

현덕이 울면서 말했다.

"운장이 만약 실수가 있다면 나는 단연코 혼자 살 수는 없소. 나도 친히 군사를 거느려 운장을 구하러 나가겠소."

현덕은 말을 마치자 일변 사람을 장비한테 보내서 운장의 위태로운 일을 기별해 주고, 한편으로 군사와 말을 정돈시켰다.

동이 환하게 터질 무렵이 되었다. 형주 쪽에서 또다시 기별이 왔다.

"관공님께서는 밤에 임저臨沮로 향해 오시다가 오병한테 사로잡혀서 의를 지켜 항복하지 아니하신 때문에, 젊은 장군과 함께 부자 분이 해를 당하셨습니다."

현덕은 관공의 해 당했다는 말을 듣자,

"어어, 운장이 죽었단 말이냐!"

큰소리로 부르짖다 당장 숨이 막혔다. 피가 끓어올랐다. 기절이 되어 쓰러졌다.

현덕이 기절하여 쓰러지는 것을 보자, 모든 문무 관원들은 급히 현덕을 구하여 통기시키는 약과 물을 먹였다.

현덕은 반상半晌[11] 만에 소생이 되었다. 내실로 부축하여 들어갔다.

공명이 현덕을 위로하였다.

"주상主上께서는 너무 상심 마옵소서. 자고로 사생死生은 유명有命이라

---

11) 반상 : 반나절.

했습니다. 관공께서 평일에 너무 강직하시고, 자긍하시는 일이 많은 고로 오늘 이러한 화가 미친 것이올시다. 주장께서는 더욱 존체尊體를 보양하시어 서서히 원수 갚을 것을 도모하옵소서."

현덕은 한숨을 짓고 말했다.

"나는 관, 장 두 아우와 도원桃園에 의를 맺을 때 생사를 같이하기로 맹세했소이다. 이제 운장이 이미 죽었는데, 내 어찌 혼자 부귀를 누리겠소?'

현덕의 말이 채 떨어지기 전에 문 밖에서 곡성이 낭자하면서 운장의 작은아들 관흥이 통곡하며 들어왔다.

현덕은 조카, 흥을 보니 더욱 기가 막혔다. 한소리, 통곡성에 또다시 기절이 되었다.

모든 사람들은 또다시 현덕을 구했다.

기절이 되고, 깨어나고, 울고, 호곡하여 하루에 혼절昏絶되기 삼오三五 차次나 되었다.

시자들은 옆에서 음식을 권했으나 사흘 동안 물 한 모금, 장 한 숟갈을 마시지 아니했다.

진종일 통곡해서 피눈물 자국이 아롱아롱 옷깃에 무늬를 놓았다.

공명은 이럴 때마다 여러 사람과 함께 슬픔을 진정하라고 아뢰었다.

"그저 참으십시오. 참아서 원수를 갚고 앞의 큰일을 하십시다."

"나는 동오 손권이하고는 같이 하늘 아래 일월日月을 함께하지 않겠소."

현덕은 주먹을 쥐어 부르르 떨었다.

공명은 현덕의 마음을 돌리려 하여 낙양 소문을 현덕에게 말했다.

"동오 손권은 관공의 수급을 조조한테 바쳤는데 조조는 침향沈香 좋은 나무로 몸(體)을 만들어 왕후의 예로 친히 장사 지내고, 형왕을 봉하여 증직했다 합니다. 손권이도 엉뚱한 생각을 했습니다마는 조조도 호락호락 손권한테 넘어갈 인물은 아닙니다."

"조조가 저렇도록 죽은 운장을 후하게 대우하는 뜻은 무슨 까닭이겠소?"

"그것은 별것이 아닙니다. 우리가 두려워서, 서로들 팔밀이를 하는 것입니다. 손권은 조조의 명령에 좇아서 운장을 죽여서 수급을 조조한테 바쳤다고 변명하자는 것이고, 조조는 손권의 행동은 너무나 박하다, 자기는 이와 같이 운장을 존경한다, 이렇게 해서 서로들 팔밀이를 하는 것입니다."

"나는 지금 곧 군사를 일으켜 손권한테 문죄問罪를 해서 철천의 한을 씻을 작정이오."

현덕은 분기가 탱중했다. 제갈공명을 위시하여 문무백관을 둘러보았다.

약룡사의 배나무

　공명은 지성껏 현덕을 간하였다.

　"불가합니다. 방금 운장이 해를 당한 후에 조조는 우리가 손권을 공격하기 바라고 있고, 손권은 조조를 공격하기를 바라고 있습니다. 이같이 해서 제각기 흉계를 가지고 있습니다. 주상께서는 안병부동按兵不動하시면서 관공의 발상發喪을 하신 후에 손권과 조조의 불화한 틈을 타서, 천천히 칼을 뽑으십시오. 그리하면 백발백중 승리를 거두어 관공의 원수를 갚을 것입니다."

　공명뿐이 아니었다. 여러 백관들도 같은 뜻으로 한중왕을 위로하고 달랬다.

　현덕은 비로소 음식상을 받고 대소 장사한테 영을 내려, 관공의 복을 입게 한 후에 한중왕은 친히 남문 밖에 나가 초혼제를 지내서 관공의 영혼을 위안한 후에 온종일 통곡했다.

　한편, 조조는 낙양에서 관운장을 장사 지낸 후에 밤이 되어 눈만 감으면 관공의 모습이 나타났다. 잠을 이룰 수 없었다.

　조조는 송구했다.

　여러 관원한테 물었다.

　"밤만 되면 관공의 얼굴이 눈에 어려서 잠을 이룰 수 없으니 어찌하면 좋을꼬?"

여러 사람이 대답했다.

"낙양행궁洛陽行宮 옛 전각엔 요기妖氣가 많습니다. 새로 전각을 지으시어 거처하시는 것이 좋겠습니다."

"내가 평시에도 생각했지만 건시전建始殿 한 채를 짓고 싶다. 그러나 좋은 목수가 없어서 한이다."

모사 가후賈詡가 아뢰었다.

"낙양양공洛陽良工에 소월蘇越이란 자가 있습니다. 좋은 구상을 가졌습니다. 한번 시험해 보십시오."

조조는 소월을 궁으로 불러들였다.

"네가 전각을 잘 짓느냐? 어디 그림을 한번 그려 보아라."

소월은 곧 전각 그림을 그렸다. 아홉 간 큰 전각에 앞뒤로 낭무廊廡와 누각樓閣을 배치하여 조조한테 바쳤다.

조조는 소월이 바친 전각도殿閣圖와 누각도樓閣圖를 한동안 본 후에,

"네 그림이 내 뜻에 가합하다. 그러나 좋은 들보감이 없으니 한이로구나."

소월이 아뢰었다.

"여기서 낙양성 밖, 삼십 리쯤 가면 한 큰 못이 있습니다. 이름은 약룡담躍龍潭이라 합니다. 못 밖에 사당이 한 채 있는데, 약룡사躍龍祠라 하옵고, 사당 곁에 큰 배나무 한 주가 서 있는데 높이가 십여 길이나 됩니다. 넉넉히 건시전을 지으실 대들보감이 되겠습니다."

조조는 크게 기뻤다. 곧 영을 내렸다.

"약룡사 옆에 있는 배나무를 찍어서 새로 짓는 대궐 들보감을 만들게 하라."

대장들은 군인들을 거느리고 약룡담으로 나가 약룡사 옆에 있는 배나

무를 찍기 시작했다.

다음 날 약룡담, 약룡사의 배나무를 찍으러 나갔던 대장이 돌아와 조조한테 아뢰었다.

"십여 길이나 되는 약룡사 배나무는 어찌나 단단한지 톱으로 켜도 톱이 들지 아니하고 도끼로 찍어도 찍어지지 아니합니다. 나무를 벨 수 없습니다."

"그게 무슨 말이냐? 연장을 잘 들도록 갈지 않은 모양이로구나. 톱이 안 들어가고 도끼도 아니 찍어지는 나무가 세상에 어디 있단 말이냐?"

조조는 대장의 말을 믿지 아니했다.

수백 기마대를 거느리고 친히 약룡사로 나가서 말에 내려 배나무를 우러러보았다.

나무는 밋밋하게 자라서 하늘도 찌를 듯 청청하게 솟았는데, 가지와 잎은 자유롭게 퍼져서 마치 푸른 일산이 대지大地를 덮은 듯 마디 하나 없이 꼿꼿하게 자랐다.

조조는 욕심이 났다.

"어디 내 앞에서 한번 찍어 보아라."

동네 늙은이들이 쫓아와서 조조한테 말했다.

"이 나무는 보통 나무가 아니올시다. 수백 년 된 신령 나무올시다. 그리고 동네에서 대대로 고사를 지내는 나무올시다. 신神이 거접해 있는 나무입니다. 함부로 베어서는 아니 됩니다."

조조는 역정이 벌컥 났다.

"내가 천하를 두루 돌아다닌 지 사십여 년에 위로는 천자로부터 아래는 서인庶人에까지 나를 두려워하지 않는 사람이 없다. 어떤 요물이 감히 나의 뜻을 어긴단 말이냐?"

조조는 큰소리로 꾸짖고 허리에 찬 보검寶劍을 뽑았다. 힘껏 나무를 찍었다.

쨍그랑 소리가 나면서 나무에서는 홀연 선지피가 솟아 뿜었다. 핏방울이 조조의 전신에 확 뿌려졌다.

조조는 몸에 가득히 튄 피를 보자 깜짝 놀랐다.

급히 칼을 던지고 말에 올라 궁으로 돌아갔다.

이날 밤, 이경 때 조조는 침실에 드러누웠다.

잠이 오지 아니했다. 마음이 불안했다.

홀연 눈앞에 괴상한 사람이 나타났다. 머리를 풀어 산발한 사람이 검은 옷 입고 칼 짚고 조조의 앞에 나타났다.

손을 들어 조조를 가리키며 노한 눈으로 꾸짖었다.

"이놈 조조야, 나는 배나무의 신이다. 네가 이놈 건시전建始殿을 지으려 하니, 역적질을 할 생각이로구나. 네가 나를 찍었다마는 나는 너의 명수命數가 다된 것을 잘 알고 있다. 오늘 밤 안으로 너를 죽이러 왔다."

조조는 자지러지게 놀랐다. 큰소리로 외쳤다.

"호위하는 무사들은 다 어디로 갔느냐?"

그러나 목에서는 소리가 잘 나오지 않았다.

마취제를 쓴 의성 화타

검은 옷 입은 배나무 귀신은 칼을 뽑아 번쩍 조조의 목을 찍었다.

조조는 외마디소리를 지르고 벌떡 쓰러졌다.

깜짝 놀랐다. 눈이 떠졌다. 자세 살펴보니 현실이 아니라 꿈이었다.

가슴이 시원했다. 그러나 온몸엔 식은땀이 좍 흘렀다.

골치를 도끼로 찍어 패는 듯 아팠다.

날이 밝자, 조조는 전지傳旨를 내려 좋은 의원을 널리 구하라 했다.

명의라는 명의는 모두들 모여들었다. 화제를 내고 약을 달여서 썼다.

그러나 효험이 없었다. 모든 신하들은 근심과 걱정 속에 날을 보냈다.

화흠華歆이 들어와 조조한테 고했다.

"대왕께서는 신의神醫 화타華陀가 있는 것을 아십니까?"

"강동江東 의원 주태周泰란 사람 말인가?"

조조가 대답했다.

"옳습니다."

"이름은 익히 들었지만, 그 실력은 알 수 없네."

"화타의 자는 원화元化라 하는데 패국초군沛國譙郡 사람입니다. 의술이 고명한 것은 세상이 다 아는 일이올시다. 화타는 환자들의 병을 고칠 때 약으로 고치기도 하고, 침으로 고치기도 하고, 뜸을 놓아 고치기도 합니다. 그리고 더한층 용한 것은 오장五臟 육부六腑에 병이 들었을 때 약으로 효험을 보지 못하는 사람은 마폐탕麻肺湯[12]을 마시게 해서 환자가 취사醉死[13]한 듯 만들어 놓고 날카롭고 뾰족한 칼끝으로 배를 부개剖開한 후에 약탕으로 그 장부臟腑를 정하게 씻습니다. 이때 병자는 조금도 아프지 아니합니다. 말짱히 씻은 후에 약선藥線으로 창구瘡口를 꿰매고 그 위에 약을 펴서 붙인 후에 혹은 한 달, 혹은 이십 일간쯤 지내면 곧 평복이 됩니다. 그 신기 묘묘한 술법같이 수단이 높습니다. 하루는 그가 길을 가는데 노상에 한 사람이 쩔쩔매면서 신음하는 소리가 대단했습니다. 화타는 신음 소리만 듣고 단박 병명을 알아냈습니다. 음식이 내리지 아니해서 괴로우냐고 물으니 환자는 과연 그렇다 했습니다. 화타는 곧 마늘즙(蒜薺汁) 삼 승升을 달여 먹였습니다. 기막히지 아니합니까. 환자의 입에서는 길이 이삼 척尺이나 되는 뱀(蛇)이 나왔습니다. 이후부터 음식 소화가 잘되었다 합니다."

조조는 오장 육부의 속병을 약으로 다스리다가 아니 듣는 경우엔 마폐탕을 먹여 배를 가르고 약탕으로 장부를 씻은 후에 약선藥線으로 꿰매 합창시킨다는 말에 신기함을 금할 수 없었다.

"과연 용하군!"

감탄하는 말을 보냈다.

화흠은 다시 말을 계속했다.

"광릉廣陵 태수太守 진등陳登이 심번증心煩症이 있었습니다. 얼굴이 붉고 음식을 못했습니다. 화타의 용한 소문을 듣고 청해다가 약을 썼는데, 벌레를 서 되(三升)나 토했습니다. 모두 머리가 붉은데 꼬리를 흔들더랍니

---

12) 마폐탕 : 마포 만드는 삼을 주성분으로 해서 달인 한약이다. 화타는 벌써 삼국시대 때 마(삼) 속에 메사돈 같은 마취제를 사용했다.
13) 취사 · 취해 죽은 듯한 상태이다. 마취된 모습이다

다. 진등은 까닭을 물었더니, 이것은 생선 등 비린 음식을 많이 먹은 까닭이라 하더랍니다. 그는 또 예언까지 했습니다. 이 병이 오늘 낫기는 합니다마는 삼 년 후에는 재발이 될 텐데, 그때 가서는 구할 도리가 없소, 하고 잘라 말했다 합니다. 진등은 과연 삼 년 후에 죽었습니다."

조조는 희한하게 생각했다.

화흠의 말을 귀담아들었다.

"또 한 사람의 환자가 있었습니다. 미간眉間에 혹이 생겨서 주먹만했습니다. 가려워서 미칠 지경이었습니다. 화타를 청하여 의논하니 화타는 진찰한 후, 혹 속에 새 같은 것이 들어가 있소, 하고 말하더랍니다. 사람들은 모두 다 거짓말이라고 웃었습니다. 그러나 화타는 날카로운 칼끝으로 혹을 째니 혹 속에서는 황작黃雀이 풀싹 날아갔다 합니다. 그래서 그 후에 혹은 다시 생기지 아니했다 합니다."

화흠은 잠깐 숨을 돌리고 다시 말을 계속했다.

"또 재미있는 이야기가 있습니다. 어떤 사람이 개한테 발가락을 물렸습니다. 물린 곳에서 새살이 두 군데로 나왔는데 한 가닥은 몹시 아프고, 한 가닥은 가려워서 배겨 낼 수가 없었습니다. 화타는 진찰한 후에 가족들한테 설명하기를 아픈 살 속에는 바늘 열 개가 들어 있고, 가려운 곳에는 검은 바둑돌과 흰 바둑돌(黑白碁石) 두 개가 들어 있다 했습니다. 화타는 칼을 들어 째니 과연 바늘과 바둑돌이 나왔습니다. 이 사람은 실로 편작扁鵲 창공倉公의 유라 하겠습니다. 지금 금성金城에 살고 있다 합니다. 이곳에서 멀지 아니하니 대왕께서는 한번 불러 보시는 것이 좋겠습니다."

조조는 곧 밤을 도와 화타를 불러 진맥을 청했다.

화타는 한동안 조조의 몸을 진찰한 후에 병증病症을 말했다.

"대왕의 머리가 아프신 것은 풍중으로 인하여 머리가 패는 것같이 지독하게 아픕니다. 병의 뿌리가 뇌수腦髓까지 박혔으니 바람 증세와 담 증세를 걷어 내야 합니다. 이 병을 고치려면 탕약湯藥으로는 고칠 수가 없습니다. 저한테 치료할 방법이 있습니다마는 대왕께서 들으실는지 의문입니다."

"어디 방법을 들어 봅시다."

조조가 대답했다.

"먼저 마폐탕을 달여서 자신 후에 날카로운 도끼로 머리 뇌대腦袋 속에 가득히 들어 있는 바람 증세와 풍 증세를 걷어 내야만 병세는 거뜬하게 거근이 될 것입니다."

조조는 도끼로 머리를 뻐갠다는 말에 크게 노했다.

"네 이놈, 나를 죽이려 하느냐?"

조조는 화타를 향하여 버럭 소리를 질렀다.

"대왕께서는 소문으로 들어 아셨을 것입니다. 한수 정후 관왕께서는 독한 화살을 맞아 바른팔을 상하셨습니다. 그때, 저는 화살 속에 퍼진 독기를 빼느라고 살과 뼈를 긁어냈습니다마는 관왕께서는 조금도 두려운 빛이 없이 태연히 웃고 말씀하시면서 바둑을 두고 앉아 계셨습니다. 지금 대왕의 병환은 거기 대면 가벼운 병입니다. 어찌 그리 의심이 많으십니까?"

화타는 관왕을 치료하던 예를 들었다.

"팔뚝은 긁어낼 수가 있지만 두개골頭蓋骨을 어찌 뻐갤 수 있느냐? 네 이놈 관왕과 가까운 사이라 하니, 이 기회를 타서 나를 죽여 관왕의 원수를 갚자는 것이로구나."

조조는 화타를 또 한 번 꾸짖고 좌우 시자를 불렀다.

"네, 이놈을 옥에 내려 가둔 후에 단단히 고문拷問해서 그 정실情實을 파악하라."

시자들은 화타를 조조 앞에서 끌어내렸다. 등을 밀어 옥에 가두었다.

모사 가후가 소문을 듣고 조조한테 들어와 간하였다.

"화타 같은 양의良醫는 세상에 짝을 구하기 어려운 인물이올시다. 죽여서는 아니 됩니다."

조조는 가후를 향하여 벌컥 소리를 질렀다.

"이놈은 전에 어의御醫로 있던 길평吉平과 같은 놈일세. 기회를 타서 나를 해치려는 놈인데 살려 둔단 말인가?"

조조는 옥 맡은 관원을 불렀다.

"빨리 화타를 고문해서 실정을 토하게 하라."

화타는 날마다 악한 고문을 당했다. 화타는 조조를 죽일 마음은 손톱 끝만큼도 없다는 뜻을 말했다.

그러나 그의 말은 통하지 아니했다.

형리들은 악한 고문으로 거짓말 자백을 받아서 기어코 화타를 죽이려 했다.

옥리 중에 오吳 압옥押獄이라 부르는 사람이 있었다.

그는 화타의 의술과 인격을 존중했다.

날마다 사람이 보지 않는 틈을 타서 가만히 술과 음식을 대접했다.

화타는 항상 오 압옥을 은혜롭게 생각했다.

하루는 조용히 오 씨한테 말했다.

"나는 결국 죽을 사람인데 아무 여한이 없소이다마는, 다만 한 가지 원통한 일이 있소. 나의 의술의 비결인 『청낭서靑囊書』를 세상에 전하지 못하고 가는 것이 한이오. 나는 항상 공의 후하신 덕을 받았소이다. 그러나 갚을 길이 없소. 내가 우리 집에 편지 한 장을 써서 『청낭서』를 가져오게할 테니, 편지 전해 줄 사람을 구해 주시오. 당신한테 『청낭서』를 넘겨서 나의 술법을 전해 주리라."

"감사합니다. 저에게 청낭 비결을 주신다면 저는 당장 옥사정, 이 직업을 버리고 의원이 되어 선생의 덕을 천하에 전하오리다."

압옥押獄 오 씨는 곧 종이와 벼루를 구해서 화타한테 바쳤다.

화타는 아내한테 『청낭서』를 보내라는 편지를 썼다.

압옥 오 씨는 자기 자신이 직접 금성金城으로 가서 화타의 아내를 만나 보고 『청낭서』를 찾아서 화타한테 전했다.

화타는 일일이 『청낭서』를 살펴본 후에 오 씨에게 전했다.

"이 책이 세상에 전해져 나의 의술로 영원히 이 세상 모든 사람들의 생명을 구하도록 해 주시오."

오 씨는 감격했다. 두 번 절하고 『청낭서』를 받았다.

"삼가 갸륵하신 뜻을 받들어 미력을 다하겠습니다."

압옥 오 씨는 화타가 주는 『청낭서』를 품에 품고, 집으로 돌아가 아내에게 말하고 감추어 두게 했다.

조조는 기어이 화타를 죽이려 했다.

열흘 뒤에 화타는 필경 옥중에서 죽었다.

압옥 오 씨는 관곽을 사서 화타의 시체를 염하여 양지를 가려 장사 지낸 후에 옥리 구실을 버리고 집으로 돌아갔다.

오 씨는 집에 돌아가자 먼저 『청낭서』를 보고 싶었다.

아내와 함께 『청낭서』 두었던 문갑을 열어 보니 책은 온데간데없었다.

오 씨는 깜짝 놀랐다. 가슴이 뚝 떨어졌다. 급히 아내 있는 곳을 찾았다.

기막혔다. 아내는 뒷마당에서 화타의 『청낭서』에 불을 질러 태우고 있었다.

"이것 웬 짓이오?"

오 씨는 소리를 치며 달려들었다.

활활 불이 붙는 책을 급히 빼앗았다.

전권全卷은 다 타 버리고 다만 한두 장이 겨우 성하게 남아 있을 뿐이
었다.

압옥 오 씨는 격분했다.

"도대체 이 미친년아, 이게 무슨 짓이냐?"

아내는 눈물을 머금고 말했다.

"『청낭서』 좋은 의서가 소중한 책인 것을 모르는 바 아닙니다. 그러나
당신께서 이 책을 보고 배워서 제2의 화타 선생이 된다면 다만 옥중에 비
명횡사할 운명이 남아 있을 뿐입니다. 그러하니 이 책을 사르지 아니하고
어찌하겠습니까?"

아내는 눈물까지 흘렸다.

압옥 오 씨도 아내를 더 꾸짖을 수 없었다.

몇 번인지 애운하게 탄식을 할 뿐이었다.

이 까닭에 『청낭서』는 세상에 전하지 못하고 다만 돼지와 닭을 고아서
상한병傷寒病을 고치는 작은 법이 타고 남은 한두 장에 남아서 세상에 전
할 뿐이었다.

후세 시인은 시를 지어 탄식했다.

華陀仙術比長桑

神識如窺垣一方

惆悵人亡書赤絕

後人無復見靑囊

화타의 의술은

장상군長桑君[14] 같고

신통한 학식은

천기天機의 한쪽을 알았다.

슬프다, 사람 없어지고

글마저 끊어졌다.

뒷사람 다시

청낭靑囊을

보지 못하네.

한편 조조는 화타를 죽인 후에 병세는 더욱 중했다.

여기다가, 강동 손권과 한중 유비 같은 대적을 두고 천하를 통일하지 못하니 초조한 마음이 보통이 아니었다.

이리저리 궁리가 많은 중에 근신近臣이 들어와 아뢰었다.

"동오 손권이 사신을 보내서 상소를 올립니다."

조조는 시자가 올리는 손권의 글을 뜯어보았다.

신 손권은 하늘 명이 주상께로 돌아간 것을 벌써부터 잘 알고 있습니다. 엎드려 바라옵건대 빨리 대위大位를 바로 하시고 장수를 보내시어 유비를 소멸하시어 양천兩川을 소탕하시옵소서. 신은 곧 아랫것들을 거느리고 땅을 바쳐 항복하겠습니다.

---

14) 장상군 : 춘추전국 때 사람. 의학에 정통했다. 편작이 비범한 사람인 것을 알고 품속의 약과 비방을 주었다.

조조는 손권의 글을 본 후에 깔깔 웃고 군신한테 내주며 말했다.

"이 애가 나를 화로 위에다가 올려 앉히는 수작이로구나. 하하하하."

시중侍中 진군陳群이 아뢰었다.

"한실漢室은 쇠잔한 지 이미 오래고, 전하의 공덕은 날로 높아서 생령生靈들의 우러러 바라는 마음 대단합니다. 이제 손권이 신이라 하여 명에 돌아왔으니, 이것은 하늘 뜻과 사람의 마음이 응해지는 일이요, 달리했던 모든 기운이 가지런하게 화해지는 소리올시다. 전하께서는 하늘마음에 응하시고 사람의 뜻을 순하게 받으시어 빨리 대위大位에 나가십시오."

조조는 껄껄 웃었다.

"내가 한을 섬긴 지 여러 해에 비록 공덕이 백성한테 미쳤다 하나 지위가 왕에까지 이르니, 명작名爵이 이미 극진했는데, 어찌 감히 다른 뜻이 있겠소? 진실로 천명이 고孤한테 있다면 고는 주周 문왕文王이 되겠소."

사마의司馬懿가 아뢰었다.

"지금 손권이 이미 칭신稱臣을 하여 귀부歸附하는 뜻을 표했습니다. 주상께서는 그에게 벼슬을 내리시어 작위를 봉하신 후에 유비를 대항해 막게 하시옵소서."

조조는 사마의의 말을 좇았다.

손권을 봉하여 표기驃騎 장군將軍 남창후南昌侯에 형주목荊州牧을 영령領하게 하고 즉일 사신으로 조칙詔勅을 받들어 강동으로 가게 했다.

세상을 떠나는 간웅 조조

조조의 병세는 점점 더했다. 하루는 밤에 꿈을 꾸는데 말 세 필이 외양간에서 구유통을 함께하여 말죽을 먹고 있는 꿈을 꾸었다.

새벽에 가후가 문안을 들어왔다.

조조는 가후한테 물었다.

"내가 지난밤에 말 세 필이 구유통을 함께하여 말죽 먹는 꿈을 꾸었는데 그때 의심하기를 마등馬騰의 부자가 화가 된다고 생각했던 것이오. 지금 마등이 이미 죽었는데 간밤에 다시 세 필 말이 구유통을 함께하는 꿈을 꾸었으니, 이 꿈의 길흉吉凶이 어떠하오?"

"대왕 녹마祿馬는 길조올시다. 녹마가 밥통을 차지했으니 얼마나 길한 꿈입니까? 주상께서는 의심하실 것이 없습니다."

조조는 이 뒤로부터 다시 의심하지 아니했다.

뒤에 시인이 있어 시를 지어 조조를 조롱했다.

三馬同槽事可疑
不知已植晋根基
曹瞞空有奸雄略
豈識朝中司馬師

세 필 말이 구유통을 함께했네.

진나라 뿌리와 터전

심어진 줄 아는 이 없다.

조조는 부질없이

간웅의 방략을 가졌다 하나

조정 안에

사마사 있는 것을

알지 못했네.

이날 밤에 조조는 침실에 누웠는데 삼경 때쯤 되어 현기가 대단했다.

잠을 이룰 수 없었다. 궤에 의지하여 잠을 청했다.

홀연 비단을 찢는 듯한 소리가 공중에 일어나며 전중殿中이 소란했다.

깜짝 놀라 허공을 바라보니 복伏 황후皇后, 동董 귀인貴人, 두 황자皇子와 복완伏完, 동승董承 등 20여 명이 온몸에 피투성이가 되어 수운愁雲 속에서 외쳤다.

"내 목숨을 다오."

"조조야, 내 생명을 내놓아라."

"이놈, 조조야, 내 목을 내놓아라."

조조는 급히 칼을 뺐다. 공중을 향하여 찍었다.

돌연 벼락 치는 소리가 서남편 전각에서 일어나면서 조조의 앉은 침상이 뒤엎지는 듯 울렸다.

조조는 깜짝 놀라 침상 위로 쓰러졌다.

옆방에 있던 근시들이 우르르 달려들어 조조를 별궁別宮으로 모시어 옮겼다.

다음 날 밤이 되었다. 또 괴이한 일이 일어났다.

전각 밖에서 남녀의 곡성이 처절하게 일어나면서 밤새도록 울었다. 조조는 무섭고 두려웠다. 잠을 이룰 수 없었다.

새벽이 되었다. 조조는 정원에 영을 내려 만조백관을 불렀다.

조조의 병세가 위급하다는 말을 듣고 모든 신하들은 걸음을 빨리하여 위왕魏王의 궁으로 들어갔다.

조조는 군신들을 바라보자, 시자에게 부축되어 나직이 말했다.

"과인이 전쟁터에 말을 달린 지 삼십여 년에 괴상한 미신을 믿어 본 적이 없다. 그러나 오늘날 어찌해서 이같이 내 마음이 약해졌는지 모르겠다."

군신 속에서 한 사람이 아뢰었다.

"대왕께서 도사道士를 부르시어 초醮를 베풀어 양법禳法을 닦도록 하십시오."

조조는 신한테 빌란 말을 듣고 가만히 한숨지어 탄식했다.

"성인이 말씀하기를 죄를 하늘에 얻은 자는 빌어도 소용이 없다 하였네. 나는 천명이 이제 다했는데 빈들 무슨 효험이 있겠나?"

조조는 설초設醮하는 일을 허락하지 아니했다.

다음 날이 되었다. 조조는 기운이 상충上沖 되었다. 눈에 열기가 띠어 물건이 잘 뵈지 않았다.

급히 하후돈夏侯惇을 불렀다.

돈이 전문에 당도했을 때 홀연 복 황후, 동 귀인 그리고 두 황자와 복완, 동승 등이 음침한 구름 속에 서 있는 모습이 보였다.

하후돈은 깜짝 놀라 땅에 엎어졌다.

좌우는 급히 하후돈을 붙들어 일으켰다.

하후돈은 이때부터 병을 얻었다.

조조의 병세는 점점 더했다. 마침내 다시 일어나지 못할 것을 스스로 직감했다. 조홍曹洪, 진군陳群, 가후, 사마의司馬懿 들을 불러 병상 앞으로 모이게 했다.

"나의 명은 다한 것 같다. 그대들에게 후사를 부탁한다."

조홍이 머리를 조아 올리며 아뢰었다.

"대왕께서는 옥체를 보중하십시오. 환우는 곧 소복이 되시어 기력이 다시 평정하실 것입니다."

조조는 눈에 기운을 모아 말을 꺼냈다.

"내가 천하를 종횡縱橫한 지 삼십여 년에 모든 영웅호걸을 다 진압해 버렸고, 다만 강동 손권孫權과 서촉 유비劉備를 소탕하지 못했다. 나의 병이 위독하여 다시 일어날 길이 없다. 경들은 나를 어여삐 생각하여 집안일을 돌봐 주기 바란다."

군신들은 고개를 숙여 눈물을 머금었다.

"나의 장자長子 조앙曹昂은 유劉 씨氏의 소생인데, 불행하게 완성完城 싸움에 죽었고, 지금 변卞 씨氏는 네 아들을 낳았는데, 비丕와 창彰과 식植과 웅熊 네 형제다. 내가 평생에 사랑하기는 셋째 아들 식植이었다. 그러나 위인이 성실성이 적고 술을 좋아하여 방종放縱하다. 이러므로 내 뒤를 잇게 할 수 없다. 둘째 창彰은 용맹은 있으나 꾀가 없고, 넷째 웅熊은 병이 많아서 보존하기 어렵고, 다만 장차 비丕는 성품이 돈후하고 공손하여 나의 사업을 계승할 만하다. 경 등은 잘 도와주라."

조홍의 무리들은 울면서 명을 받았다.

조조는 다시 근시近侍하는 시녀를 불렀다.

평일에 소중하게 감추어 두었던 좋은 향香을 모든 시녀에게 나누어 주면서 당부했다.

"내가 죽은 후에 너희들은 부지런히 여공女工을 배워서 길쌈하고 신을 삼아 돈을 벌어서 자족자급自足自給하는 생활을 하도록 하라."

조조는 다시 첩들을 불렀다.

"너희들은 동작대銅雀臺에 나의 상청을 만들고 상식上食을 올릴 때마다 여기女妓들을 불러서 주악奏樂을 하게 하라."

조조는 다시 명을 내렸다.

"창덕부강무성彰德府講武城 밖에 의총疑塚 칠십이 처處를 만들어, 뒷세상 사람들이 나의 장사 지낸 곳을 알지 못하게 하라."

조조는 뒷사람들이 자기의 시체를 파헤칠까 두려웠던 모양이었다.

조조는 모든 유언을 마치자 장탄일성長歎一聲에 눈물이 비 오듯 쏟아졌다.

이윽고 기절이 되어 죽으니 나이 66세였다.

때는 건안 25년 춘 정월의 일이었다.

시인은 업중가鄴中歌 한 편을 지어 일세의 간웅으로 천하를 뒤흔들었던 난세亂世의 영웅 조조를 탄식했다.

鄴郡鄴城水漳水

定有異人從此起

雄謀韻事與文心

君臣兄弟而父子

英雄未有俗胸中

出沒豈隨人眼底

功首罪魁非兩人

遺臭遺芳本一身

文章有神霸有氣

豈能苟爾化爲群

橫流築臺距太行

氣與理勢相低昂

安有斯人不作逆

小不爲霸大不王

霸王降作兒女鳴

無可奈何中不平

請禱明知非有益

分香未可謂無情

嗚呼古人作事無鉅細

寂寞豪華皆有意

書生輕議塚中人

塚中笑爾書生氣

업군, 업성에 물 이름은 장수,
이곳에 이인이 일어났네.
웅장한 꾀와 운치 있는 일
문심文心에서 우러났고
임금과 신하는 다른 이 아니라
형제와 부자간이었다.
속된 사람들
영웅을 어찌 알랴.
들고나는 일

보통 사람 모르네.
공 있는 일도 제일, 죄진 일도 괴수,
유취만년, 유방백세.
모두 다 한 사람의 것
글도 잘하고 패기도 있었다.
어찌 속된 무리와
짝할 수 있으랴.
강을 막아, 대를 싸서
하늘에 대항하고
기운과 이세를 따라
높이기도 하고
굽히기도 했네.
이 사람, 어찌
역적질을 아니했겠소.
적으면 패(覇)가 되고
크면 왕 노릇도 했겠소.
왕 노릇을 하자 하니
아녀자들 울렸구나.
어찌할 수 없네,
마음속, 그 불평들은.
더 살자고 비는 일
무익함을 깨달았고,
여자에게 향 나누다
무정 탄 말, 못하리라.

어허 옛사람의

크고 작은 일 하는 법,

적막, 호화간에

모두 다 뜻이 있다.

서생들아, 가볍게

총중인塚中人을

평하지 마소.

무덤 속 사람은

자네네,

서생기書生氣를,

웃고 있네.

조조가 운명하니 문무백관들은 일제히 모여 방성대곡하며 발상發喪 거애擧哀하고, 일변 사람을 업군鄴郡으로 보내서 세자世子 조비曹丕와 언릉후鄢陵侯 조창曹彰, 임치후臨淄侯 조식曹植, 소회후蘇懷侯 조웅曹熊한테 상사를 기별한 후에 금관金棺 은곽銀槨 유소보장流蘇寶帳 호화찬란한 상여를 메어 낙양에서 밤을 도와 업군으로 향했다.

조비는 아버지 조조가 돌아갔다는 말을 듣고 방성통곡하면서 대소 관원과 함께 업성 10리 밖까지 나가 길에 엎드려 영구를 맞이했다. 상여가 입성한 후에 편전에 정구停柩하고 조비는 백관들과 함께 상복을 입어 애끓는 울음을 울었다.

한동안 곡성이 낭자했을 때 한 사람이 출반하여 외쳤다.

"세자께서는 잠깐 슬픔을 진정하시고 큰일을 의논하십시오."

모두들 눈을 들어 보니 중서자中庶子 사마부司馬孚였다.

사마부는 말을 계속했다.

"위왕께서 홍서薨逝하시매 천하는 진동할 것입니다. 빨리 사왕嗣王을 세워서 중심衆心을 안정시키십시오. 울고만 있을 때가 아닙니다."

여러 사람들이 일제히 대답했다.

"세자께서 사위嗣位에 나가실 것은 당연한 일이라 생각되오. 다만 천자의 조칙을 아직 받들지 못했으니, 별안간 즉위 예식을 거행하기 어렵소이다."

병부兵部 상서尙書 진교陳矯가 나와서 큰소리로 외쳤다.

"왕께서 밖에서 돌아가셨고, 사랑하시던 애자愛子가 사사로이 왕위에 나간다면 피차간 변이 생겨서 사직이 위태로울 것이다. 오늘로 사제께서는 사위에 나아가셔야 합니다. 만약에 이론을 캐는 자가 있다면 이와 같이 처결하리라."

진교는 허리에 찬 칼을 뽑아 자신의 소맷자락을 후려쳐 끊었다.

백관들은 송구스런 마음을 금할 수 없었다. 모두 다 벌벌 떨었다.

조비는 위왕이 되고

때마침 화흠華歆이 허창許昌에서 급히 말을 달려왔다.

모든 사람들은 깜짝 놀랐다. 달려온 뜻을 물었다.

"어찌 급히 오셨소?"

"지금 위왕께서 훙서하시매, 천하는 진동하여 인심이 안정되지 아니하오. 어찌해서 세자를 왕위에 오르게 하지 아니하오?"

여러 사람들이 대답했다.

"아직 천자의 조칙을 받들지 못해서 서로들 의논하는 중이외다. 왕후 변卞 씨氏의 자지慈旨를 받들어 세자를 왕위에 나가시게 할까요?"

화흠은 껄껄 웃으며 대답했다.

"나는 벌써 황제의 조칙을 받들어 지금 가지고 왔소이다. 여러분들은 염려 마시오."

화흠은 품 안에서 황제의 조칙을 꺼내서 여러 사람 앞에 읽었다.

원래 화흠은 조조를 섬긴 까닭에 헌제한테 핍박해서 조서詔書를 내린 것이었다.

헌제는 화흠의 말에 좇아 조비로 위왕을 삼고 승상에 기주목冀州牧을 겸임시키는 지령을 내렸다.

조비는 당일로 위 왕위에 올라 대소 관료의 조하를 받고, 크게 연회를 차려 경하하는 잔치를 열었다.

한창 잔치가 흥겨웠을 때 장군 한 사람이 급한 보고를 가지고 들어왔다.

"언릉후鄢陵侯 조창曹彰이 장안長安에서 군사 십만을 거느리고 업성으로 향해 온다 합니다."

조비는 대경실색했다. 얼굴이 새파래졌다.

모든 신하를 향하여 물었다.

"황수소제黃鬚小弟가 평일 성미가 강장한 중에 무예에 정통한데, 지금 군사를 거느려 멀리 온다 하니 필연코 나와 왕위를 다투려는 배짱이다. 어찌하면 좋겠소?"

뜰아래서 한 사람이 소리치며 나왔다.

"신이 언릉후를 찾아보고 한 말씀 올려서 그의 그릇된 생각을 꺾어 놓겠습니다."

모든 사람들이 일제히 말했다.

"옳소. 과연 대부大夫가 아니면 이 화를 면케 할 사람이 없소."

조비가 바라보니 간의대부諫議大夫 가규賈逵였다.

조비는 크게 기뻐했다. 곧 가규를 보내서 성에 나가 조창을 맞아들이라 했다.

창은 성 밖에서 가규를 보자 먼저 물었다.

"선왕先王의 옥새는 어디 있소?"

가규가 정색하고 대답했다.

"집에는 장자長子가 있고, 나라에는 세자世子가 있는 법이외다."

"선왕의 옥새는 군후君侯의 물어볼 바가 아닙니다."

창은 묵연히 말이 없었다.

가규는 창을 인도하여, 성안으로 들어왔다.

가규와 조창은 궁문宮門 앞에 당도했다.

가규가 물었다.

"군후께서 이곳에 오신 것은 분상奔喪을 하러 오셨습니까? 왕위王位를 다투러 오셨습니까?"

창이 대답했다.

"나는 분상을 하러 왔소이다. 별로 다른 뜻은 없소."

가규는 다시 얼굴빛을 고치며 물었다.

"군후께서 다른 뜻을 갖지 아니하셨다면 무슨 까닭에 장수와 군마들을 거느려 성안으로 들어오셨습니까?"

창은 할 말이 없었다.

"물러들 가거라."

곧 좌우에 있는 장수들을 물리쳤다.

가규는 비로소 창을 안으로 데리고 갔다.

창은 조비한테 절하여 뵈었다. 형제 두 사람은 서로 껴안고 방성대곡을 했다.

조창은 거느리고 온 10만 대병을 조비한테 넘겼다.

조비는 창에게 언릉에 돌아가 지키라 했다. 창은 명을 받아 돌아가니 이로부터 조비는 평안히 왕위에 있게 되었다.

조비는 건안 25년의 연호를 버리고 연강延康 원년元年이라는 연호를 썼다. 가후로 태위太尉를 봉하고, 화흠으로 상국相國을 삼고, 왕랑에게 어사대부御史大夫를 제수하고, 대소 관리를 상 주어 승작시킨 후에 조조의 시호諡號를 무왕武王이라 했다.

조비는 아버지 조조를 업군鄴郡 고릉高陵에 장사 지내고 우금于禁으로 산릉 감독관을 임명했다.

우금이 조비의 명을 받들어 능옥陵屋 안으로 들어가 보니, 사면은 백분

白粉으로 발랐고, 백벽白壁에는 휘황찬란한 전쟁도戰爭圖 한 편이 그려져 있었다.

우금이 자세히 보니 관운장이 물로 7군七軍을 무찔렀을 때, 우금 자기를 사로잡던 그림을 그대로 그려 놓았다.

우금의 얼굴이 화끈하게 달았다.

관운장은 엄연한 자세로 위풍이 늠름하게 상좌에 앉아 있고, 방덕龐德은 항의불굴抗義不屈하면서 꿋꿋이 관운장한테 버티고 있었다. 그러나 우금 자신은 땅에 엎드려 애걸하면서 살려 달라고 애걸해 비는 모습을 그려 놓았다.

방덕과 자기의 행동을 대조해서 그려 놓았다.

우금은 가슴이 떨어지고 입이 말랐다. 정신이 아찔했다. 부끄러움을 금할 수 없었다.

원래, 조비는 우금이 패해서 사로잡힌 후에 절개를 지켜 죽지 못하고, 관운장한테 항복한 후에도 다시 돌아온 우금을 더럽게 생각했다. 화공을 시켜 벽화를 그리게 하고, 일부러 우금으로 산릉 감독관을 시켰던 것이었다.

우금은 이 그림을 본 후에 부끄러움을 금할 수 없었다. 이내 병이 들어 죽어 버렸다.

조자건의 7보 작시

조비曹操의 아우 조창曹彰이 장안에서 거느리고 온 10만 대병을 싸워 보지도 못하고 조비한테 바치고 죽음을 면해 언릉鄢陵으로 돌아간 후에 상국 화흠이 조비한테 아뢰었다.

"언릉후는 군마를 대왕께 바치고 천명天命에 순응했습니다마는 임치후臨淄侯 식植과 소회후蕭懷侯 웅熊은 분상奔喪도 하지 아니하니 당연히 문죄를 하시어 기강을 바로잡으셔야 합니다."

조비는 화흠의 말을 좇아 사신을 두 곳으로 보내서 분상하지 아니한 죄를 물었다.

조비의 막내 동생 웅은 더럭 겁이 났다. 목을 매어 자살을 해 버렸다.

사신은 할 수 없이 돌아와 사실을 고하니, 조비는 웅에게 직위를 한 등 올려서 소회후蕭懷侯를 소회왕蕭懷王으로 봉하여 증직贈職해 주었다.

하루 뒤에 임치후 조식한테로 갔던 사신이 돌아왔다.

"임치후는 날마다 그의 신하 정의丁儀, 정이丁廙 형제와 한때 술 마시기에 패만悖慢하기 짝이 없습니다. 신이 칙명을 받들어 임치에 당도하니, 조식은 까딱도 아니하고 단좌부동端坐不動했습니다. 그의 신하 정의는 옆에서 신을 보고 독한 욕설이 대단했습니다. 선왕先王께서는 본시 우리 주인 어른으로 세자를 봉하려 하셨는데, 간신들이 좌우에서 둘러싸고 세자를 금상今上한테 옮긴 것이다. 이제 상을 당한 지 얼마 아니 되어 골육지간에 문죄까지 하니, 너무 지나친 수작이라고 신을 개 꾸짖듯 했습니다. 그리하 옵고, 그의 아우 정이는 덩달아 저를 욕했습니다. 우리 주인의 총명은 온 세상을 진동하는 분으로 대위大位에 오르시는 것이 당연한 일인데, 조비 무능한 사람을 왕으로 세워 놨으니, 너희들 묘당廟堂의 신하들은 어찌 그 리 인재를 몰라보느냐 하고 신을 막 호통했습니다. 뿐만 아니라 임치후는 성이 꼭두까지 나서 무사들을 보고 신을 두들겨 내치라 했습니다. 무사들 은 몽둥이로 신의 머리를 어지럽게 때려 내쫓았습니다."

조비는 크게 노했다. 곧 허저한테 영을 내렸다.

"허저는 호위군虎衛軍 삼천 명을 거느리고 빨리 임치로 가서 조식의 무 리를 잡아 대령하라."

허저는 명을 받들어 임치로 풍우같이 달렸다. 수문장이 막고 들이지 아 니했다.

허저는 한칼에 수문장의 목을 베고 곧 성중으로 들어갔다.

허저의 용맹을 감히 당해 내는 사람이 없었다.

허저는 칼을 빼 들고 조식이 거처하는 전각으로 뛰어들었다. 조식은 정 이, 정의와 함께 술이 취해서 코를 골고 있었다.

허저는 꽁꽁 묶어서 수레에 실어 업군鄴郡으로 향했다.

조비는 먼저 정의丁儀 형제를 목 베어 저자에 효수시켰다.

정의의 자는 정례正禮요, 정이의 자는 경례敬禮라 불렀다. 패군沛郡 사람 으로 형제가 모두 글 잘한다는 문명文明이 높았다.

죽음을 당하니 사람들은 모두 아깝게 생각했다.

이때 조비의 어머니 변卞 씨氏는 막내아들 조웅曹熊이 목매어 죽었단 말 을 듣고 비창한 마음을 억누를 길 없던 차에 또다시 조식이 잡혀 오고 그 의 신하 정의 형제를 육시 처참했다는 소식을 듣자 깜짝 놀랐다.

급히 전殿에 나가 조비를 청하여 서로 보았다.

조비는 어머니가 나온 것을 보자 황망히 상에 내려 절하여 뵈었다.

변 씨는 울면서 조비한테 일렀다.

"네 아우 식植은 평생에 술을 좋아하고 성정이 소탈한 아이다. 너무 재주가 지나치게 많아서 제 재분만 믿고 방종한 짓을 하는 아이다. 너는 동포의 정을 생각해서 목숨을 보전해 주어라. 그래야 내가 저승에 가서라도 눈을 감겠다."

조비는 어머니의 말씀을 받았다.

"저 역시 그 애의 재주를 깊이 사랑합니다. 차마 어찌 죽이겠습니까. 허탕방탕한 그 성미를 좀 고쳐 주려고 합니다. 어머님께서는 과히 근심 마십시오."

변 씨는 눈물을 씻으며 안으로 들어갔다.

조비는 조식을 부르라고 시자한테 분부를 내렸다.

화흠이 물었다.

"아까 나오신 분이 태후太后가 아니십니까?"

조비는 고개를 끄덕였다.

"그렇소."

"전하께 자건子建을 죽이지 말라고 떼를 쓰시러 나오신 것이 아닙니까?"

"그러하오."

"자건은 재주가 있고 지혜가 많은 사람이니, 언제나 못 속에 서려 있을 물건(池中物)이 아니올시다. 일찍 제거하지 아니하면 반드시 후환이 생길 것입니다."

"어머님 말씀이 지중하시니 어길 수가 없구려."

"사람들이 말하기를 자건은 운자만 부르면 시를 즉석에서 짓는다고 떠들어 맵니다. 그러나 믿을 수 없는 말이올시다. 부르시어 재주를 한번 시험해 보십시오. 만약 출구성장出口成章을 못한다면 죽여 버리시고, 곧 글을 짓는다면 살려 주시어 천하문인天下文人들의 입을 막게 하시는 것이 좋겠습니다."

"그것 좋은 수요."

조비는 웃으며 화흠의 말에 찬성했다.

"식을 불러들여라."

좌우의 시신한테 분부를 내렸다.

이윽고 조식은 시신한테 인도되어 조비의 용상 앞에 엎드려 황공한 태도로 절하고 죄를 청했다.

"그저 모든 죄를 사해 주십시오."

조식은 형한테 애걸했다.

"나는 너하고 정으로는 형제지간이요, 의로는 군신의 사이다. 너에게 명을 내린다. 듣거라, 아버님께옵서 생존해 계실 때 너는 항상 글을 잘 짓는다고 사람한테 자랑을 했다. 네가 차작借作을 한 것인지 정말 글을 잘 진 것인지 모르겠다. 지금 내가 운자를 낼 테니 일곱 걸음을 걷기 전에 능히 시 한 수를 지을 수 있겠느냐? 네가 능히 칠보시七步詩를 짓는다면 죽음을 면할 것이고, 짓지 못한다면 반역한 죄에 시 못 짓는 죄를 더해서 결코 용서치 아니하리라."

조비의 말을 듣자 조식은 흔연히 대답했다.

"글제를 내주십시오."

이때 전상殿上에는 수묵水墨으로 그린 한 폭 투우도鬪牛圖가 걸려 있었다.

두 마리 소가 토담土墻 밑에서 싸우다가 한 마리가 우물 속으로 떨어져 죽는 그림이었다.

조비는 그림을 가리키면서 말했다.

"이 그림을 글제로 하여 시를 지어 보라. 시 속에 소가 토담 아래 싸우는 문자를 사용해도 아니 되고, 우물에 빠져 죽었다는 글자를 써도 아니 된다. 알아듣겠느냐?"

식은 대답 없이 걸었다. 일곱 걸음을 채 걷기 전에 조식은 벌써 시를 지었다.

청을 높여 시를 불렀다.

兩肉齊通行

頭上帶凸角

相遇凹山下

欻起相搪突

二敵不俱剛

一肉臥土窟

非是力不如

感氣不泄畢

두 마리 고깃덩이

길을 가지런히 가는데

머리엔 철각凸角이 달렸다.

서로 요산凹山 밑에 만나서

홀연 싸움이 벌어진다.

두 대적은

다 함께 강할 수 없었다.

한 고깃덩이는

토굴 속으로 쓰러져 버린다.

힘이 부족한 것이 아닐세

기운을 다 쏟게 못함일세.

일곱 걸음째 조식의 시 읊는 소리는 뚝 떨어졌다.

조비 이하 모든 신하들은 조식의 재주에 모두들 깜짝 놀랐다.

조비는 조식을 향하여 또 말했다.

"칠보七步에 시를 짓는 일은 오히려 더디다 생각한다. 네 능히 내 말이 떨어지는 즉시 시를 짓겠느냐?"

"짓겠습니다. 글제를 내주십시오."

조식은 미소를 지어 고개를 번쩍 들고 형 조비를 바라보았다.

조비는 용상에 걸터앉아 조식을 굽어보며 말했다.

"나와 너는 형제간이다. 이 뜻으로 글제를 삼아서 시를 한번 지어 보라. 그러나 시 속에 '형兄' 자나 '제弟' 자를 넣고 지어서는 아니 된다."

"염려 마십시오. 아까 모양 '소 우牛' 자를 넣지 않고 소싸움을 표현하도록 하겠습니다."

식은 생각할 필요도 없는 듯 응구첩대로 시를 지어 불렀다.

煮豆燃豆箕

豆在釜中泣

本是同根生

相煎何太急

콩을 볶누나

콩깍지로 불을 질렀네.

뜨거워라, 콩은

가마솥 속에서 우네.

본시 한 뿌리에서 나온 몸,

왜, 이다지 급하게

볶아 대느냐.

조비는 조식의 자두연두기煮豆燃豆萁 시 읊는 소리를 듣자 산연히 눈물을 흘렸다.

어머니 변 씨가 전 뒤에서 말했다.

"형아, 어찌 그리 아우에게 심하게 구느냐?"

조비는 황망히 용상에서 일어나 어머니께 고했다.

"국법國法은 해할 수 없습니다."

조비는 말을 마치자 시신에게 명했다.

"조식의 지위를 강등降等해서 안향후安鄕侯로 봉하라."

조식은 절하여 하직을 고한 후에 말에 올라 임지任地로 떠나갔다.

조비가 조조의 뒤를 이어 왕이 된 후에 법령法令은 일신되어 위력으로 한제漢帝를 핍박하는 태도가 그의 아비 때보다도 더 심했다.

염탐꾼은 이 소식을 성도成都로 전했다.

한중왕 유비는 크게 놀랐다. 문무백관을 불러 의논하였다.

"조조가 죽은 후에 그 아들 조비가 왕위를 이어 위엄으로 천자를 핍박하는 품이 조조보다 심하고, 동오 손권은 공수칭신拱手稱臣하고 있으니 탄식할 일이다. 과인은 먼저 동오를 쳐서 운장의 원수를 갚고 다음에 중원中

原을 공벌하여 난신적자亂臣賊子를 제거하려고 한다."

한중왕의 말이 채 떨어지기 전에 요화廖化가 출반하여 울면서 아뢰었다.

"관공 부자 분이 해를 당하신 것은 실상인즉 유봉, 맹달의 죄올시다. 비옵니다. 이 두 놈을 주誅해 주십시오."

"두 놈을 잡아 오게 하라."

제갈공명이 옆에서 아뢰었다.

"불가합니다. 천천히 잡게 하십시오. 급하게 서두르면 변이 생깁니다. 이 두 사람의 벼슬을 높여서 군수郡守를 시키고 그들을 떼어 놓아 따로 있게 한 후에 잡아야 합니다."

맹달은 반하고 유봉은 복법되다

현덕은 공명의 말을 들었다. 곧 사람을 보내 유봉의 벼슬을 올려서 면죽綿竹을 지키라 했다.

원래 팽의彭義는 맹달과 사이가 두터운 사람이었다. 이 소문을 듣고 급히 집으로 돌아가 편지를 쓴 후에 심복을 시켜서 맹달한테 전했다.

사자가 남문 밖으로 나가려 할 때, 마초의 순라군한테 잡혔다. 순라군은 이 사실을 마초한테 고했다.

마초는 팽의를 찾았다. 팽의는 마초를 기쁘게 맞이하여 술을 대접했다.

술이 두어 순배 이르렀을 때, 마초는 팽의의 심중을 더듬어 보았다.

"전에 한중왕은, 그대를 대접하는 품이 심히 두터웠는데, 근자엔 박하게 대접하는 것이 무슨 까닭이오?"

팽의는 술이 취했다. 유비를 욕했다.

"노적老賊이 패만하니 반드시 나는 보복을 하겠소."

마초는 다시 더듬어 보았다.

"나 역시 유비한테 원심을 품은 지 오래요."

"공이 군사를 거느려서 맹달과 연락하여 외응外應이 된다면 나는 서천군사를 거느려서 내응內應이 되겠소이다. 이리한다면 큰일을 가히 도모하리다."

팽의의 말을 듣자 마초가 대답했다.

"선생의 말씀이 옳습니다. 내일 우리 다시 의논합시다."

마초는 팽의를 작별한 후에 잡은 사자와 글월을 가지고 한중왕한테 자세한 보고를 올렸다.

현덕은 크게 노했다. 곧 팽의를 잡아 옥에 내려 고문하게 했다.

팽의는 옥중에서 뉘우쳤으나 소용이 없었다.

현덕이 공명한테 물었다.

"팽의가 모반할 뜻이 있으니 어떻게 다스리면 좋겠소?"

"팽의는 비록 광사狂士라 하나 오래 두면 반드시 화가 생길 것입니다."

현덕은 팽의를 옥에서 죽게 했다.

팽의가 죽은 후에 사람이 맹달을 찾아가 이 일을 보했다.

맹달은 크게 놀랐다. 허둥지둥 마음이 달떴다.

이때, 한중왕의 사신은 유봉으로 면죽수를 봉하여 떠나게 했다.

맹달은 황급하게 상용上庸 방릉房陵 도위都尉 신탐申耽, 신의申儀 형제를 청하여 상의하였다.

"나는 본시 법정法正과 함께 공이 있는 사람인데 법정은 죽고, 한중왕은 나의 전공을 잊고 해를 끼치려 하니 어찌하면 좋겠소?"

신탐이 대답했다.

"나한테 한 계책이 있소이다. 이대로 한다면 한중왕은 감히 공을 해하지 못하리다."

맹달은 기뻤다.

"어떤 계책이오?"

급히 물었다.

신탐이 대답했다.

"우리 형제는 위魏에 몸을 의탁하려 한 지 오래되었소이다. 공은 한중왕한테 사표를 던진 후에 조비한테로 간다면, 그는 반드시 공을 중하게 쓰리다. 그리한다면 우리 형제도 뒤를 따르리다.”

맹달은 맹연히 깨달았다. 곧 사표 한 장을 써서 사자한테 전하고 밤에 50여 기를 거느리고 조비한테로 향했다.

한편 한중왕의 사자는 성도로 돌아가 한중왕한테 맹달의 사표를 올렸다.

현덕은 맹달의 사표를 읽고 크게 노했다.

“필부가 반하는데 내 어찌 답장을 써서 문자를 희롱하랴.”

곧 공명을 청하여 상의하였다.

“맹달이 반하여 조비한테로 가는 모양이니, 곧 군사를 거느려 잡는 것이 어떠하겠소?”

“유봉을 보내서 두 범이 서로 다투게 한 후에 유봉이 공이 있건 패하건 간에 성도로 오거든 잡아서 제거하시면, 두 사람을 다 한꺼번에 처치할 수 있습니다.”

현덕은 공명의 말을 좇았다. 곧 면죽으로 사신을 보내서 반해 달아나는 맹달을 치라 했다. 유봉은 군사를 거느려 맹달을 잡으러 나갔다.

한편 위왕 조비는 문무 군신의 조회를 받고 있을 때, 시종하는 근신이 아뢰었다.

“촉장 맹달이 항복하러 왔습니다.”

조비는 맹달을 불러들이라 했다.

맹달은 조비 앞에 항복하는 절을 올렸다.

조비는 맹달에게 물었다.

“네가 이곳에 온 것은 거짓 항복하러 온 것이 아니냐?”

맹달은 허리를 굽실거려 아뢰었다.

“신이 관운장을 구원하지 않은 까닭에 한중왕 유비는 신을 죽이려 합니다. 이리하여 군사를 거느려 항복합니다. 다른 뜻은 없습니다."

조비는 아직도 의심하고 있을 때 또다시 보고가 들어왔다.

"유봉이 오만 군사를 거느려 양양襄陽을 취하고 맹달을 잡으러 온다 합니다."

조비는 비로소 의심이 풀렸다. 맹달에게 명을 내렸다.

"네 과연 진심으로 항복한다면 양양으로 가서 유봉의 머리를 취해 오라. 그러한 후라야 바야흐로 네가 진심으로 항복하는 것을 믿으리라."

맹달이 아뢰었다.

"군사를 움직일 것 없이 신이 나가 이 혀로 말하여 유봉마저 항복하도록 하리다."

조비는 크게 기뻤다.

맹달에게 산기散騎 상시常侍 건무建武 장군將軍 평양平陽 정후亭侯에, 신성新城 태수太守를 명하고 양양과 번성을 지키라 했다.

원래 하후상夏侯尙과 서황徐晃은 전부터 양양에 있었다. 상용上庸의 모든 골을 취하려 할 때 맹달이 당도했다.

두 장수와 예를 마친 후에 유봉의 행동을 탐지하니 봉은 벌써 성 밖 20리허에 진을 치고 있다 했다.

맹달은 곧 글월을 쓰고 사람을 유봉한테 보내서 항복하기를 권했다.

유봉은 맹달의 글월을 보고 크게 노했다.

"이놈이 나의 숙질叔姪간의 의를 끊어 놓더니, 이번엔 또다시 우리 부자지간을 이간시켜서 나로 하여금 불충不忠 불효不孝의 사람이 되게 하려 하는구나."

유봉은 말을 마치자 맹달의 글을 찢어버리고 사신의 목을 벤 후에 다음 날 군사를 거느려 성 앞에 나가 싸움을 돋우었다.

맹달도 유봉이 자기의 글을 찢고 사신의 목을 벤 것을 알자 발연히 노했다.

"이놈이 이러할 수가 있나?"

크게 소리치며 군사를 거느려 성문 밖으로 나갔다.

두 편은 제각기 진을 둥글게 쳤다. 유봉은 문기門旗 아래 말을 세우고 칼을 번쩍 들어 맹달을 꾸짖었다.

"나라를 배반한 반적이 어찌 감히 어지러운 말을 하느냐?"

맹달도 지지 않고 대답했다.

"네 머리 위에는 염라대왕의 초패장이 곧 떨어지게 되었는데 고집만 하고 살피지 못하니 딱한 노릇이로구나."

맹달의 말이 채 떨어지기 전에 유봉은 말을 박차고 칼을 둘러 곧 맹달한테로 달려들었다. 3합이 되지 못하여 맹달은 말을 달려 패해 달아났다.

유봉은 쫓기는 맹달을 향하여 20리가량이나 추격했을 때, 돌연 좌우편에서 고함 소리 천지를 진동하면서, 좌편에는 하후상이 군사를 거느려 나오고 우편에는 서황徐晃이 짓쳐 나왔다. 뿐만 아니었다. 쫓겨 달아나던 맹달도 군사를 돌이켜 되몰아 나왔다.

세 편 군사가 단신인 유봉을 협공하니 유봉은 당해 낼 도리가 없었다. 크게 패해서 밤을 도와 상용上庸으로 달아났다.

그러나 등 뒤에는 위병魏兵이 계속해서 쫓아왔다.

유봉이 상용 성문 앞에 당도하여 큰소리로 성문을 열라 했다.

"성문을 열어라, 내가 왔다!"

그러나 성문은 열지 않고 성 위에서는 어지럽게 화살이 빗발치듯 쏟아졌다.

주인을 향하여 쏘는 화살이었다.

유봉은 화가 꼭두까지 뻗쳤다.

번쩍 고개를 들어 보니 신탐申耽이 문루 위에서 소리쳤다.

"나는 벌써 위魏에 항복했다. 이곳은 위의 영토다."

유봉은 활을 당겨 신탐을 쏘려 할 때 뒤에는 쫓아오는 적병이 바로 지척에 당도했다.

유봉은 하는 수 없었다. 박릉博陵을 바라보고 급히 말을 달렸다.

온몸에 땀이 비 오듯 흘렀다.

유봉은 죽을힘을 다하여 박릉에 당도해 보니 이곳에도 성 위에는 모두 위魏의 기치가 바람에 펄펄 날렸다.

신의申儀란 자가 문루에서 유봉이 오는 것을 보고 기를 들어 휘두르니 성 뒤에서는 일표 군마가 쏟아져 나왔다.

앞에 나오는 큰 기에는 우장군右將軍 서황徐晃이라 뚜렷이 써 있었다.

벌써 위의 땅이 된 모양이었다.

유봉은 적을 당해 낼 수가 없었다.

급히 서천西川을 바라보고 달아났다.

서황은 득세得勢를 가져 유봉의 뒤를 쫓으니 유봉의 군사는 죽고 상하는 자 많았다.

겨우 백여 기를 거느리고 성도로 들어가 한중왕께 통곡해 뵈었다.

현덕은 크게 노했다.

"욕된 자식이 무슨 낯짝을 들고 나를 보러 왔느냐?"

유봉은 계속해서 울면서 아뢰었다.

"숙부를 구원하지 못한 일은 소자의 죄가 아니오라, 맹달이 만류한 때문에 그같이 된 것이올시다."

현덕은 더한층 노했다.

"네가 흙으로 빚어 만든 사람이 아니고 나무로 깎아 놓은 목우木偶가 아닌 바에야 남의 말이라면 다 듣는단 말이냐? 남과 같이 밥을 먹고 남과 같이 옷을 입고 있는 명색이 사람인데, 사람으로서 어찌 그런 행동을 취할 수 있느냐?"

현덕은 좌우에 시립해 서 있는 무사를 불렀다.

"사람 같지 아니한 저놈을 내어다 참형에 처하라."

좌우의 무사들은 현덕의 양자 유봉을 끌어내어 참형에 처했다.

현덕은 유봉을 참한 후에 맹달이 초항招降할 때 말을 아니 듣고 글을 찢고 사신의 목을 베었다는 일을 추후에 들었다. 유봉 죽인 것을 뉘우치는 마음이 간절했다. 뿐만 아니었다. 항상 관공을 생각하는 마음이 간절해서 상심이 되어 몸이 쇠약했다. 이 까닭에 군사를 거느려 움직이지 아니했다.

한편 위왕 조비는 왕위에 나간 후에 문무 관료들에게 벼슬을 올리고, 상을 준 후에 30만 대병을 거느려 고향인 남국패현南國沛縣을 순시巡視하고 조상의 무덤에 소분掃墳하니, 시골의 부로父老들은 일제히 거리에 나와 길을 막고 술을 걸러 잔을 드려 하례했다.

마치 한漢 고조高祖가 고향인 패沛에 돌아왔을 때 축하하던 옛일을 본떠서 조비를 환영한 것이었다.

조비가 백성들의 환영을 받고 있을 때, 시자가 고했다.

"대장 하후돈夏侯惇의 병이 위독합니다."

비가 곧 업군으로 달려가 보니, 돈은 벌써 운명이 되어 세상을 떠났다.

조비는 창업創業을 도와준 하후돈의 큰 공을 생각하여 몸소 상복을 입고 후한 예로 안장安葬했다.

한제를 폐하고 조비가 위왕에 오르다

이해 8월에 위국魏國에는 좋은 상서의 조짐이 나타났다.

석읍현石邑縣에는 봉황鳳凰새가 내려와서 춤을 추고 임치성臨淄城에는 기린麒麟이 나타나고 업군에는 황룡黃龍이 나타났다.

중랑장中郞將 이복李伏과 태사승太史丞 허지許芝는 서로 의논하였다.

"요사이 종종 상서스런 조짐이 나타나니, 이것은 위魏와 한漢을 대체代替할 징조라 생각하오. 한제漢帝에게 천하를 위왕께 양여讓與하라 하는 것이 좋겠소."

두 사람은 서로 의논한 후에 화흠, 왕랑, 신비, 가후, 유이, 유엽, 진교, 진군, 환계 등 일반 문무 관료 40여 인과 함께 내전內殿에 들어가 헌제獻帝를 뵙고 위왕 조비한테 선위禪位할 것을 강박했다.

"엎드려 살피옵건대 위왕이 위에 오른 이래 덕은 사해四海에 펼쳐졌고, 어진 일이 만 가지 물건에 미쳐서 고금에 초월했습니다. 비록 당우唐虞의 시대라 하나 이에 지나지 못할 것입니다. 군신들이 회의하기를 한조漢朝는 이미 끝났다는 결론을 얻었습니다. 바라옵건대 폐하께서는 요순堯舜의 도를 본받으시어 산천山川과 사직社稷을 위왕한테 넘기시어 위로 하늘 뜻에 합하게 하시고 아래로 백성들의 뜻에 맞추도록 하신다면, 폐하께서는 앞으로 평안히 청한淸閒한 복을 누리실 테니 조종에 대하여 다행한 일이요, 생령生靈에 대하여 다행이라 하겠습니다. 신 등은 의논을 정하였으매,

특별히 나와서 아뢰어 청하옵니다."

헌제는 깜짝 놀랐다. 한참 동안 말이 없다가 백관들을 향하여 울며 말했다.

"고조高祖께서 삼 척 검劍을 들어 백사白蛇를 참하신 후에 의를 일으켜 진秦을 평정하시고 초楚를 멸하시어 기업을 창조하여 대대로 황통을 전하신 지 사백 년이 되었다. 짐朕이 비록 재주 없으나 처음부터 잘못한 악한 일은 한 일이 없는데 어찌 조종의 대업을 등한하게 버리겠는가? 너희 백관들은 다시 공변되게 의논하라."

화흠이 이복과 허지를 인도하여 헌제 앞에 가깝게 나가 아뢰어 말했다.

"폐하께서 아까 아뢴 신들의 말씀을 믿지 아니하신다면 이 두 사람의 말씀을 들어 보십시오."

이복이 아뢰었다.

"위왕이 즉위한 이래, 기린이 나타나고 봉황이 춤을 추고 황룡이 출현되고 가화嘉禾가 우거지고 감로甘露가 내렸습니다. 이것은 모두 상천上天께서 상서를 보여서 위가 한을 대신하게 하는 징조올시다."

이복李伏의 말이 끝나니 허지許芝가 또 아뢰었다.

"신 등의 직책은 천문天文을 맡아보는 일입니다. 밤에 건상乾象을 바라보니 화덕火德으로 천하를 어거하시었던 염한炎漢의 기수氣數가 이제는 끝났습니다. 그리하옵고, 폐하의 별은 숨어서 보이지 않는 중 위국의 건상은 하늘과 땅 사이에 기운이 가득하여 이루 다 형언해 말할 수 없습니다. 뿐만 아니라 도참圖讖에도 나타났습니다. 참서讖書에 적혀 있는 글을 말씀드리겠습니다.

鬼在邊 委相連 當代漢 無可言

言在東 牛在西 兩日並光 上下移

라 했습니다. 귀鬼 변에 위委가 연해 있으니 '위魏' 자가 분명하고, 언재동
言在東 오재서午在西는 '허許' 자가 확실합니다. 양일병광兩日並光, 상하이上
下移는 해가 둘이니 '창昌' 자가 틀림없습니다. 이를 미루어 풀이해 본다
면 위가 한을 대신해서 허창에서 천자가 된다는 뜻이올시다. 폐하께서는
속히 선위禪位하시어 하늘과 사람의 뜻에 순응하옵소서. 살피시기 바라
옵니다."

헌제는 얼굴빛을 고쳐 정색하고 말했다.

"상서祥瑞와 도참圖讖이란 모두 다 허망한 일이다. 이 같은 허망한 일로
별안간 수백 년 계승하는 조종의 기업을 내놓으라 하는 것은 너무 지나친
일이 아니냐?"

왕랑王朗이 아뢰었다.

"자고이래自古以來로 흥興이 있으면 반드시 폐廢가 있는 법이요, 성성盛이
있으면 반드시 쇠衰가 있습니다. 어찌 망하지 아니하는 나라가 있으며, 패
하지 아니하는 집안이 있습니까. 한실이 서로 대를 이어 전한 지 사백여
년에 폐하의 대에 이르러 기수가 다했으니, 일찍이 피하여 물러나십시오.
지의遲疑하시면 변이 생깁니다."

신하들은 모두들 불한당 같은 역적이었다. 임금은 외롭고 홋홋한 한 몸
뿐이었다.

헌제는 기가 막혔다.

소리쳐 통곡하면서 자리에서 일어나 후전으로 들어갔다.

백관들은 황제가 울고 들어가는 꼴을 보고 웃으며 흩어졌다.

다음 날 일이었다. 관료들은 또다시 대전大殿에 모여서 내관을 보내서

헌제를 나오라 했다.

헌제는 시름과 두려움 속에 휩싸여 감히 나가지 못했다.

황후 조 씨가 물었다.

"백관이 조회를 연다고 폐하를 청하는데 어찌 아니 나가십니까?"

황제는 울면서 대답했다.

"그대의 형이 내 자리를 뺏으려고 백관들과 부동이 되어 강박하니 내 어찌 나갈 수 있소?"

황후 조 씨는 황제의 말을 듣고 깜짝 놀랐다.

"내 오라버니가 어찌 차마 이 같은 역적질을 할 수 있습니까?"

말이 채 떨어지기 전에 조홍과 조휴가 칼을 짚고 어전으로 들어가 나가기를 청했다.

"백관들이 기다립니다. 어서 나가십시다."

옆에 있던 조 황후는 큰소리로 조홍, 조휴를 꾸짖었다.

"네놈들 난신적자들이 부귀공명을 소원하여 역적질을 감행하니 한심한 일이다. 우리 아버지께서는 공이 우주를 덮으셨고 위엄은 천하에 진동하셨건만, 감히 신기神器를 찬탈簒奪하지 아니하셨는데 오라버니는 왕위에 나간 지 얼마가 되지 못해서 감히 역적질할 생각을 하니 하늘이 너희들을 복되게 아니하니라."

조 황후는 말을 마치자 목을 놓아 통곡했다. 좌우의 궁녀들이 모두 다 흐느껴 눈물을 흘리지 않는 사람이 없었다.

조홍과 조휴는 기어이 헌제를 끌고 나가려 했다.

헌제는 하는 수 없어 옷을 갈아입고 앞 전각으로 나갔다.

화흠이 아뢰었다.

"폐하께서는 어제, 신 등이 의논한 대로 선위를 하셔야 큰 화를 면하실 것입니다."

헌제는 울면서 대답했다.

"경들은 모두 다 한록漢祿을 먹은 지 오랜 사람들이다. 그중에는 한조 공신의 자손들도 많다. 어찌하여 이 같은 불신不臣의 일을 감행하려 하느냐?"

화흠은 또 아뢰었다.

"폐하께서 만약 중의를 좇지 아니하신다면 당장 소장蕭牆 지변이 일어날 것입니다. 이때 가서는 저희들은 책임을 질 수 없습니다. 신 등이 폐하께 결코 불충하는 것이 아닙니다."

"누가 나를 시살弑殺하려 하느냐?"

화흠이 큰소리로 외쳤다.

"천하 사람들이 다 폐하가 임금 복이 없어서 사방이 이같이 어지러운 것을 알고 있습니다. 만약 위왕이 없었다면 조정에서 폐하를 시살하려고 하는 자가 한두 사람뿐인 줄 아십니까? 폐하께서는 은혜를 덕으로 갚으려 하지 아니하시니 천하에 영을 내려 폐하를 함께 치겠습니다."

헌제는 깜짝 놀랐다. 소매를 뿌리쳐 일어났다.

왕랑이 급히 화흠을 향하여 눈짓했다. 화흠은 헌제의 걸어가는 길을 막고 용포龍袍 자락을 잡았다. 눈을 부릅떠 크게 소리쳤다.

"허락할 테요, 아니할 테요?"

황제는 벌벌 떨고 대답을 못했다.

조홍과 조휴가 칼을 빼어 들고 외쳤다.

"부보랑符寶郎은 어디 있느냐?"

조필祖弼이 소리치며 나왔다.

"부보랑은 여기 있소."

"옥새를 가지고 나오너라."

조필은 큰소리로 조홍을 꾸짖었다.

"옥새는 천자의 일인데 네 어찌 감히 찾느냐?"

조홍은 칼을 번쩍 들어 조필의 목을 후려쳐 갈겼다.

조필祖弼은 목이 떨어지면서도 눈을 부릅떠 역적들을 크게 꾸짖었다.

뒷사람들은 시를 지어 옥새 맡은 조필의 충절을 찬양했다.

姦宄專權 漢室亡

詐稱禪位 效虞唐

滿朝百辟 皆尊魏

僅見忠臣 符寶浪

간악한 도둑

권세를 잡아

한실漢室이 망했네.

간사하다, 선위하는 일

요순을 본뜬다고 달랜다.

만조백관들

모두 다 조 씨 편인데,

겨우, 충신에

부보랑 한 사람이 있구나.

부보랑 조필이 죽는 것을 보자, 황제는 몸을 사시나무 떨듯 했다. 뜰아래 갑옷 입고 창 들고 있는 수백 명 군사들은 모두 다 위병이었다.

황제는 울면서 군사한테 고했다.

"소원대로 천하를 위왕한테 내줄 테니 다행히 잔명이나 보존해 달라. 비명횡사나 면하게 해 주오."

가후가 나와 아뢰었다.

"염려 마십시오. 위왕은 결코 폐하를 저버리지 아니할 것입니다. 폐하께서는 급히 조서를 내리시어 여러 사람들의 마음을 편안케 하십시오."

헌제는 진군陳羣에게 선국禪國하는 조서를 초하라 하고 화흠으로 옥새와 조칙詔勅을 받들어 백관과 함께 위왕궁에 나가 조비한테 전하라 했다.

조비는 헌제의 조서를 받고 크게 기뻤다. 급히 겉봉을 뜯고 시신에게 읽으라 했다.

짐이 천자 위에 있은 지 35년에 천하는 판탕하고 엎어짐을 만났으나, 다행히 조종祖宗의 영혼의 도움에 힘입어 위태롭다가, 다시 있게 되었다. 그러나 이제 천상天象을 보고 민심을 살피니 염정炎精의 수한은 이미 다했고, 운은 조 씨한테 있게 되었다. 전왕前王이 세워 논 신무神武의 업적을 금왕今王이 다시 밝은 덕으로 빛나게 하여, 때를 응했으니 역수曆數의 소명昭明함을 가히 짐작할 수 있다. 대저, 대도大道를 행하매 천하를 위하여 곡변되어야 하는 것이다. 요순堯舜은 그 아들에게 사사로이 왕위를 전하지 아니하므로 어진 이름이 무궁하게 전파된 것이다. 짐은 항상 사모했던 것이다. 이제, 요전堯典을 본받아 승상 위왕魏王한테 선위禪位하노니, 왕은 사양치 말라.

조비는 조서 읽는 소리를 듣고 얼른 자리에서 일어나 조서를 받으려 했다. 사마의司馬懿가 나와 간하였다.

"불가합니다."

위왕 조비는 주춤하고 앉았다. 사마의가 계속해서 아뢰었다.

"선위禪位하시는 조서와 옥새가 왔다 하더라도 전하께서는 한번 표表를 올려 겸손하게 사양하셔야 합니다. 이리하여 천하에 비방하는 말이 없게 하셔야 합니다."

조비는 그럴듯하다고 생각했다.

곧 왕랑한테 명하여 표를 짓게 했다.

왕랑은 조비를 대신해서 황제 위에 나가는 것을 사양하는 글을 지었다.

덕이 박해서 천자가 될 수 없으니 별도로 어진 이를 구해서 천자의 위를 맡기게 하는 것이 좋다고 사양했다.

황제는 조비의 사양하는 글을 보고, 놀라 의심했다.

여러 신하한테 물었다.

"위왕이 이같이 겸손하니 어찌하면 좋은가?"

화흠이 아뢰었다.

"전에 위魏 무왕(武王:曹操)은 왕작王爵을 받들 때, 세 번이나 사양해도 허락하지 아니하신 연후에 받았습니다. 천자께서는 다시 한번 조서를 내리시옵소서."

헌제는 마지못해서 환해桓楷에게 조서를 짓게 하고 고묘사高廟使 장음張音으로 절節을 갖추어 위왕궁으로 보냈다.

조비가 조서를 읽으니 글에 하였으되,

아아, 너, 위왕魏王아, 표를 올려 겸양하는구나. 짐은 그윽이 생각하노니 한의 운수가 쇠잔한 지 이미 오랜 중, 다행히 무왕武王 조조의 높은 덕과 운수에 부합됨을 힘입어 신무神武스러운 행동을 떨쳐서 흥하고, 사나운 무리를 제거시켜서 숙원을 청정淸定하였던 것이다. 금왕비今王조는 전서前緖를 이어 지극한 덕이 밝게 빛나고 가르침이 사해四海에 떨쳤으며, 어진 풍속은 8역 八城에 가득하니 하늘 운수가 과연 너한테 있게 되었다. 옛적에 순 임금은 큰 공이 20이 있으매, 요 임금이 천하로서 선위하였고, 우禹는 치산치수治山 治水한 큰 공이 있으매, 순 임금은 임금의 위를 우에게 전했던 것이다. 한漢 은 요堯의 운을 이었으니 성聖한테 전할 의義가 있다. 영지靈祇를 순히 하고 하늘 뜻을 받들어 어사대부御史大夫 장음張音으로 절節을 갖추어 황제의 새수 璽綬를 받들게 하니 왕은 받을지어다.

조비는 조서를 받고 무한 기뻤다. 가후를 불러 말했다.

"비록 두 차례나 조서를 내렸으나 천하 후세에 찬절簒竊했다는 누명을 들으면 어찌하오?"

가후가 고했다.

"누명을 듣지 아니하려면 극히 쉬운 방법이 있습니다."

"어찌하면 되겠소?"

조비는 가후한테 물었다.

가후가 다시 말했다.

"조서와 옥새를 받들고 온 장음張音에게 전지를 내리시어 옥새를 다시 가지고 가라 해서 두 번 사양하는 형식을 취하시고, 화흠에게 말씀하시어 황제의 명령으로 대臺를 쌓게 한 후에 그 이름을 수선대受禪臺라 하십시오. 그리한 다음에 길일吉日 양신良辰을 택해서 대소공경大小公卿을 대하여 모으게 하고 천자가 친히 옥새를 받들어 왕께 전하여 천하를 선위하는 형식을 취하신다면 모든 의심을 풀고 중의를 근절케 할 것입니다."

조비는 크게 기뻤다.

곧 장음에게 옥새를 도로 가지고 가게 하고 사양하는 글월을 헌제께 올렸다.

장음이 돌아가 황제한테 아뢰니 헌제는 다시 군신한테 물었다.

"위왕 조비, 또다시 황제 되기를 사양하니 어찌하면 좋을꼬?"

승상 화흠이 아뢰었다.

"폐하께서 대를 쌓아 수선대라 하신 후에 공경대부와 모든 백성을 모아 놓고 명백하게 선위하는 형식을 취하신다면 폐하의 자자손손은 반드시 위의 은혜를 입으오리다."

헌제는 화흠의 말을 좇지 아니할 수 없었다.

대상원大常院에 명하여 번양繁陽에 터를 정하여 3층으로 드높은 대를 쌓고 10월十月 경오일庚午日 인시寅時에 헌제는 조비를 청하여 수선대에 오르게 한 후에 친히 옥새를 조비한테 전하니 이때 수선대 아래 모인 대소 관리는 4백여 명이요, 어림군御林軍과 호분虎賁 금군禁軍은 30여 명이나 되었다.

모든 신하들은 꿇어앉아 선위하는 글 읽는 소리를 들었다.

"아아, 그대 위왕이여, 옛적에 당요唐堯는 우순虞舜한테 선위를 했고, 순은 또한 우禹에게 전하니 천명은 항상 덕 있는 이에게로 돌아가는 것이다. 한나라 운수가 좋지 못하여 대대로 그 질서를 잃었고, 짐의 대에 이르러 더욱 어둡고 크게 어지러워 천하는 전복되게 되었다. 다행히 무왕이 신무로와 어려움을 사방에 건지고 중원을 밝게 하여 나의 종묘를 보전케 하였다. 어찌 나 한 사람의 힘으로 얻어질 수 있는 일이랴. 천하가 다 그 힘을 입었던 것이다. 금왕今王이 또한 전서前緖를 이어받아 덕을 빛내고 문부의 대업을 회복하여 그대의 아버지의 홍렬弘烈함을 밝히니, 황령皇靈은 서기를 내리고 인신人神은 징조를 고해 주었다. 크게 양채亮采를 생각하여 사석사錫을 명하니 모든 사람이 말하기를 그대 우순이 될 만하다 하는지라, 나는 그대에게 당전唐典을 써서 공경 손위孫位하노라. 아하, 하늘의 역수歷數는 그대한테 있다. 나는 대례大禮를 순히 하여 만국萬國으로 향향饗하니 엄숙하게 하늘 뜻을 받으라."

헌제가 조비한테 보내는 글을 읽고 나니 조비는 찬란한 황제의 곤룡포를 입고 황금 면류관을 쓴 후에 옥좌玉座 위에 올랐다. 가후는 문무백관을 거느리고 대 아래서 조하朝賀를 올렸다. 조비는 연강延康 원년元年이라 하던 연호年號를 황초黃初 원년元年이라 고치고 국호를 대위大魏라 한 후에 곧 천하에 대사령大赦令을 내려, 모든 죄수를 감옥에서 석방시키고, 아비 조조의 시호諡號를 태조太祖 무황제武皇帝라 하였다.

승상 화흠이 조비한테 아뢰었다.

"하늘에는 두 해가 없고, 백성은 두 임금을 섬길 수 없습니다. 한제漢帝는 이제 천하를 폐하께 선위했으니 의당 제후가 되는 것이 당연합니다. 밝으신 전지를 내리시어 유劉 씨氏를 어느 땅에 두라 하십시오."

화흠은 말을 마치자 헌제를 부축하여 대 아래로 끌어내려 무릎을 꿇고 전지를 받게 했다. 조비는 용상에 걸터앉아 오만하게 전교를 내렸다.

"헌제를 산양공山陽公에 봉하여 당일로 부임케 하라."

화흠은 칼을 짚고 큰소리로 헌제를 향하여 외쳤다.

"한 제왕帝王이 왕위에 나가면, 한 제왕은 폐위廢位가 되는 것은 예로부터 전해지는 상도常道입니다. 금상今上이 어질고 착하시어 그대를 해치지 아니하고 산양공에 봉하니 그대는 오늘로 떠나라. 그리고 부르지 않는다면 함부로 서울에 들어오지 못하리라."

헌제는 기가 막혔다. 눈물을 머금고 조비한테 향하여 절한 후에 말 타고 산양 길로 향했다. 대 아래 있던 군사와 백성들은 이 꼴을 보고 상심하지 아니하는 사람이 없었다. 조비는 군신한테 말했다.

"순舜이 우禹한테 양위讓位한 뜻을 내가 비로소 알겠소."

한번 거드럭거려 보는 수작이었다. 조비의 비위를 맞추는 군신들은 일제히 만세萬歲를 불렀다. 뒤의 시인은 수선대受禪臺를 보고 시를 지어 탄식했다.

兩漢經營事頗難
一朝失脚舊江山
黃初欲學唐虞事
司馬將來作樣看

서한西漢, 동한東漢, 경영하던 일
어려움도 많더니
하루아침에
옛 강산을 다 잃어버렸네.
황초는 당우의 일
본뜨랴 한다지만
사마 씨가 장래에
이 모양 지으려고
바라보고 있네.

유비, 왕위에 올라 대통을 잇다

백관들은 조비한테 하늘과 땅, 천지지신天地之神한테 사례하기를 청했다.

조비는 단 위에서 천지지신한테 절을 드리는데 홀연 일진광풍이 일어나면서 모래가 날고 돌이 뛰는데 마치 소나기가 쏟아지는 듯 천지는 캄캄하게 어두워 앞이 보이지 아니하고 수선대 위의 휘황찬란했던 촛불은 함빡 다 꺼져 버렸다.

조비는 크게 놀라 단 위에 기절이 되어 쓰러졌다.

백관들은 급히 조비를 구하여, 반상 만에 비로소 깨어났다. 시신들은 궁중으로 부축해 돌아갔다.

조비는 여러 날 조회를 폐했다. 놀란 병이 진정된 후에 비로소 전각에 나와 조신들의 조하를 받았다.

조비는 화흠으로 사도司徒를 삼고, 왕랑으로 사공司空을 삼고, 대소 관료들을 일일이 승차陞差시키고 상을 주었다.

그러나 조비의 놀란 병은 아직도 완쾌되지 아니했다.

조비는 허창許昌 궁중宮中에 요사스런 기운이 많다는 말을 듣고 낙양으로 나가서 크게 궁궐을 짓기 시작했다.

염탐 맡은 유비의 군사들은 성도로 가서, 조비가 스스로 대위국 황제가 된 일과 낙양에 크게 궁궐을 짓는 일을 보하고, 또다시 한漢 헌제는 조비한테 죽음을 당했다고 소문을 전했다.

한중왕 현덕은 염탐의 말을 듣고 대성통곡한 후에 백관을 거느려 제단 祭壇을 모아 소복을 입어 발상發喪 거애擧哀하고 시호를 올려 효민孝愍 황제 皇帝라 했다.

현덕은 이로 인하여 근심을 이루어 병이 들었다.

심신이 피로하여 일을 다스릴 수 없었다.

모든 정무政務를 공명한테 맡겨 다스리라 했다.

공명은 태부太傅 허정許靖과 광록光祿 대부大夫 초주譙周를 청하여 상의하였다.

"천하는 하루라도 임금이 없을 수 없소. 한중왕을 높여서 황제 위에 나가시도록 하는 것이 좋겠소."

공명의 말이 채 끝나기 전에 초주가 말했다.

"근자에 한중에는 상서로운 조짐이 많이 나타나 있습니다. 성도 서북 방에는 누른 기운이 수십 길이나 하늘을 향하여 뻗쳐 일어났고, 천자의 별은 필畢, 위胃, 묘昴 세 별 분야에 황황하기 달빛 같으니, 이것은 우리 한중왕께서 황제 위에 나가시어 한의 전통을 계승하실 조짐입니다. 우리들은 다시 또 무엇을 의논하겠습니까?"

공명은 곧 허정과 함께 문무백관을 거느리고 한중왕께 표表를 올려 제위帝位에 나가기를 청했다.

한중왕 유현덕은 군신들이 올린 표表를 읽은 후에 대경실색하여 말했다.

"경卿 등等은 나를 불충불의한 사람이 되게 하느냐? 못할 짓이니라."

공명이 아뢰었다.

"아니올시다. 조비가 한을 찬탈하여 스스로 천자라 하는 이 마당에 주상께서는 한실의 묘예苗裔시니 정통을 이으시어, 한사漢祀를 연장하시는 것이 이치에 합하옵니다."

한중왕 현덕은 발연히 얼굴빛을 고치며 말했다.

"내가 어찌 역적을 본받겠소?"

소매를 떨쳐 후궁으로 들어갔다.

모든 관리들은 무료해서 한 사람, 두 사람씩 흩어졌다.

3일이 지났다. 공명은 또 여러 관리들을 거느리고 조하를 들어가 한중왕이 나오기를 청했다.

한중왕이 나오니 백관들은 엎드려 절하고 허정許靖이 아뢰었다.

"지금 한漢 천자天子는 이미 조비한테 시살弑殺이 되셨는데 주상께서 제위帝位에 나가시지 아니하시고 또 의로운 군사를 일으켜 역적을 토벌하지 아니하신다면 이것은 충과 의를 저버리시는 일이올시다. 지금 천하 사람들의 마음은 누구나 다 주상께서 황제가 되시어 효민孝愍 황제皇帝의 한을 씻어 드리기를 바라마지 아니합니다. 주상께서 신 등의 의논을 듣지 아니하신다면 이것은 민망民望을 저버리시는 일이올시다."

현덕은 그래도 듣지 아니했다.

"내가 비록 경제景帝의 손자라 하나 아직 백성한테 덕을 편 일이 없는데 스스로 황제가 된다면 찬절簒竊하는 역적과 무엇이 다를 것이 있소?"

"그렇지 아니합니다."

공명이 또 여러 차례 간하였다. 그러나 현덕은 군이 거부하고 좇지 아니했다. 공명은 가만히 한 계교를 생각했다. 모든 관리들한테 당부했다.

"여차여차하게 하시오."

공명은 자리에서 물러간 후에 병을 칭탁하고 다음 날부터 나오지 아니했다.

한중왕은 공명의 병이 중하다는 말을 듣고 친히 승상부 중으로 찾아 침실로 들어가 공명이 누운 와탑臥榻가에 나가 문병했다.

"군사는 어디가 편치 아니하십니까?"

"근심이 가득하여 마음이 타는 듯합니다. 암만해도 오래지 못할 것 같소이다."

"무슨 근심이 그같이 첩첩하시오?"

"그저 병이 중할 뿐입니다."

공명은 눈을 감고 더 대답하지 아니했다.

"말씀을 내려 주시오. 무슨 근심으로 인하여 병환이 이같이 중하십니까?"

현덕은 지재지삼至再至三 물었다.

공명은 큰소리로 한숨을 지어 탄식하며 말했다.

"신이 모려茅廬에서 나와서 대왕을 모시고 오늘에 이르도록 언청계용言聽計用을 하셨습니다. 이제 다행히 대왕께서는 양천兩川의 땅을 두시어 신의 숙석宿昔의 소망을 저버리지 아니하셨습니다. 이제 조비는 한사漢祀를 찬탈하니 문무백관은 모두 다 대왕을 받들어 제위에 나가시게 한 후에 위를 멸하고 유劉를 일으켜 함께 공명을 도모하려 하던 중 대왕께서는 견집堅執하고 좋게 아니하시니, 모든 관원들은 원망하는 마음을 가져서 손대지 아니하여 흩어지려 합니다. 만약 문무백관이 모두 다 흩어진 후에 손권과 조비가 공격을 한다면 동천과 서천을 보존하기 어렵습니다. 이러하니, 신이 어찌 걱정이 되지 아니하며 병이 나지 않겠습니까?"

현덕은 고개를 떨어뜨리고 기운 없이 답했다.

"내가 덮어놓고 막는 것이 아니라, 천하 사람의 비평을 받을까 두려워하는 것이오."

공명이 말했다.

"성인이 말씀하시기를 명분이 서지 아니하면 말이 순치 않다 했습니다. 이제 대왕께서는 명정언순名正言順하신 터인데 무슨 비평이 두렵단 말씀입니까? 대왕께서는 듣지 못하셨습니까? 하늘이 주는 것을 받지 아니하면 되레 그 허물을 받는다 했습니다."

현덕은 그래도 얼른 결단을 내리지 못했다.

"군사의 병세가 차도가 있은 후에, 그때 시행해도 늦지 아니하리라 생각하오."

공명은 벌떡 일어났다.

주먹으로 병풍을 쳤다. 병풍이 쓰러지면서 밖에는 문무백관들이 일제히 땅에 엎드려 아뢰었다.

"주상께서 이미 허락을 내리셨으니, 날을 가려 대례大禮를 거행하시옵소서."

현덕이 백관을 둘러보니 태부太傅 허정許靖, 안한安韓 장군將軍 미축麋竺, 청의후靑衣侯 상거尚擧, 양천후陽泉侯 유표劉豹, 별가別駕 조조趙祚, 치중治中 양홍楊洪, 의조義曹 두경杜瓊, 종사從事 장상張爽, 태상경太常卿 뇌충賴忠, 광록경光祿卿 황권黃權, 제주祭酒 하증河曾, 학사學士 윤묵尹默, 사업司業 초주譙周, 대사마大司馬 은순殷純, 편장군偏將軍 장예張裔, 소부少府 왕모王謀, 소문昭文 박사博士 이적伊籍, 종사랑從事郎 진복秦宓 등 문무백관들이었다.

한중왕은 깜짝 놀랐다.

"나를 불의不義로 빠지게 하는 사람들은 모두 다 경들이다!"

공명이 아뢰었다.

"주상께서 이미 저희들의 청을 윤허允許하시니, 곧 대를 모아 대례大禮를 공행恭行하겠습니다."

공명은 말을 마치자 한중왕을 환궁케 하고 일변 박사博士 허자許慈와

간의랑諫議郞 맹광孟光에게 예를 맡아 성도成都 무담武擔 남편에 대를 쌓게 했다.

모든 일이 정제하게 준비된 후에 만조백관들은 난가鑾駕로 한중왕을 모시어 단에 올라 치제致祭하고 초주譙周는 소리를 높여 축문을 읽었다.

건안建安 25년二十五年 4월四月 병오丙午 삭월朔越 12일十二日 정사丁巳, 황제皇帝 비備, 감소고우敢昭告于, 황천후토皇天后土, 한유漢有 천하天下 역수曆數 무강無疆, 낭지曩者, 왕망王莽, 찬도簒盜, 광무光武 황제皇帝 진노震怒 치주致誅, 사직부존社稷復存, 금今, 조조曹操, 조병阻兵 잔인殘忍 살육殺戮 주후主后, 죄악罪惡 도천滔天, 조자操子 비丕, 재사載肆 흉역凶逆, 절거竊據 신기神器, 군하장사群下將士 이위以爲 한사타폐漢祀墮廢 비의연지備宜延之, 사무이조嗣武二祖, 공행恭行 천벌天罰, 비備 구무덕懼無德 첨제위忝帝位, 순어詢於 서민庶民, 외급外及 하황遐荒, 군장 개활 천명天命 불가不可 이부답以不答, 조업불가이구체祖業不可以久替, 사해불가이무주四海不可以無主, 솔토식망率土式望 재비일인在備一人 비외備畏 천명명天明命 우구고又懼高, 광지업光之業, 장추우지將墜于地, 근택길일謹擇吉日, 등단제고等壇祭告, 수受 황제새수皇帝璽綬 무임撫臨 사방四方, 유유惟 신향조한가神饗祚漢家 영수역복永綏歷服.

축祝이 끝나니, 제갈공명은 백관을 거느리고 공손히 옥새를 올렸다.
한중왕은 옥새를 받아 단상에 놓고 재삼 사양했다.
"유비 재덕이 없으니 청컨대 재덕 있는 분으로 가려서 받게 하시오."
공명이 다시 아뢰었다.
"주상께서는 사해를 평정하시어 공덕이 천하에 소소昭昭하십니다. 항차 대한의 종파십니다. 정위正位에 나가시는 일이 당연합니다. 뿐만 아니라 이미 천신天神께 제고祭告하였사온데 다시 또 어떻게 하십니까?"

공명이 아뢰는 말이 떨어지니 문무백관들은 일제히 만세를 불러 절하고 춤을 추었다.

예를 마친 후에 장무章武 원년元年이라 개원改元하고, 비妃 오吳 씨氏를 황후에 봉하고, 장자長子 유선劉禪으로 태자太子를 삼고, 차자次子 유영劉永은 노왕魯王에 봉하고, 삼자三子 유리劉理는 양왕梁王을 봉했다.

다음엔 군사 제갈양을 봉하여 승상을 삼고 허정으로 사도司徒의 직분을 맡게 하며 대소 관료를 일일이 승차시켜 상 준 후, 천하에 대사령大赦令을 내리니, 양천兩川의 군민들은 모두 다 춤추며 즐거워했다.

다음 날 선주先主[15]는 조회를 열어 문무백관을 두 반(兩班)으로 갈라 세우고 절 받은 후에 조서詔書를 내렸다.

"짐이 도원桃園에서 관우, 장비와 결의하여 생사를 함께하기로 맹세하였더니 뜻밖에 불행하여 둘째 운장이 동오 손권한테 해침을 당했으니 철천지한인 이 원수를 갚지 아니한다면 이것은 맹세를 저버리는 일이다. 짐은 온 나라의 군사를 다 기울여 동오를 전벌剪伐하여 산 채로 역적을 사로잡아 불공대천의 한을 씻으리라."

선주의 말씀이 채 끝나기 전에 반 안에서 한 사람이 일어나 계하에 엎드려 절하고 아뢰었다.

"불가합니다."

선주가 보니 호위虎威 장군將軍 조운趙雲이었다.

"삼가 아룁니다. 국적國賊은 손권이 아니라 바로 조조올시다. 지금 그의 아들 조비曹丕, 한漢을 찬탈하니 신인神人이 다 함께 노하고 있습니다. 폐

---

15) 선주 : 이제부터 현덕을 선주先主라 부른다. 그의 아들 후주後主에 상대하는 호칭이다. 원저原著대로 옮겼음.

하께서는 속히 관중關中을 도모하시어 위하渭河 상류에 둔병屯兵하여 역적을 소탕하신다면 관동關東 의사義士들은 함빡 양식을 싸 가지고 왕사王師를 맞이할 것입니다. 만약 위魏를 버리고 오吳를 친다면 병세兵勢는 얼른 끝이 나지 아니할 것입니다. 원컨대 폐하께서는 깊이 살피시옵소서."

선주가 대답했다.

"손권은 나의 아우를 해쳤을 뿐 아니라, 그곳에는 부사인傅士仁, 미방糜芳, 번장潘璋, 마충馬忠 등 이를 갈아붙일 원수들이 있다. 그 자들의 고기를 씹고, 그들의 족속을 멸해야만 바야흐로 나의 한을 씻을 것이다. 경은 어찌해서 나의 일을 막느냐?"

조운이 다시 아뢰었다.

"한적漢賊의 원수는 공公이요, 형제의 원수는 사私올시다. 공과 사를 가리시어 천하 일을 먼저 중하게 여기십시오."

선주가 대답했다.

"짐이 운장 아우를 위하여 원수를 갚지 못한다면 비록 만리萬里 강산江山을 둔다 한들 무엇이 족히 귀할 것이 있으랴?"

선주는 조운의 간하는 말을 듣지 아니하고 곧 군사를 일으켜 오를 치라는 명령을 내리고, 한편으로 호광湖廣 무릉武陵 오계五谿에 사신을 보내서 번병潘兵 5만 명을 빌어 후원을 받게 하고 일변 칙사를 낭중閬中으로 보내서 장비로 거기 장군 사예 교위 서향후西鄕侯에 낭중목閬中牧을 겸하게 했다.

천추의 한, 장비의 횡사

이때 장비는 낭중閬中에서 관공이 동오 손권한테 해를 당했다는 말을 듣고 조석으로 울고 슬퍼해서 피눈물이 마를 사이 없었다. 아롱아롱 옷깃을 적시었다. 모든 장수들은 그의 슬픈 정을 위로하여 자주 술을 권했다.

장비는 원래 주사가 있는 사람이었다. 술만 마시면 노한 기운은 한층 심해서 장상장하帳上帳下를 막론하고 조금만 죄를 범하는 자가 있으면 채찍으로 사매질을 쳐서 죽는 자가 많았다. 뿐만 아니었다. 날마다 남쪽 하늘을 바라보며 눈을 부릅뜨고 이를 갈아 방성통곡하는 것으로 일과를 삼았다.

이러할 때 선주한테서 칙사가 당도했다.

장비는 황망히 자리에서 일어나 조서를 받들었다.

북향 사배하여 작위를 받은 후에 술을 내어 사신을 관대款待하여 물었다.

"우리 형님 관공이 피해를 당한 일은 아픈 마음 바다보다 더 깊소. 묘당廟堂의 신하들은 군사를 일으켜 원수를 갚자는 이가 한 사람도 없으니 도대체 웬 까닭이오?"

"왜 없겠습니까? 그러나 대개는 조비를 먼저 치고 손권을 뒤에 치자 하여 의논이 일치되지 않는 까닭에 즉시 결정이 나지 아니하나 봅니다."

장비는 역증이 와락 났다.

"무슨 말씀이오? 옛적에 우리 삼 형제가 도원에서 결의를 해서 생사를 함께하자 맹세했는데, 불행하게도 둘째 형님 관공께서 중도에 돌아가셨는데 우리가 어찌 혼자들 부귀를 누리겠소? 내 한번 천자께 뵈온 후에 소복 입고 전부前部 선봉先鋒이 되어 손권을 토벌하여 역적 놈들을 산 채로 묶어서 형님 영전에 바치고 맹세를 실천하겠소."

장비는 선주를 만나기 위하여 칙사를 재촉하여 성도成都로 향하여 말을 달렸다.

한편 선주는 날마다 교련장에 나가 군마를 교련시키면서 친정親征할 준비를 차렸다.

모든 공경公卿들은 승상부로 제갈공명을 찾아 건의했다.

"지금 천자께서 처음 대위大位에 나가셨는데 친히 군오軍伍를 통솔하시어 원정하신다 하니, 이것은 사직社稷을 소중하게 여기지 아니하시는 일이올시다. 승상께서는 균형鈞衡의 대임을 맡으셨습니다. 어찌 간하지 아니하십니까?"

공명이 대답했다.

"나는 여러 번 고간苦諫했으나 듣지 아니하시니 딱한 일이오. 오늘 그대들은 나를 따라 교련장으로 오시오. 그리해서 한번 더 간해 봅시다."

공명은 말을 마치자 백관들을 거느리고 교련장으로 나가 선주께 아뢰었다.

"폐하께서 처음 보위寶位에 오르신 중, 북으로 한적을 토벌하시어 대의大義를 천하에 천명하시면서 친히 육군六軍을 통솔하신다면 모르거니와 다만 손권을 치는데 친정하시는 일은 불가합니다. 한 사람 상장上將을 보내시면 족합니다."

선주는 공명이 친히 백관을 거느려 괴롭게 간하는 말을 듣자 마음이 차

츰 움직이려 할 때 홀연 시자가 보했다.

"낭중에서 거기 장군이 오셨습니다."

현덕은 장비가 왔다는 말을 듣자 급히 불러들였다.

"어서 들어오시라 해라."

장비는 연무청演武廳 앞에 당도하자 땅에 엎드려 선주께 절하고 선주의 발을 잡아 통곡하였다.

"아아, 형님 어찌하오? 둘째 형님이 돌아가셨으니."

목이 메어 말을 이루지 못했다.

선주 현덕도 장비를 얼싸안고 통곡했다.

한동안 통곡을 한 후에 장비는 눈물을 거두고 선주한테 아뢰었다.

"폐하께서는 오늘날 황제가 되시더니 도원결의 맹세했던 일을 잊으셨구려. 왜 둘째 형의 원수를 갚아 주지 아니하오."

선주는 어깨를 떨어뜨려 기운 없이 대답했다.

"나는 원수를 갚으려고 군사를 일으키려 했으나, 여러 관원들이 한사코 막는 바람에 아직 움직이지 못하고 있네."

장비는 큰소리로 외쳤다.

"다른 사람들이 어찌 우리들의 옛 맹세를 알겠소? 만약 폐하께서 아니 가신다면 신은 목숨을 내놓고 둘째 형의 원수를 갚겠소. 그래서 만일 원수를 갚지 못할 때는 차라리 죽을지언정 폐하를 다시 대해 보지 않겠소."

선주가 장비한테 일렀다.

"짐은 경과 함께 원수를 갚으러 가겠네. 낭중에 있는 경의 군사를 거느리고 나오게. 짐은 이곳에서 정병을 통솔하고 강주江州로 나가겠네. 그곳에서 만나서 함께 동오를 토벌하여 우리들의 한을 씻기로 하세."

"좋습니다."

장비는 비로소 마음이 쾌했다.

곧 하직을 고하니 선주는 은근히 부탁하는 말을 보냈다.

"짐은 전부터 경의 술버릇을 잘 알고 있네. 경은 술이 지나치면 부하 젊은 애들을 채찍질하여 원망을 사는 폐단이 많다 하네. 이것은 화를 취하는 장본일세. 이후부터는 술을 마시더라도 조심하고 아랫사람들을 너그럽게 용서하여 전과 같은 행동을 취하지 말게."

"삼가 명을 받들겠습니다."

장비는 절하여 하직하고 물러간 다음 날이 되었다. 선주는 군사를 정돈하여 길을 떠나려 하니 학사學士 진복秦宓이 아뢰었다.

"폐하께옵서 만승萬乘의 소중하신 몸으로 소의少義를 지키시어 대법大法을 생각지 아니하시니, 옛 어른들이 취하지 않던 바올시다. 원컨대, 폐하께서는 깊이 생각하시옵소서."

선주는 말씀을 내려 대답했다.

"운장雲長은 짐과 동신일체同身一體다. 대의大義가 뚜렷하거늘 어찌 차마 잊으랴."

진복은 땅에 엎드려 일어나지 아니하며 간곡히 말했다.

"폐하께서 신의 말씀을 종시 아니 들으시면 혹 실수가 계실지 모릅니다."

선주는 크게 노했다.

"짐이 군사를 일으켜 출사出師하는 첫길에 네 어찌 이 같은 불리한 말을 내느냐? 이놈을 몰아내어 참형에 처하라."

무사를 불러 영을 내렸다.

진복은 얼굴빛을 고치지 아니하고 선주를 돌아보며 미소를 지어 말했다.

"신은 죽어도 한이 없소이다. 그러나 단지 아까운 일은 선주의 새로 창업하신 일이, 곧 장차 엎어질 테니 이것이 한스럽습니다."

모든 관원들은 일제히 진복을 위하여 면죄를 청했다.

"진복의 말씀은 충성에서 나온 지극한 정성이올시다. 죽음을 면케 해주시옵소서."

"잠깐 옥에 내려 두라. 짐이 원수를 갚고 돌아온 후에 처리하리라."

이때 제갈공명은 소문을 듣고 급히 표를 올려 진복을 구했다.

신臣, 양亮은 돈수백배하옵고 폐하께 아뢰나이다. 오적吳賊 손권은 간흉한 꾀로 형주를 뺏으려 하여 장성將星을 두우斗牛 사이에 떨어뜨리고, 천주天柱를 초지楚地에 꺾어 놨으니 이 애통한 정은 어찌 차마 잊어버리겠습니까? 절대로 잊을 수 없는 사실이올시다. 그러하오나 한漢의 국권을 뺏은 자는 조조지 손권이 아니요, 유劉 씨氏네 복을 옮겨 간 자도 조비지 손권의 장난이 아니올시다. 삼가 아룁니다. 위적魏賊만 제거시킨다면 오적吳賊은 저절로 복종할 것입니다. 원컨대, 폐하께서는 진복의 금석金石 같은 말씀을 들으시어 사졸의 사기를 기르시고 별로의 양책을 강구하신다면 사직社稷의 다행이요, 천하의 다행이겠습니다.

선주는 공명의 표를 읽고 땅에 던지며 말했다.

"짐의 뜻은 이미 정해졌으니 두 번 다시 간하지 말라."

선주는 결연히 뜻을 정했다. 승상 제갈양에게 태자太子를 보호하여 서천西川을 지키라 하고, 기장군騎將軍 마초馬超는 아우 마대馬岱와 함께 진북 장군 위연魏延을 도와 한중漢中을 지켜서 위병魏兵을 막게 하고, 호위 장군 조운趙雲으로는 후군이 되어 독량관督糧官을 겸하게 하고 황권黃權, 정기程畿

는 참모를 삼고 마량馬良, 진진陳震은 문서를 맡게 하고 황충 노장으로 전부前部 선봉先鋒을 삼고 풍습馮習, 장남張南으로 부장副將을 삼고 부동傳形, 장익張翼으로 중군中軍 호위護尉를 삼고 조융趙融, 요순廖淳으로 후합군後合軍을 거느리게 한 후에 동서천東西川 장수 수백 명은 오계五谿 번장蕃將 등과 함께 75만의 큰 군마를 거느려 택일하여 나가니, 이날은 바로 선제의 장무章武 원년 7월 병인일丙寅日이었다.

서촉에서는 유현덕이 황제의 몸으로 친히 대군을 휘동하여 강동으로 향했을 때 낭중에서는 장익덕이 출사 준비에 분망했다.

장비는 낭중에 돌아간 후에 군중에 엄한 군령을 내렸다.

"삼 일 기한을 줄 테니, 사흘 안에 백기白旗와 흰 갑옷(白甲)을 만들어 일제히 군사들에게 입힌 후에 오吳를 공격할 테다. 즉각 시행하라."

다음 날이 되었다. 장하에 있는 양원兩員 말장末將 범강范彊, 장달張達이 장안에 들어와 아뢰었다.

"백기白旗, 백갑白甲은 일시에 조판하기 어렵습니다. 기한을 좀 너그럽게 늘려 주셔야 하겠습니다."

장비는 두 사람의 말을 듣자 대로했다.

"이놈들아, 나는 원수를 급히 갚아야 하겠다. 내일 안으로, 적의 땅으로 가지 못하는 것이 한이다. 네 어찌 감히 나의 장령將令을 어기느냐?"

장비는 무사에게 영을 내려 범강, 장달을 꽁꽁 묶어 결박 짓게 한 후에 나무 위에 높이 매달고 채찍으로 등을 50도를 치라 했다.

범강, 장달은 나뭇가지 위에서 아픈 매를 이길 수 없었다.

구슬피 목을 놓아 울부짖었다.

온몸에 피가 가득 흘렀다. 50도 매가 끝난 후에 장비는 손으로 범강, 장달을 가리켜 다시 호령을 내려 꾸짖었다.

"내일 안으로 백기와 백갑을 전부 완납시켜야 한다. 만일 기한을 어긴다면 너희 두 놈은 즉살을 시켜서 모든 사람에게 보이리라."

두 사람은 피투성이가 되어 물러났다.

영문으로 돌아가 이마를 맞대고 서로 의논했다.

"오늘은 이같이 형벌을 받았으나 내일 일이 딱하지 아니한가? 장비의 성정이 이렇듯 사나우니 만일 내일까지 완납을 못한다면 우리들은 영락없이 죽게 되었으니 장차 이 일을 어찌하면 좋단 말인가?"

범강이 한숨지어 탄식했다.

"저 자가 우리를 죽이기 전에 우리가 먼저 저 자를 죽이는 것이 상책 아닌가?"

장달이 대답했다.

"가까이 갈 수가 있나?"

범강의 목소리였다.

"우리들이 아직 죽을 운수가 아니라면 저 자가 취해 빠졌을 것이고, 만약 우리들이 죽을 수라면 저 자는 취하지 않고 앉아 있을 것일세. 이러나저러나, 죽기는 매한가지 아닌가. 한번 운명에 맡겨 보기로 하세."

두 사람은 이같이 상의했다.

한편 장비는 장중에서 심사가 산란하고 정신이 황홀했다.

옆에 있던 부장部將에게 물었다.

"이상한 일도 많소. 내가 별안간 마음이 불안하고 살이 떨려서 앉으나 서 있으나 불안하기 짝이 없으니, 웬일일까?"

부장이 대답했다.

"군후께서 너무나 관공을 생각하신 때문에 그렇습니다. 마음을 너그럽게 하십시오."

장비는 주보酒保에 영을 내렸다. 마음을 진정시키려 하여 술을 가져오라 했다.

부장과 함께 술 마시기를 시작했다.

장비는 대취해서 쓰러졌다.

범강과 장달은 장비가 부장과 함께 술 마시는 것을 탐지해 알았다. 서로들 가만히 미소를 던졌다.

밤이 초경 때쯤 되어 그들은 품 안에 날카로운 단도 한 개씩을 지니고 장중으로 들어섰다.

"급히 군사 기밀을 아뢸 일이 있습니다."

범강은 거짓으로 허튼 수작을 했다.

범강, 장달은 장비가 누워 있는 상 앞으로 가까이 갔다.

두 도둑은 깜짝 소스라쳐 놀랐다.

장비의 수염은 빳빳이 뻗쳐 있고, 고리눈은 화경같이 부릅떴다.

두 도둑은 하마터면 소리를 질러 쓰러질 뻔했다.

원래 장비는 잠이 들어도, 눈을 뜨고 자는 것이 버릇이었다.

'칵' 하고 장비의 코 터지는 소리가 들렸다. 계속해서 '드르렁' 코 고는 소리가 일어났다.

두 도둑은 비로소 장비가 눈을 뜨고 자는 것을 알았다.

일제히 단도를 뽑아 들었다.

장비의 앞으로 바싹 갔다. 두 도둑은 배와 가슴을 향하여 일제히 날카로운 비수를 콱 박았다.

장비는 외마디소리를 크게 부르짖고 그대로 절명이 되어 버렸다.

범강과 장달은 큰 칼로 장비의 수급을 베어 가지고 쏜살같이 영문 밖으로 사라졌다.

이때 장비의 나이는 아깝게도 55세였다.

뒷사람은 시를 지어 그의 죽음을 탄식했다.

安喜曾聞鞭督郵

黃巾掃盡佐炎劉

虎牢鬪上聲先震

長板橋邊水逆流

義釋嚴顔安蜀境

智欺張郃定中州

代吳未克身先死

秋草長遺閬地愁

안회에서 독우를 매질했고,

황건적을 소탕하여

유 씨네를 도왔네.

호뇌관상엔

명성이 먼저 떨쳤고

장판교 변엔

물도 떨어서

거꾸로 흘렀네.

의롭게 엄안을 놓아주어

촉경이 평안했고

슬기로 장합을 속여서

중주를 안정시켰네.

오를 쳐

이기기 전에

몸이 먼저 죽었네.

쓸쓸타 가을 풀.

해마다 낭중 땅에

한을 전하네.

다음 날 가서야 군중에서는 비로소 장군 장비의 죽음을 알았다. 급히 군사를 거느려 두 도둑을 잡으려 했으나, 두 도둑은 벌써 손권의 땅 동오로 달아났다.

이때, 장비 부장 오반吳班은 급히 표를 올려 선주께 아뢰고, 장자 장포張苞는 발상 거애한 후에 관곽을 갖추어 입관한 후에 낭중은 아우 장소張紹보고 지키라 하고 급히 선주를 뵈러 성도로 향했다.

이때 선주는 택일하여 군사를 거느리고 나가니 대소 관료들은 전송하기 위하여 모두 다 뒤에 따랐다.

제갈공명도 10리 밖까지 나가 선주와 군사를 전송한 후에 성도로 돌아와 심사가 울울했다.

여러 사람들을 향하여 말했다.

"법정法正이 만약 이곳에 있었더라면 능히 주상의 동행東行하시는 일을 막았을 것이다."

탄식하기를 마지아니했다.

한편 군사를 거느려 나가던 선주는 이날 밤에 공연히 마음이 산란하고 살이 떨려서 침식이 불안했다.

선주는 장帳을 걷어붙이고 밖으로 나가 천문을 보니 홀연 서북편에서

별 하나가 떨어지는데 크기가 말(斗)만 했다.

선주는 깜짝 놀랐다. 급히 사람을 공명한테 보내서 물으니 공명은 천문 상태를 아뢰었다.

"한 사람 상장군을 잃어버리게 되었습니다. 삼 일 안에 반드시 깜짝 놀랄 일이 있을 것입니다."

선주는 크게 놀라 군사를 움직이지 아니하고 동정을 살피고 있었다.

홀연 사신이 아뢰었다.

"낭중閬中에 있는 거기 장군의 부장, 오반吳班이 사람을 보내서 표表를 올립니다."

선주는 발을 굴러 탄식했다.

"허, 허, 셋째 아우가 탈이 났구나!"

곧 글월을 뜯어보니 과연 장비의 흉한 소식이었다.

선주는 목을 놓아 통곡하면서 땅에 쓰러져 혼절昏絶이 되었다. 모든 시신들은 급히 구하여 겨우 소생이 되었다.

다음 날이었다. 시신들이 아뢰었다.

"한 떼 군마軍馬가 급히 달려옵니다."

선주가 영문 밖에 나가 바라보니 일원一員 소장小將이 백포白袍 입고 은 투구 쓰고 말에 내려 선주께 뵙고 통곡하였다.

선주가 보니 장비의 큰아들 장포張苞였다.

장포는 울면서 아뢰었다.

"범강范疆, 장달張達 두 놈이 신의 아비를 죽이고 수급을 가져 강동 손권 한테로 달아났습니다."

선주는 장포를 얼싸안고 통곡했다.

밥도 먹지 아니하고 물도 아니 마시었다.

모든 신하들은 선주께 간하였다.

"폐하께서는 둘째 아우를 위하여 원수를 갚으려 하시는 중인데, 용체龍體를 먼저 훼손하려 하시니 큰일이올시다. 일을 하시기 위하여 천만 보중하시옵소서."

선주는 비로소 음식을 대하기 시작했다.

장포를 불러 물었다.

"네 능히 너희 곳 낭중 군사를 오반과 함께 거느리고 선봉이 되어 너의 아버지의 원수를 갚겠느냐?"

장포는 울면서 대답했다.

"국가를 위하고 아비를 위해서 만 번 죽어도 사양치 않겠습니다."

선주는 장포를 보내서 군사를 일으키려 할 때, 또다시 한 떼 군마가 달려왔다.

시위侍衛하는 신하가 아뢰었다.

"한 떼 군마가 또다시 바람같이 달려옵니다."

"빨리 알아보아라."

선주가 영을 내렸다.

이윽고 시신은 백포에 은 투구 쓴 딴사람 소년 장군을 인도해 들어왔다.

소년 장군은 영문 안으로 들어오자, 땅에 엎드려 큰소리로 느껴 울었다.

선주가 보니 관운장의 아들 관흥關興이었다.

선주는 관흥을 대해 보니, 관운장의 모습이 눈앞에 선연히 나타났다. 목을 놓아 통곡했다.

모든 시신들은,

"그만 진정하십시오."

연해 간했다.

선주는 크게 한숨을 지었다.

"지난날 포의布衣 때 나는 관, 장과 함께 의를 맺어 사생을 함께하기로 맹세하였다. 나는 오늘 천자가 되어 두 아우와 함께 부귀영화를 누리려 했더니, 불행하게도 다 함께 비명에 죽었으니 이것이 웬 말이냐? 오늘 두 조카를 대하니 기막히다. 창자가 끊어질 듯하구나."

선주는 말을 마치자 또다시 통곡을 했다.

모든 신하들은 관흥과 장포한테 눈짓하며 가만히 일렀다.

"두 분 젊은 장군은 잠깐 물러나시오. 성상聖上의 용체가 너무 피로하십니다."

두 소년은 틈을 보아 자리에서 물러났다.

모든 시신들은 서로 의논했다.

"폐하께서 이같이 번뇌하시니 어찌하면 마음을 풀게 하겠소?"

마량이 나와 말했다.

"주상께서 친히 대병을 통솔하시고 나가시는 길에 종일 울기만 하시니 군軍에 불리할까 하오."

진진이 말했다.

"소문 들으니 성도 청성산青城山 서편에 한 숨은 선비가 있는데 성은 이요, 이름은 의意라 하오. 세상 사람들이 말하기를 그의 나이 삼백 살이 넘었다 하는데, 사람의 죽고 사는 것과 길흉화복을 귀신처럼 아는 당세의 신선이라 합니다. 천자께 아뢰고 이 늙은이를 청해다가 길흉을 묻는다면 우리들이 백 번 의논한 것보다 훨씬 낫겠소."

시신이 들어가 아뢰니 선주는 허락했다.

조정에서는 곧 조서를 초하여, 진진에게 조서를 받들어 청성산으로 가게 했다.

진진은 주야배도하여 청성산에 당도하여 시골 사람을 앞세우고 산골
로 들어갔다.

　몇십 리를 걷는 동안 멀리 푸른 구름 사이에 일좌 선장仙莊이 은은히 솟
아 있는데 서기가 비범했다.

　진진이 탄식하며 걸어갈 때 홀연 동자가 나와 맞이했다.

　"오시는 어른은 진 선생이 아니십니까?"

　진진은 깜짝 놀랐다.

　"선동이 어찌해서 나의 성을 아는가?"

선옹 이의의 그림

동자가 대답했다.

"우리 선생님께서 조서를 내리실 텐데, 받들고 오는 분은 필시 진진 선생이라 하신 까닭에 그 말씀을 듣고 진 선생인 줄 알았습니다."

진진은 탄복했다.

"과연 신선이시다. 사람들의 말이 거짓이 아니로구나."

진진은 혼잣말하면서 동자와 함께 선장으로 들어가 이의李意 노인한테 절하여 뵙고 천자의 조서를 내린 후에 함께 가기를 청했다.

이의는 늙었다고 핑계하고 가지 아니하려 했다.

진진이 권하였다.

"천자께서 선옹을 한번 만나시려 하니 학가鶴駕[16]를 인색하게 하시지 말기를 바랍니다."

진진은 두 번 세 번 간청을 했다. 이의는 비로소 가기를 허락했다.

어영御營에 당도하여 선주께 대면했다.

선주가 이의를 바라보니 학발동안鶴髮童顏에 눈은 푸르고 동자는 모가 졌는데 타는 듯 광채가 사람을 쏘고, 몸은 마치 고백古栢의 모습 같았다.

확실히 이인이 분명했다. 선주는 예를 두텁게 하여 대접했다.

---

16) 학가 : 도사道士의 타는 수레를 존칭해서 말한 것.

이의는 허리를 굽혀 말했다.

"노부는 거친 산야山野의 늙은이올시다. 배운 것도 없고, 지식도 없습니다. 욕되게 폐하께오서 선소宣召하시니 무슨 하교가 계시온지, 알고자 합니다."

이의의 아뢰는 말을 듣자 선주가 대답했다.

"짐이 관, 장 두 아우와 생사지교生死之交를 맺은 지 삼십여 년에 지금 두 아우가 다 해를 당했소. 짐은 친히 대군을 통솔하여 원수를 갚으려 하오. 그러나 앞의 일이 좋을지 궂을지 판단하기 어렵소. 오랫동안 소문 들어 선옹仙翁께서 현기玄機[17]에 통효通曉하신 것을 잘 알고 있소이다. 바라건대, 밝은 가르침을 내려 주시오."

이의는 빙긋이 웃으며 대답했다.

"그것은 천수天數올시다. 노부의 알 바 아니올시다."

선주는 두 번 세 번 간곡하게 물었다.

"정 그러시다면 지·필·묵紙筆墨을 주십시오."

시신들은 문방사우文房四友를 내놓았다.

이의는 종이를 펴 놓고 그림을 그리기 시작했다.

군사를 그리고, 말을 그리고, 창을 그리고, 활을 그리고, 방패를 그리고, 화살을 그렸다.

말없이 40여 장을 그렸다. 40여 장을 그리고 난 이의는 별안간 40여 장 그려 놓은 그림을 구깃구깃 뭉쳐서 찢어 버렸다.

모두 다 눈을 둥그렇게 떠서 바라보았다.

이의 노인은 또다시 붓을 잡고 그림을 그렸다.

---

17) 현기 : 하늘의 아득한 비밀.

이의는 한 큰사람이 벌떡 땅에 누워 있는 형상을 그리고 옆에는 또 한 사람이 흙을 파서 큰사람을 묻는 형국을 그렸다.

불길스러운 기운이 이상하게 돌았다. 이의는 다시 그림 위에 크게 흰 백白자를 썼다.

이의는 그림을 그린 후에 붓을 놓고 선주한테 머리를 조아려 인사한 후에 말없이 자리에 일어나 휘적휘적 청 아래로 내려가 버렸다.

선주는 즐겁지 아니했다. 모든 신하들을 향하여 말했다.

"미친 늙은이로군. 족히 믿을 수 없다. 그림을 태워 버려라."

이의의 그림은 40여 장이 함빡 불꾸러미가 되어 활활 타 버렸다.

선주는 곧 군사를 재촉하여 앞으로 나갔다.

장비의 아들 장포가 장하에 들어와 아뢰었다.

"오반吳班이 거느린 본부 군사가 낭주에 당도했습니다. 소신이 선봉이 되어 나가겠습니다."

선주는 소년 조카의 뜻을 장히 여겼다.

곧 선봉대장의 인을 장포한테 내주었다.

장포가 인뒤웅이 차고 막 나가려 하는데, 한 사람의 소년 장군이 소리치며 뛰어들었다.

"선봉대장의 인뒤웅이를 잠깐 머물러 두라. 내가 선봉이 되어 차지하리라."

모두 보니 관운장의 아들 관흥이었다.

"무슨 소리냐? 내가 조칙을 받들어 선봉대장이 되었는데……."

장포는 샛별 같은 눈을 떠 관흥을 바라보았다.

"네가 무슨 능함이 있다고 감히 이 중임을 맡는단 말이냐?"

관흥도 초롱거리는 눈매를 들어 장포를 꾸짖었다.

"나는 어릴 때부터 무예를 닦아서 활을 쏘면 백발백중 허탕이 없다."

장포는 지지 않고 대답했다.

선주는 장포와 관흥 두 소년이 다투는 것을 보자 마음에 대견했다.

"짐은 현질賢侄들의 무예를 보아 우열을 정하리라."

장포는 군사를 시켜 백 걸음 밖에 기를 세우고 기 위에는 둥글게 홍심紅心을 그려 놓은 후에 소매를 걷어붙이고 깍지를 끼어 활을 힘껏 당겼다.

살은 시위 소리를 내며 연거푸 세 대가 보기 좋게 홍심을 뚫어 꿰었다.

구경하던 사람들은 일제히 손뼉을 치며 칭찬하는 소리가 자자했다.

관흥이 활을 손에 잡고 나타났다.

이때 기러기 세 마리가 관흥의 머리 위로 지나갔다. 관흥이 큰소리로 외쳤다.

"깃발에 그려 놓은 홍심쯤 맞히는 것이 무엇이 그리 장할 것 있느냐? 나는 저 날아가는 기러기 떼 중에 셋째 놈을 쏘아 맞히겠다."

소년 장군 장포와 관흥의 무예

관흥은 말을 마치자, 활을 번쩍 들어 나는 기러기를 쏘았다.

기막히지 아니한가. 시위 소리와 함께 셋째 번 날던 기러기는 단번에 살을 맞아 하늘을 가로질러 뚝 떨어졌다. 문무백관들은 일제히 소리치며 박수갈채를 보냈다.

장포는 관흥이 칭찬받는 것을 보자 크게 노했다.

몸을 날려 말에 올라 아버지 장비가 쓰던 장팔사모창을 비껴들고 관흥을 향하여 대갈일성 소리쳤다.

"네, 감히 나와 무예로 겨루어 보겠느냐?"

관흥도 사양치 아니했다.

급히 말에 올라 전가보도傳家寶刀인 청룡도를 두르며 말을 달려 나오며 큰소리로 대답했다.

"네가 창을 쓸 줄 안다면 내 어찌 칼을 쓰지 못하랴."

두 젊은 장수는 창과 칼을 빼어 들고 소리치며 달려들 때 선주는 벌떡 자리에 일어나 두 장수를 꾸짖었다.

"두 아이는 무례無禮치 말라."

관흥과 장포는 황망히 말에 내려 제각기 병기를 버리고 땅에 엎드려 죄를 청했다.

선주는 다시 꾸짖었다.

"짐이 탁군涿郡에서 경들의 아버지와 함께 비록 성은 다르다 하나 의를 맺어 골육骨肉과 같이 친했으니, 너희 두 사람도 역시 형제지간과 같은 의리가 있다. 동심협력해서 너희들 아버지의 원수를 갚아야 할 것이다. 무슨 연유로 서로 다투어 의리 없는 행동을 취하니 가석한 일이다. 더구나 너희들은 아직 거상을 입은 상인의 몸으로 이 같은 행동을 하니, 다음날엔 장차 어떠한 행동을 취할 것이냐, 한심하기 짝이 없구나."

두 젊은이는 재배를 올려 죄를 청했다.

"잘못했습니다."

"너희들은 누가 나이 연장이 되느냐?"

장포가 아뢰었다.

"신이 관흥보다 한 살이 위올시다."

"그렇다면, 관흥은 장포한테 절하고 형이라 불러라."

선주는 영을 내렸다.

관흥은 장포를 향하여 절하고, 두 사람은 선주 앞에서 화살을 꺾어 맹세를 했다.

선주는 조서를 내려 오반吳班으로 선봉을 삼은 후에 장포, 관흥으로 어가를 호위하라 하고 수로와 육로로 아울러 나가니 말 탄 군사와 배 탄 군사는 호호탕탕 쌍으로 나가면서 오국吳國으로 향하여 물밀듯 쳐들어갔다.

한편 범강, 장달은 장비의 수급을 베어 가지고 오국으로 가서 손권한테 바친 후에 장비 죽인 전말을 자세히 고했다.

손권은 두 사람을 거두어 둔 후에 백관과 의논했다.

"지금 유현덕이 황제 위에 나간 후에 칠십만 대병을 거느려 친히 나오는데 그 형세 매우 큰 모양이다. 어찌하면 좋을꼬?"

백관들은 크게 놀라 얼굴빛이 변하여 면면이 서로 볼 뿐이었다.

손권은 위에 항복하여 구석을 받고

백관 속에서 한 사람이 나와 아뢰었다.

"신은 군후의 녹을 먹은 지 오랜 신하올시다. 은혜를 갚을 길이 없소이다. 원컨대, 잔생殘生을 버려서 촉주蜀主를 만나 보고 이해득실을 말하여 촉과 오, 두 나라가 서로 화친한 후에 함께 조비의 죄를 성토하도록 하겠습니다."

모두 보니 제갈근이었다.

손권은 크게 기뻤다. 곧 제갈근을 사신으로 보내서 선주를 달래라 했다.

장무 원년, 가을 8월에 선주의 대군은 기관(夔關 : 四川夔州府)에 당도하여 백제성(白帝城 : 산 이름)에 주둔했다.

군대가 천구川口에 나왔을 때 근신이 아뢰었다.

"오나라 사신 제갈근諸葛瑾이 뵙고자 합니다."

선주는 전지를 내렸다.

"만나 보지 아니하겠다. 들이지 말라."

황권이 아뢰었다.

"제갈근의 아우는 우리 승상이올시다. 필연코 일이 있어서 왔을 것이니 한번 만나 보시는 것이 좋을 듯합니다. 말씀을 들어 보시어 좋을 만하면 좇으시고 불가한 일이면 끊어도 좋습니다. 무슨 까닭에 아니 만나 보십니까?"

선주는 황권의 말에 좇아 제갈근을 불러들였다.

근은 성에 들어와 땅에 엎드려 절을 올렸다.

"제갈 선생은 무슨 일로 멀리 찾으셨소?"

선주가 물었다.

"신의 아우 오랫동안 폐하를 모시어 섬긴 까닭에 부월斧鉞을 피하지 아니하고 특별히 형주 일을 아뢰러 왔습니다. 전에 관공이 형주에 계실 때 오후吳侯께서는 누차 화친하시기를 원했으나 관공께서는 마침내 허락하지 아니하셨습니다. 그 후에 관공께서는 양양襄陽을 취하시니 조조가 여러 번 글을 보내서 오후도 형주를 습격하라 했습니다. 오후께서는 본시 허락하지 아니하셨으니, 여몽呂蒙이 관공과 불목不睦한 까닭에 자의로 군사를 일으켜 관공을 돌아가시게 하여 큰일을 저질러 놓았습니다. 요사이 오후께서는 뉘우치나 소용이 있습니까? 이것은 모두 여몽의 죄요, 오후의 허물이 아니올시다. 지금 여몽은 이미 죽어서 없으니 원수가 갚아진 셈이요, 손 부인께서는 일향 폐하께로 돌아오시기를 간절히 바라고 계십니다. 지금 오후께서는 신으로 사신을 삼아서 손 부인을 귀환시키고 항복한 장수들을 결박 지어 보낸 후에 형주 땅을 폐하께 다시 바쳐서 맹호盟好를 맺은 후에 함께 조비의 찬역한 죄를 성토하려 합니다."

선주는 제갈근의 말을 듣고 크게 노했다.

"너희 오는 나의 아우를 죽여 놓고 이제 와서 교묘한 말로 나를 달래려 하느냐."

제갈근이 다시 아뢰었다.

"신은 청컨대 일의 경중과 대소를 들어 폐하께 아뢰겠습니다. 폐하께서는 한조의 황숙이십니다. 한제漢帝는 벌써 조비의 찬탈을 당했는데 국적을 소탕할 생각은 아니하시고 관공, 장비 등 이성異姓과의 결의結義만 생각하시어 만승萬乘의 존엄尊嚴을 굽히시니, 이것은 대의大義를 버리시고 소의少義를 취하시는 일입니다. 중원은 해내海內의 땅이요, 양도兩都는 모두 다 대한의 창업한 곳이올시다. 폐하께서는 이 땅을 취하지 아니하시고 다만 형주를 다투는 것으로 일을 삼으시니, 이것은 중한 것을 버리시고 경한 것을 취하시는 것이오이다. 천한 사람들은 폐하께서 천자 위에 나가시면 반드시 한실을 중흥하시고 산하山河를 회복할 줄 알았는데, 이제 조비의 위는 그대로 두시고 되레 손권의 오를 공격하시려 하시니 실로 폐하를 위하여 취하지 않는 바올시다."

선주는 노기가 등등했다.

"내 아우를 죽인 자하고는 함께 하늘을 같이할 수 없노라. 내가 죽은 후라야 군사를 파할 줄 알라. 짐은 승상의 낯을 보지 않는다면 먼저 그대의 머리를 베었을 것이다. 이제 특별히 그대를 놓아 보내니 손권한테 돌아가서 목을 씻고 죽음을 기다리라 일러두라."

제갈근은 선주가 끝끝내 듣지 아니하는 것을 보고 무료하게 강남으로 돌아갔다.

이때 강남에서는 장소가 손권한테 고했다.

"제갈근이 이번에 화친하러 간다고 핑계하고 촉으로 갔습니다마는 실상인즉 촉병의 형세가 큰 것을 보고 주상을 배반하고 간 것입니다. 이번에 가서 다시 돌아오지 아니할 것입니다."

손권은 고개를 가로흔들었다.

"나는 제갈근과 생사를 같이할 것을 맹세한 사람이오. 내가 그를 저버리지 아니했는데, 그가 나를 배반할 리 만무하오. 전에 그가 시상柴桑에 있는데 마침 그의 아우 제갈공명이 온 일이 있었소. 나는 그를 시켜서 공명의 마음을 돌려 보라 했소. 그러나 그는 대답하기를 '아우는 이미 현덕을 섬겼으니 두 마음을 둘 리 만무합니다. 아우의 마음이 변하지 아니하는 것은 마치 저한테 두 마음(二心)이 없는 것과 같습니다.' 하고 그의 뜻을 밝힌 일이 있소. 그의 말은 족히 신명神明을 꿰뚫을 만하오. 어찌 오늘날 현덕한테 항복할 리가 있겠소. 그와 나는 가위 신교라 하겠소. 바깥사람들이 그와 나의 사이를 이간질할 수 없으리다."

손권의 말이 채 떨어지기 전에 시자가 아뢰었다.

"제갈근이 돌아왔습니다."

손권은 빙긋 웃으며 장소를 보며 말했다.

"내 말이 어떻소."

장소는 얼굴에 가득 부끄러운 빛을 띠고 물러갔다.

제갈근은 손권한테 선주先主를 만난 전후 전말을 자세히 말했다. 손권은 놀랐다.

"만약 이같이 된다면 강남이 위태롭구려."

뜰아래서 한 사람이 나와 아뢰었다.

"저한테 계책이 있습니다. 위기를 풀게 할 수 있습니다."

모두 보니, 중대부 조자趙咨였다.

"덕도德度는 무슨 좋은 꾀가 있는가?"

덕도는 조자의 자였다. 손권이 물었다.

"주공께서는 표문表文 한 장을 지어 주십시오. 신이 원컨대, 사신이 되어 위제魏帝 조비曹丕를 찾아보고 갖추갖추 이해득실을 말해서 그로 하여금 한중漢中을 습격하게 한다면 촉병은 저절로 위태롭게 될 것입니다."

손권이 대답했다.

"이 계교가 좋소마는 경이 이번에 가서 동오東吳의 기상氣象을 떨어뜨려서는 아니 되오."

"만약 조금이라도 실수를 한다면 곧 강물에 빠져 죽지 무슨 면목으로 강남 사람들을 대하겠습니까?"

손권은 크게 기뻤다. 즉시 표를 써서 신이라 일컬은 후에 조자로 사신을 삼아 밤을 도와 허도로 향했다. 그는 가는 즉시 태위太尉 가후賈詡 이하 대소 관료들을 만나 그들의 환심을 샀다.

다음 날이 되었다. 이른 아침 조회 때 가후는 반에 나와 아뢰었다.

"동오에서 중대부 조자를 보내서 표를 올립니다."

가후의 아뢰는 말을 듣다 조비는 빙긋 웃으며 말했다.

"유현덕의 촉병을 물리쳐 달라고 왔구나. 불러들여라."

좌우한테 영을 내렸다.

조자는 단지丹墀[18] 아래서 절하고 표를 올렸다.

조비는 글월을 본 후에 조자한테 물었다.

"오후吳侯는 어떠한 인물인가?"

"총명하고 어질고 슬기롭고 웅략雄略이 있는 인물이올시다."

조자의 말을 듣자 조비는 웃으며 말했다.

"경이 자네 임금을 추장하는 말이 너무 지나치지 아니한가?"

"신은 제 주인을 과찬한 것이 아닙니다. 오후는 노숙을 범상한 사람들 속에서 뽑아 등용해 썼으니 총명하다 할 것이요, 여몽은 행진하는 군사 속에서 뽑아서 대장의 자리까지 오르게 했으니 머리가 밝다고 하겠습니다. 우금于禁을 포로로 잡았으나 죽이지 아니하고 폐하한테로 도로 돌려보냈으니 이것은 어진 행동입니다. 형주를 찾는데 칼에 피를 묻히지 아니하고 취했으니 슬기롭다 할 것이요, 삼강三江에 자리 잡아 호시탐탐 천하를 흘겨보니 이것은 영웅이 아니고 무엇이겠습니까. 그리고 폐하한테 오늘날 몸을 굽힐 줄 아니 이것은 정략政略을 쓸 줄 아는 사람이옵니다. 이로 논한

---

18) 단지 : 궁궐 지대 위를 붉은 빛으로 칠한 곳.

다면 어찌 총명聰明, 인지仁智, 웅략雄略의 임금이 아니겠습니까?"

조비는 다시 조자趙咨한테 물었다.

"오주吳主는 제법 학문學問을 아는가?"

"오주는 강에 만 척의 전함을 띄워 놨고 군사는 백만 대병을 거느렸소이다. 어진 이를 쓸 줄 알고 능한 이를 부릴 줄 압니다. 뜻이 천하를 경략하는데 있으나 조금만 여가가 있으면 글과 전기를 넓게 보고 사적을 대강읽어 그 대지大旨를 채택할 뿐, 서생書生들의 심장적구尋章摘句[19]하는 것은 본뜨지 아니합니다."

조비는 문득 물었다.

"짐이 오를 치는 것이 가하겠는가?"

조자는 간단히 대답했다.

"큰 나라는 남의 나라를 정벌하는 군사를 가질 수 있으나, 작은 나라는 능히 이것을 막고 방비할 수 있는 대책이 서 있는 법입니다."

"오는 위를 두려워하나?"

"갑옷 입고 무장한 군사 백만이 있고, 천 리에 뻗쳐 있는 강물이 문 앞에 있는 못처럼 놓여 있소이다. 무슨 두려울 것이 있겠습니까."

조자는 주저치 아니하고 대답했다. 조비가 다시 물었다.

"동오에 대부大夫 같은 사람이 몇이나 되는가?"

"특별히 총명한 사람은 팔구십 명쯤 되고 신 같은 무리는 거재두량車載斗量[20]이어서 다 셀 수가 없습니다."

조비는 탄식하여 말했다.

---

19) 심장적구 : 아름다운 문장을 찾아 쓰고 좋은 글귀를 따서 쓰는 일.
20) 거재두량 : 많다는 뜻. 수레에 싣고 말로 되도록 그 수가 많은 것.

"사방에 사신으로 가서 군명君命을 욕되게 아니할 사람은 오직 경卿밖에 없으리다."

조비는 곧 태상경太常卿 형정邢貞을 불러 조서를 쓰게 했다.

손권을 봉하여 오왕을 삼고 구석九錫[21]을 더한다.

조자는 사은하고 성 밖으로 나갔다.

대부大夫 유엽劉曄이 조비한테 나와 간하였다.

"이제 손권이 촉병의 큰 세력을 두려워하여 항복을 청했으나 이것은 한때 거짓 정책입니다. 신의 어리석은 생각에는 촉과 오가 군사를 사귄다면 이것은 하늘이 그들을 망하게 하는 일입니다. 이때 폐하께서는 상장에게 영을 내리시어 수만 군사를 거느려 강을 건너 오를 치시면 촉병은 우리의 뒤를 이어 밖에서 공격할 것입니다. 이같이 한다면 오는 열흘 안에 망할 것이요, 오가 망한다면 촉이 외로워질 것입니다. 폐하께서는 어찌 일찍 도모하지 아니하십니까?"

조비가 대답했다.

"손권이 이미 예로써 짐에게 복종했는데 만약 짐이 그를 공격한다면 이는 천하의 항복하려는 사람들의 마음을 막는 것이다. 그대로 항복을 받아들이는 것이 옳은 줄 안다."

유엽劉曄은 또다시 조비한테 간하였다.

"손권이 비록 웅재雄材가 있다 하나 불과시 한漢의 표기 장군 남창후南

---

21) 구석 : 천자가 공이 있는 제후에게 주는 아홉 가지 상급.
　① 거마車馬 ② 의복衣服 ③ 악칙樂則 ④ 주호朱戶(홍문) ⑤ 납폐納陛 ⑥ 호분虎賁(용사勇士) ⑦ 궁시弓矢(화살) ⑧ 부월斧鉞 ⑨ 거창秬鬯(흑서黑黍로 만든 제주祭酒)

昌侯 직함밖에는 갖지 아니했습니다. 벼슬이 낮으면 형세가 약하므로 중원을 두려워하는 마음이 있는 법입니다. 그러나 이번에 그에게 왕의 칭호를 내리신다면 폐하보다 겨우 한 등 아래가 될 뿐입니다. 이제 폐하께서는 그의 거짓 항복하는 것을 믿으시고 그 지위를 높여 북돋워 주시니 이는 범한테 날개가 돋치게 한 것이나 매한가지 일이올시다."

조비는 고개를 가로흔들었다.

"그렇지 않다. 짐은 오도 돕지 아니할 것이요, 촉도 돕지 아니할 것이다. 다만 날을 기다릴 뿐이다. 그리하여 나라 하나가 망한다면 남은 나라는 하나가 될 뿐이다. 그때 가서 하나를 마저 제지한다면 무엇이 어렵겠는가. 짐의 뜻은 이미 결정했으니 경은 다시 더 군말을 말라."

조비는 곧 태상경 형정에게 명하여 오나라 사신 조자와 함께 책석冊錫을 받들어 동오로 가게 했다.

한편 손권은 백관들을 모아 놓고 촉병 막을 대책을 의논하고 있을 때 홀연 시자가 보했다.

"위제魏帝가 주상으로 오왕吳王을 봉하는 책석을 내려서 지금 그곳 사신이 조자와 함께 성 밖에 당도했습니다. 예법에 따라 주상께서 성 밖까지 나가시어 영접하셔야 하겠습니다."

이때 고옹顧雍이 옆에 있다가 얼굴을 붉혀 간하였다.

"주공께서는 지금 당당한 상장군上將軍 구주백九州伯이십니다. 자칭自稱이 오히려 영광스럽습니다. 그까짓 조비가 주는 벼슬을 받아 무엇에 쓰겠습니까?아니꼽습니다. 받지 마십시오."

손권은 껄껄 웃으며 대답했다.

"옛적에 패공沛公은 항우項羽가 주는 벼슬도 받았소. 다 임기응변으로 때를 보아 하는 일이니 물리칠 것이 없소."

손권은 말을 마치자 백관을 거느리고 성 밖까지 나가 조비의 사신 형정을 맞이했다.

이때 형정은 상국천사上國天使라고 오만한 생각이 들었다.

성안으로 들어가면서 수레에 내리지 아니하고 앉아 있었다.

장소는 크게 노했다. 목청을 가다듬어 형정을 꾸짖었다.

"예는 공경해야 하고 법은 엄숙해야 한다. 그대는 감히 스스로 높고 큰 체하여 너무나 거만하다. 그래, 강남 천지엔 네 목을 벨 칼이 없는 줄 아느냐?"

형정은 황망히 수레에서 내려 마중 나온 손권과 서로 본 후에 수레를 견주어 성안으로 들어갔다.

이때 홀연 수레 뒤에서 방성통곡하면서 목이 메어 푸념하는 소리가 들렸다.

"우리들이 주인을 위하여 목숨을 내걸어 조조와 유비를 멸하지 못하고 오늘날 주인으로 하여금 남의 벼슬을 받게 하니 이런 욕이 세상에 또다시 있단 말이냐?"

모두 보니 서성徐盛이었다.

조비의 사신 형정은 서성의 울부짖는 말을 듣고 감격하여 탄식했다.

"강동江東 장상將相들의 의기가 이러하니 결코 남의 밑에 오래 있을 리 만무하다."

손권은 조비가 주는 왕작을 받은 후에 문무백관과 함께 하례하는 의식을 마치고 아름다운 옥돌과 밝은 구슬 돌을 조비한테 보내서 은혜를 사례했다.

이때 염탐꾼이 손권한테 급히 고했다.

"촉의 선주는 본국의 대병과 만왕蠻王 사마가沙摩柯의 번병蕃兵 수만 명이며 동계洞溪, 한장漢將, 두로杜路, 유녕劉寧이 인솔한 두 곳 군사를 통솔하고 수로 육로로 병진해 나오는데 성세가 하늘을 진동합니다. 물길로 오는 수군은 지금 벌써 사천四川 무주巫州의 무구巫口까지 나왔고 육로군은 이미 호광귀주湖廣歸州 땅 자귀秭歸까지 당도했습니다."

이때 손권은 비록 조비가 주는 왕위를 받았으나 위왕 조비는 얼른 구원하는 군사를 보내 주지 아니했다.

손권은 가슴이 답답했다. 문무백관을 모아 놓고 물었다.

"촉병의 향세 이같이 크다 하니 어찌하면 좋은가?"

모든 신하들은 묵연히 말이 없었다.

손권은 기가 찼다. 탄식하는 말을 신하한테 보냈다.

"주유周瑜가 죽은 후에는 노숙이 있었고, 노숙의 뒤에는 여몽이 있더니 이제 여몽이 죽은 후에는 다시는 나하고 근심을 나눌 사람이 없구나!"

손권의 말이 채 떨어지기 전에 홀연 반부班部 중에서 한 사람 소년 장군이 나와 땅에 엎드려 절하며 아뢰었다.

"신의 나이 비록 어리나 자못 병서兵書를 공부했습니다. 원컨대 수만 명 군사를 주신다면 서촉 유현덕의 군사를 부숴 버리겠습니다."

손권이 보니 손환孫桓이었다.

환의 자는 숙무叔武인데 그의 아버지의 이름은 하河요, 본성은 유兪 씨氏였다.

일찍 손권의 형 손책孫策이 그를 사랑해서 사성賜姓 손孫 씨氏를 했다.

이것이 인연이 되어 오왕의 종족이 되었다. 하가네 아들을 두었는데 환은 그 맏이 되었다. 활을 잘 쏘고 말을 잘 달렸다. 항상 손권을 따라 여러 차례 기이한 공을 세워서 무위도위武衛都尉의 벼슬을 받았다. 이때 그의 나이는 겨우 25세였다.

손권이 물었다.

"네 무슨 꾀가 있어 능히 촉병을 깨치겠느냐?"

손환은 주저치 아니하고 대답했다.

"신에게 장수 두 사람이 있습니다. 한 사람은 이이李異요, 한 사람은 사정謝旌이란 사람이올시다. 만부부당萬夫不當의 용맹이 있습니다. 수만 명 군사만 빌려 주신다면 가서 유비를 생금生擒해 오겠습니다."

관흥과 장포가 오병을 파하다

손권은 환의 말을 듣고 좌우를 돌아보았다.

"조카가 비록 영용하다 하나 반드시 한 사람 도와주는 사람이 있어야 할 것이다."

호위 장군 주연朱然이 반에 나와 아뢰었다.

"신이 원컨대 젊은 장군과 함께 가서 유비를 사로잡아 오겠습니다."

손권은 허락했다. 수륙군水陸軍 5만 명을 점고한 후에 손환으로 좌도독 左都督을 삼고 주연으로 우도독右都督을 봉하여 당일로 군사를 일으켜 행 군해 나가라 했다.

탐마는 촉병이 벌써 호광湖廣 형주부荊州府 의도宜都까지 왔다는 소식을 전했다.

손환은 정보를 듣고 2만 5천 마군馬軍을 의도 지경 어귀에 둔병시킨 후 에 앞뒤로 영문 세 곳을 세워 촉병을 대항했다.

일변 촉장 오반吳班은 선봉대장이 되어 서촉에서 나온 후에 가는 곳마 다 적병들은 바람에 휩쓸리듯 항복했다. 칼에 피 한 방울 묻히지 아니하 고 오반은 바로 의도까지 당도했다.

오반은 손환의 군사가 의도 어귀에 진출한 정보를 듣자, 급히 파발을 놓아 선주한테 아뢰었다.

이때 선주는 대군을 지휘하여 자귀에 당도해 있었다.

손환이 대항하러 왔다는 오반의 상소를 보자 크게 노했다.

"젖먹이 어린놈이 어찌 감히 짐을 대항하려 하느냐?"

옆에 모시었던 관흥關興이 아뢰었다.

"손권이 젊은 손환으로 장수를 삼았으니 폐하께서는 수고롭게 대장을 보내실 것이 없습니다. 원컨대, 신이 가서 손환을 산 채로 잡아 오겠습니다."

선주는 기뻤다. 얼굴에 가득 웃음을 띠고 말했다.

"네 능히 가겠느냐? 내 너의 장한 기상을 보리라."

선주는 곧 군사를 주어 나가라 했다.

관흥은 군령을 드려 선주께 하직한 후에 말 타고 행진하려 할 때 장포가 급히 나와 아뢰었다.

"관흥이 손환을 치러 간다 하니 신도 함께 동행하겠습니다."

선주는 또 한번 미연히 웃으며 대답했다.

"두 조카가 함께 간다면 묘한 일이다. 그러나 조심해서 서두르지 말도록 하라."

선주는 친히 영문까지 나와 젊은 선봉들의 행군하는 진세를 바라보며 격려하는 말을 보냈다.

손환 편에서는 촉병이 쏟아져 온다는 정보를 듣고, 세 곳 영문을 합세하여 촉병을 대항했다.

두 진이 둥글게 원을 그려 대하게 되었다.

손환은 이이李異와 사정謝旌을 거느리고 문기門旗 아래 말을 멈춘 후에 건너편 촉군의 진세를 바라보았다.

촉병들은 두 사람의 소년 장군을 옹위해 나왔는데, 모두 다 은 투구에 갑옷을 입고 백마 백기를 꽂았다.

상수上首에는 장비의 아들 장포가 길이 여덟 길이나 되는 그 아버지가 쓰던 장팔사모창을 비껴들어 마상에 높이 앉았고, 하수下首에는 관운장의 아들 관흥이 푸른 용을 아로새긴 관운장의 청룡 대도大刀를 메어 말 위에 앉았다.

촉의 소년 장군 장포는 오의 소년 장군 손환孫桓을 큰소리로 꾸짖었다.

"어린것아, 듣거라. 네가 죽을 때가 되었나 보다. 어찌 감히 천병天兵을 항거하려 하느냐?"

오장 손환도 지지 않고 촉장 장포를 꾸짖었다.

"네 아비가 머리 없는 귀신이 되었는데 너마저 죽으려고 나왔느냐? 꽤도 살기 싫은 모양이로구나."

손환의 말을 듣자 장포는 대로했다.

창을 번쩍 들어 손환의 옆구리를 찌르려 했다. 손환의 등 뒤에 있던 사정謝旌이 급히 말을 달려 나오면서 큰소리로 외쳤다.

"손 장군은 가만히 계시오. 장포는 내가 맡으오리다."

말을 마치자 보도를 빼어 들고 장포한테로 덤벼들었다.

장포와 사정은 어울린 지 30여 합에 사정이 패해 달아났다.

장포는 신명이 났다. 쫓기는 사정의 뒤를 급히 따랐다.

오장 이이는 사정이 쫓기는 것을 보자 황망히 말을 채쳐 강철 도끼를 휘두르며 장포를 가로막았다.

싸운 지 20여 합에 승부가 나지 아니했다.

오군 중에서 비장裨將 담웅譚雄이 장포가 영용하여 이이가 당해 내지 못할 것을 알고 한 대 냉전冷箭[22]을 쏘아 장포가 타고 있는 말의 코쭝배기를 맞췄다.

장포의 말은 아픔을 이기지 못하여 구슬프게 소리치며 본진으로 달렸

---

22) 냉전 : 몰래 쏘는 화살.

다. 문기 앞에 채 당도하지 못해서 말은 기진맥진이 되어 땅에 쓰러져 버리고 말았다. 장포도 말과 함께 땅에 떨어져 버리고 말았다.

이이는 이 모양을 보자 급히 도끼를 휘두르며 장포한테로 쫓아 들어 뒤통수를 갈기려 했다.

홀연 한줄기 붉은 빛이 번득 일어나는 곳에 이이의 머리가 땅에 뚝 떨어졌다.

원래 관홍은 장포의 말이 뛰어오는 것을 보자 마주 나가 맞이하려 할 때 뜻밖에 장포는 말과 함께 쓰러지면서 이이가 도끼를 들고 쫓아 드는 것이었다.

관홍은 대갈일성에 이이의 목을 찍어 말 아래 떨어뜨리고 장포를 구해냈다.

이이가 죽는 것을 보자 손환의 군사들은 대패해 달아났다.

다음 날 손환은 전날의 패한 것을 설욕하려 하여, 군사를 이끌고 싸움을 돋우었다.

장포와 관홍은 일제히 진문 밖으로 나왔다.

관홍은 진 앞에 말을 세우고 손환을 놀려 댔다.

"어제 싸움에 장수를 죽이고 패해 달아난 위인이 무슨 낯짝을 들고 싸우러 왔느냐?"

손환은 노했다. 말을 채쳐 칼을 두르며 관홍한테로 덤벼들었다. 싸운 지 30여 합에 힘이 부쳤다. 관홍을 당해 내지 못했다.

손환은 급히 말을 놓아 달아났다.

관홍, 장포 두 젊은 장수는 승세를 타서 손환을 쫓아 오영吳營으로 들어갔다.

촉장蜀將 장남張南과 풍습馮習도 군사를 몰아 장포의 뒤에 따랐다.

장포는 용감하게 적진을 뚫고 들어갈 때, 손환의 아장 사정謝旌을 만났다.

장포는 신이 났다.

"너, 이놈 사정 아니냐? 어제 이이 꼴이 되게 하리라."

장포의 말이 채 떨어지기 전에 그의 날카로운 장팔사모창은 벌써 사정의 명치를 뚫어 말 아래 떨어뜨렸다.

사정이 죽는 것을 본 오 군사들은 황황망망 대패해 달아났다. 촉병들은 환호성을 치면서 군사를 거두었다.

그러나 괴상한 일이 일어났다.

한 군사가 장포한테 아뢰었다.

"관 장군께서 보이지 아니하십니다."

장포는 크게 놀랐다.

"관 장군께서 아니 계시다니 그게 무슨 소리냐?"

"아마 실수가 계셨나 봅니다."

군사는 수심을 띠고 다시 아뢰었다.

"관 장군께서 실수가 계시다면 내 어찌 홀로 살겠느냐?"

장포는 급히 말에 올라 관흥의 행방을 찾으러 나갔다.

말은 바람을 끊어 살같이 달렸다.

장포가 두어 마장을 채 나가지 아니했을 때, 한 장수가 말을 달려 돌아왔다.

장포가 보니 관흥이었다. 왼편 손에 칼을 잡고 바른손으로 한 장수를 사로잡아 말을 달려 뛰어왔다.

장포는 반가움을 이길 수 없었다. 큰소리로 외쳤다.

"아우야, 웬 놈을 사로잡아 오느냐?"

관흥은 웃으며 대답했다.

"난군 중에 우연히 원수 놈을 만났기에 사로잡아 오는 길이오."

장포가 바라보니 어제 냉전을 쏘아 자기를 죽이려 했던 담웅譚雄이었다.

장포는 껄껄 웃으며 손뼉을 쳤다.

"그것 참 상쾌한 일이다."

두 소년 장군은 담웅을 끌고 영문으로 들어가 머리를 베어 죽은 말한테 위로하는 제사를 지내 주었다.

관흥, 장포는 크게 이긴 첩보捷報를 선주한테 올리고 하회를 기다렸다.

한편 손권의 장수 손환은 이이, 사정, 담웅譚雄 등 장성과 허다한 군마를 꺾인 후에 세궁역진해서 촉병을 대항할 길이 없었다.

촉장 장남, 풍습이 오반더러 말했다.

"지금 오의 군사가 일패도지한 이 틈에 허한 틈을 타서 겁채劫寨를 하면 어떻겠소."

오반이 대답했다.

"손환이 비록 허다한 장수를 잃었다 하나, 주연朱然의 수군水軍이 강상에 함대를 거느려 끄떡없이 있으니 한번 생각해 볼 일이오. 우리가 만약 오늘 겁채를 했다가 적의 수군이 우리들의 돌아가는 길을 끊는다면 어찌하겠소?"

"그 일은 대단히 쉬운 일입니다. 관 장군과 장 장군이 각각 오천 병마를 거느리고 산골 속에 숨어 있다가 주연이 구원하러 오거든 좌우편 양군이 일제히 나와 협공한다면 반드시 이기리다."

오반이 대답했다.

"먼저 졸개 병정을 시켜서 주연에게 거짓 항복하게 한 후에 오늘 밤에 겁채하는 일을 고한다면 주연은 반드시 수군을 상륙시켜 구원하리다. 이때 복병들이 나와서 격파한다면 큰 승리를 거둘 수 있을 것입니다."

풍습 등은 크게 기뻤다. 곧 의논한 대로 복병을 배치시켰다.

한편 오장 주연은 손환이 대패하여 돌아온다는 소식을 듣고 구원병을 거느려 나갈 때, 홀연 촉의 북로군北路軍이 몇 사람 패잔병을 거느리고 배에서 내려 항복을 고했다.

"웬 군사들이냐?"

"저희들은 풍습 장하에 있는 졸개 군사온데 상벌이 분명치 못하여 특별히 와서 항복합니다. 그리하옵고 비밀한 기밀을 알리려 합니다."

"무슨 기밀이냐?"

"오늘 밤에 촉병들은 허한 틈을 타서 손 장군의 영채를 습격하기로 했습니다. 그리하옵고 거사하는 것은 불을 들어 군호를 하기로 했습니다."

주연은 즉시 사람을 손환한테 보내서 비밀한 소식을 전했다. 주연의 사자는 손환한테로 가는 도중 관홍의 한칼 아래 죽음을 당했다.

주연은 급히 사자를 손환한테 보낸 후에 군사를 거느려 손환을 구하러 나갔다.

부장 최우崔禹가 간하였다.

"항복한다는 졸개의 말을 깊이 믿을 일이 못됩니다. 만약에 소루한 일이 있다면 수군, 육군이 다 결딴이 납니다. 장군께서는 안온히 수채水寨를 지키시옵소서. 제가 장군을 대신하여 갔다 오리다."

주연은 최우의 말을 들었다.

최우에게 만 명 군사를 주어 손환을 구원하라 했다.

이날 밤에 풍습, 장남, 오반은 세 길로 군사를 나누어 손환의 영채로 쇄도해 들어가면서 사면팔방에 불을 놓았다.

오병은 크게 놀랐다. 어지럽게 길을 찾아 달아났다.

한편 최우는 주연을 작별한 후에 만 명 군사를 거느려 행군할 때, 홀연 손환의 진에 화광이 충천하는 것을 보자 군사를 재촉하여 앞으로 나갔다.

한 모퉁이 산길을 지났을 때, 홀연 산골 속에 북소리가 천지를 흔들면서 양원 대장이 군사를 거느려 짓쳐 나왔다.

좌변 대장은 관흥이요, 우변 대장은 장포였다.

두 길로 최우의 군사를 협공했다. 최우는 대경실색했다. 급히 말을 달려 달아나려 할 때 장포와 마주쳤다. 교전 1합에 장포한테 사로잡혀 촉진으로 끌려갔다.

쫓긴 군사들은 급히 달아나 주연한테 고했다. 주연은 이 소식을 듣자 위급함을 깨달았다. 물길로 60리를 내려가 수채를 정했다.

한편 손환은 패잔병을 거느려 달아나다가 부장한테 물었다.

"앞으로 가면 어느 곳에 성벽이 굳고 양식이 흔한 곳이 없겠느냐?"

"저편 정북으로 가면 이릉성彝陵城이 있습니다. 가히 군사를 멈출 만합니다."

손환은 부장의 말을 듣고 패잔병을 거느려 이릉으로 달아났다.

그러나 오반의 추격은 더욱 심했다. 이릉성으로 쫓아 들어가 사면을 포위해 버렸다.

관흥과 장포는 최우崔禹를 산 채로 잡았다.

자귀秭歸로 돌아갔다.

선주는 조카들이 적장을 셋씩이나 죽이고 한 사람을 산 채로 잡아 오는 것을 보자 크게 기뻤다. 최우를 참형에 처하라 하고, 전지를 내려 삼군에게 상을 주었다.

이후부터 촉의 위풍은 강남 일대를 진동하고 오의 맹장들은 간담이 서늘했다.

한편 포위 속에 빠진 손환은 급히 구원을 오왕 손권한테 청했다.

오왕 손권은 깜짝 놀랐다. 곧 문무백관을 모아 상의하였다.

"지금 손환은 이릉에 포위를 당해 있고, 주연은 강중서 대패해서 촉병의 세력이 이같이 호대하니 어찌하면 좋을꼬?"

장소가 대답했다.

"지금 많은 장수가 세상을 떠났다 하오나, 아직도 십여 인의 맹장이 있습니다. 유비 칠 것을 근심치 마시옵소서. 한당으로 대장을 삼으시고, 반장으로 선봉을 삼고, 능통으로 합후合後를 삼으시고, 감녕으로 구응을 삼아 십만 명으로 유비를 막게 하십시오."

손권은 장소의 말에 좇아 모든 장수에게 불철주야하고 속속 출발하라는 영을 내렸다.

그러나 이때 감녕은 벌써부터 이질을 앓고 있었다. 병을 무릅쓰고 종군從軍했다.

한편 선주는 무협巫峽 건평建坪에서 군사를 일으켜 이릉계彛陵界에 이르는 70여 리에 뻗치는 산길에 40여 채의 영문을 연결시켰다.

선주는 관흥과 장포가 여러 차례 큰 공을 세우는 것을 보고 차탄하기를 마지아니했다.

"옛날 짐을 도와 종군하던 모든 장수들은 이미 다 늙어 쓸 수가 없게 되어 한심스럽기 그지없더니 이제 두 조카가 이같이 영특하고 용맹하니 앞으로 손권을 치는 데 무슨 염려가 있으랴."

선주는 이같이 감격하고 있을 때 홀연 보발 군사가 급히 뛰어와 고했다.

"적장 한당, 주태가 군사를 거느려 쳐들어옵니다."

선주는 보고를 받고 장수를 보내서 적병 막을 것을 궁리하고 있을 때 시신 한 사람이 급히 들어와 아뢰었다.

"노장 황충이 오륙 명 부하를 거느리고 동오東吳로 갔다 합니다."

선주는 빙긋 웃으며 말했다.

"황충은 나를 배반할 사람이 아니다. 내가 아까 노장은 무용이라고 실언失言을 한 때문, 황 장군은 자신의 늙지 아니한 것을 뵈기 위하여 따로 무슨 일을 하러 간 것이다."

선주는 말을 마치자, 곧 관흥과 장포를 불러 분부를 내렸다.

"황 장군이 어디로 갔다 하니 혹여 실수가 있을는지 모르겠다. 현질賢侄들은 수고를 사양하지 말고 가서 도와주라. 작은 공이 있게 되거든, 곧 돌아오게 하여 실수가 없도록 하라."

두 젊은 장수는 선주께 하직을 고하고 본부 군마를 거느리고 황충을 찾으러 나갔다.

이때 황충은 무위후武威侯 장군將軍의 찬란한 벼슬을 가지고 있었다.

선주를 따라 오吳를 치다가, 때마침 선주가 관흥, 장포 두 조카를 칭찬하면서 늙은 장수는 소용이 없다는 말을 듣자 칼을 비껴들고 말에 올라 5~6명 부하와 함께 이릉彝陵 영중營中으로 갔던 것이었다.

오반吳班이 장남張南, 풍습과 함께 황충을 맞이해 물었다.

"노 장군께서 여기 오셨으니 무슨 일이 있습니까?"

황충은 눈을 감고 한동안 대답이 없다가 얼굴에 침울한 표정을 띠고 정중하게 입을 열어 말했다.

(8권에서 계속)